來一場

6
淺水灣道
7
淺水灣泳灘
淺水灣道
7 飛鳥三十一
6 影灣園
7 飛鳥三十一
8 赤柱軍人墳場
9 赤柱市集

# 來一場文學散步 2

可洛 著

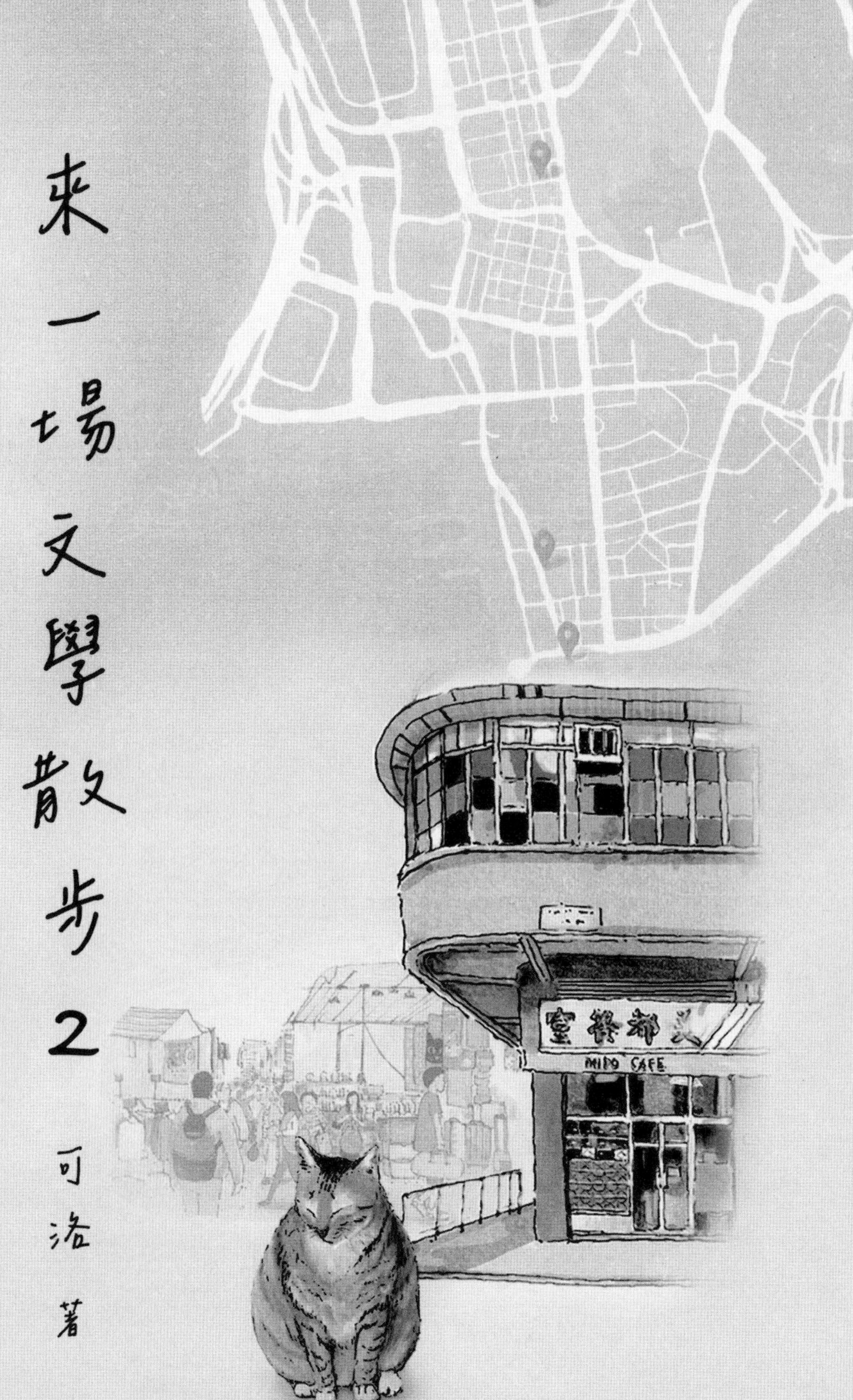

**來一場文學散步 2**
作者／可洛
責任編輯／卓希雪
美術設計／胡凱悅
插圖／棗田
出版發行／突破出版社
香港沙田亞公角山路 33 號突破青年村
電話：2632 0000　傳真：2632 0388
電郵：breakthrough@breakthrough.org.hk
網址：http://www.breakthrough.org.hk
http://www.btproduct.com
承印／陽光印刷製本廠
2025 年 7 月初版 1 刷


A Literary Walk 2
by Leung Wai Lok
First Printing, First Edition, July 2025

Printed in Hong Kong
ISBN 978-988-8562-20-7

誠邀閣下就突破出版社的書籍發表意見
歡迎加入突破出版社 facebook page — http://www.facebook.com/btbooks.page
**本書採用環保油墨印刷**

# 人文價值

或坐在巨人的肩膀上，或呷一口書香，讓我們的生活漸次提升，讓眼界更見遼闊。

# 目錄

# 一　南區

每年九月初，除了莘莘學子迎接新學期開始，也是教職員忙碌起來的季節。王莉在西營盤一間中學成功續約，繼續擔任助理教師，工作在八月中早已展開，不但有中一銜接班，還有大大小小的會議，加上備課，把暑假休息時儲備的能量都耗得七七八八了，所以開學日這天，她帶着倦容來到禮堂，碰上入職第三年、同樣是中文科的譚老師。

「王莉老師，早。」

「譚老師早。」

「你叫我尚琪就可以。」

「啊，我忘了。暑假前你跟我說過。」

「你今年有做班主任嗎？」

「有，三乙班。你呢？」

「我是中一甲班的副班主任。」譚尚琪帶點靦腆地說。

不知怎的，看到她，王莉好像看到從前的自己。但不同的是，三年來，她都留着鎖骨短髮，想是經常修剪，長度控制得相當好，給人爽朗但不硬朗的印象。

譚尚琪走到中一生的座位旁，王莉便遇上另一位同事區芷晴，見她的情況比自己還差，不但有黑眼圈，還在下巴長了一粒紅瘡，便笑她二十多歲還長青春痘，真夠青春。

「我只睡了兩小時，你還取笑我。」區芷晴生氣地別過臉，馬尾辮拂過來像要給王莉一巴掌。

「為什麼？」

「開學太緊張，還有暑假大睡特睡，打亂了生理時鐘。」

「我也一樣，鬧鐘響了三次才起牀。」

「三乙班學生挺乖的，」區芷晴看到學生靜靜坐在禮堂裏等待開學禮開始，打從心裏說，「你今年抽到好籤。」

「言之尚早，第一次做中三級班主任，很緊張。」

「你可以的。」區芷晴拍一拍她肩膀說。

「一起努力。」王莉以一種相濡以沫的口吻說。

禮堂裏坐滿學生，還有負責老師。主禮人上台、唱校歌、朗讀校訓……都是開學禮熟悉的流程，猶如季節輪替，候鳥重臨。王莉跟三乙班學生坐在禮堂較後的位置，聽着校長的訓勉，她的思緒慢慢變輕，升起來，在冷氣開放、關着窗子的禮堂裏亂飛亂撞，終於在一位校務處書記推門進來之際，找到突破的缺口，衝了出去，飛到了太陽底下，九月的陽光依舊猛烈，一點不比夏天的遜色，使得冰層融化，顯露她思緒底下埋藏的記憶……

七月中旬，暑假正式展開，還記得第一個星期，完全沒有張志樂的消息，王莉想，他可能到國外旅行了，於是專心投入自己的事：做家務。復活節假期後，她一直沒有時間好好打掃房子，便趁暑假整理雜物，丟掉沒用的東西，然後抹窗子、抹傢俬、洗廁所，去超市添購日常用品，為這些事足足忙了兩天。

打理好西營盤的房子後，她回到沙田老家，陪母親逛街，到大圍的新商場吃甜點。第二天陪母親看電影，年少時兩人到戲院，王莉會因着電影裏的爆破或怪物而驚叫，現在卻變換了角色，被震撼的是母親，黑暗中有觀眾因不滿母親的尖叫聲低聲抱怨，王莉感到生氣，但又有點後悔，怎麼不帶母親去看老幼咸宜的卡通動畫。

除了見母親，還有跟朋友和舊同學約會，到時尚美麗的咖啡店打卡，三五成羣吃飯、喝酒，到朋友家中打牌。這樣幾乎每天出門後，有一天，她感到累意，便留在家裏泡咖啡、看書，或是無所事事地躺在牀上，扮貓，聽來自西邊街的車聲。張志樂的訊息就在這個時候傳來，讓王莉想起大約一年前，那時地產經紀陪她來看這個單位，碰巧在這睡房位置看到窗外他路過的身影。

「我要去南區！」訊息好像有點求救的意味。王莉想，還是自己的錯覺呢？

「去南區做什麼？」

「答應了一個機構主持南區文學散步。」

「很好啊，你一定有很多點子。」

「完全沒有。南區文學散步還是第一次，要去做資料搜集。」

「很趕嗎？活動何時舉行？」

「談不上很趕，九月才舉行。不過到時才預備就太遲了，寫作班的工作也會開始忙起來。」

說的也是。南區……其實南區包括什麼地方？王莉一邊想着，一邊不自覺地緩緩抬起頭，彷彿看着一個無形的問號在房子裏上升。

第二天一早，王莉坐巴士沿薄扶林道來到華富邨。下車的地方是華富商場，招牌上都是連鎖店，於是她受到路邊的三棵樹吸引，它們看來像榕樹，有垂下來的氣根，但葉子圓潤寬大，又跟常見的細葉榕不同；走到樹下看見名牌才知道原來是「印度榕」。

「你什麼時候對樹有興趣了？」背後是張志樂的聲音。

「文學散步也看樹，不是嗎？」王莉轉身，發現他與自己都是一身輕便休閒服，假期的打扮。

張志樂「嗯」的一聲，滿意似地點頭。

「我們看過西營盤的石牆樹、中大天人合一池旁的榕樹，還有茶果嶺的血桐。」

「不如我們也去看鳥吧。」

「我先回家了。」王莉沉下臉說，心想這渾蛋，明知我怕鳥。

「說笑的，出發！今天行程緊密，要去很多地方。」

這不單是文學散步，也是一場暑期旅行，去看看鮮有機會前來的南區。王莉暗暗跟自己說。出發前，張志樂把相關的文學篇章發了給她，她也上網查過，南區是指港島南，又叫香港南，是香港十八區之一，覆蓋範圍很廣，包括薄扶林、香港仔、黃竹坑、鴨脷洲、壽臣山、深水灣、淺水灣、大潭、石澳和赤柱。

雖然王莉對這個地方不熟悉，但知道華富邨在香港公共房屋之中鼎鼎有名。

華富（一）邨和（二）邨分別落成於上世紀六十至七十年代，所有單位均設有獨立廚房、浴室和露台，加上大部分單位都擁有海景，在當時的公共房屋而言，是很理想的環境，所以有「平民豪宅」的稱號。

走到商場後面，深入連接各幢大廈的平台，王莉發現除了連鎖店，還有不少小店，例如藥房、診所、冰室和服裝店，它們都隱藏在平台的地舖裏，與住宅大廈連成一體，比起獨立一座的商場，似乎更富生活氣息。

不過王莉更感興趣的是住宅大廈，它們有不同的外形，有的像塔，向上發展；有的像牆，向旁延伸。它們向着平台，展現自身不同顏色的外牆，有的淡黃，有的刷白，有的粉紅。部分大廈的走廊也向着平台，住在樓上的人若是出門，在走廊上便可看清平台發生的一切，也可以跟對面大廈的人揮手打招呼。

「這是程緯住的地方。」王莉有點興奮地說。

她話中的程緯，是王良和一篇小說的主角。那篇名叫〈和你一起走過華富邨的日子〉的小說，她昨晚已經讀過，讀的時候，幻想文字描述的情境，但總覺不大確切，模模糊糊的，但當來到現場，有了實景對應，作品中的一切便變得鮮活了。

程緯一家本來住在西邊街的板間房（王莉驚訝他們一家曾居於自己現時租住的街道上），但在風災中失去家園後，被政府編配到華富邨。程緯不喜歡困在公屋單位的鐵閘裏，鐵閘令他聯想起鐵籠、監獄……他喜歡「拉開鐵閘」，到外面世界探索。王莉放眼華富邨的住宅大廈，從外牆和梯間的窗子，窺探大廈的內部，想像程緯在電梯口跳橡筋繩，到走廊玩揼子，或是在後樓梯拍公仔紙。

不過現在，只看見老人在公園裏晾棉被，一個上了年紀的男人挽着外賣的白色膠袋，緩緩地從斜路走上平台。他是程緯，或程緯兒時的玩伴嗎？

除了王良和，梁璇筠也寫過一篇以華富邨為場景的小說，名為〈在水一方〉。故事講述即將升上中一的嘉嘉，為了與鋼琴九級的同學看齊，急於學一種樂器。在母親的介紹下，她來到華富邨跟一位做護士的黎姑娘學古箏。

「在小學生嘉嘉眼中，華富邨的每一所房子也是一樣，」張志樂在平台上環視四周的大廈說，「一樣的高度，整排整排的建在山坡上。」

「事實是這樣，描寫得很準確。」王莉讚歎說。

「不過，同一樣事物、同一個地方，不同作家的觀感可以很不一樣。例如描述大廈的內部吧，在〈在水一方〉裏，嘉嘉發現房子外的走廊寬闊，有些人家打開家門，鐵閘外的布簾在飄動。嘉嘉的母親解釋，人們這樣做是為了掛衣服吹乾。至於〈和你一起走過華富邨的日子〉，在程緯眼中，居民同樣習慣打開門，但會把門柄的繩子縛着碌架牀的邊欄，拉上鐵閘；這時鐵閘的身體上就會露出許多『交叉』，好像說：竊賊免進。」

「這不就等於公開自己家裏的環境嗎？對現今的人來說太沒私隱了。」

「另一個角度想，這是一種鄰里關係。程緯的媽媽有時打麻將去了，程緯在門口呆站，鄰居梁太便會拉開鐵閘，請他進去坐。」

談着兩篇小說的同時，張志樂找到了瀑布灣道，走下去，在東華三院徐展堂學校旁邊，有瀑布灣公園的入口。王莉覺得這個名字好聽，但園裏跟康文署的其他公園沒甚分別，唯一不同是建在海邊。一艘貨櫃船劃開灰綠色的海水，背後是一座島，地勢平緩，山線後冒出三支煙囪，王莉認出那是南丫島。

從入口處往左走大約一分鐘，有一條往下走的樓梯，王莉握着藍色扶手欄柵拾級而下，兩旁都是高樹，但樹林後竟傳來猛烈的水撞聲。

「是瀑布的聲音嗎？」

張志樂嗯的點一點頭。這時來到一個轉彎處，可以看到樓梯未完，但面前卻有一個兩米多高的鐵柵門擋路，上面掛有紙牌，寫着警告的句子：「危險 未經許可 不得內進」。王莉不禁失望起來，這個位置聽到的水聲，比剛才的更響亮，但是還看不見瀑布。

打算原路折返的王莉，竟看到一個意想不到的情景：張志樂從樓梯的扶手欄柵跨了出去，腳踏在斜坡上，就這樣繞過了鐵柵門。

「可以嗎？來！」張志樂伸手邀請她說。

王莉把小袋子交他保管，手腳並用，先騎在扶手欄柵，再落到地面。斜坡上剛好有幾塊平坦的石塊，讓人得以站穩。他們再次跨過扶手欄柵，回到被鐵柵門隔開的一段樓梯，從這裏往下走，便是海邊。跨欄比想像容易，但王莉感到很刺激，加上七月的天氣，背脊和手心都冒着汗。

瀑布的頂部是貝沙灣，就像一座巨大的水塔，經瀑布把水源源不絕地瀉下來，水沿筆直的岩壁落下，流入大海。可能早兩天下過雨，瀑布水勢浩大，水聲如雷。張志樂說如果是旱季，可以涉水到對面去，但是今天不行了。雖然時近正午，暑氣正盛，但站在瀑布下，迎來濺起的水花，王莉感到一份清涼，由肌膚沁入心裏。

「怎麼那邊有一間小屋？」王莉說。

她口中的「小屋」在海口的右邊，已經荒廢、破爛。

「那是英軍在香港保衛戰前，為了抵抗日軍修建的防禦工事。」

王莉再次把目光投向瀑布說，「瀑布上的小溪會經華生樓後山，一直到從前的薄扶林牛奶公司。」

「你怎麼知道！」

「〈和你一起走過華富邨的日子〉裏寫到，程緯會帶漁網到小溪捉魚。雖然現在的孩子有機會出國旅行，但感覺從前孩子的世界廣闊得多。」

「現在的世界再大，都可能是虛擬世界了。」張志樂向海走去，停在一根白色的枯枝前，張開的枝椏像手指，是要擋住還是拉住變幻的浪潮？

「你給我的作品中，還有〈觀瀑餘事〉寫到這條瀑布和這個海灣，我很喜歡。詩人周漢輝在詩中說：我攀過去涉足海／遠洋貨輪橫破一道航跡／我記起相關歷史，開埠前／歐洲商船常經此取水食用——／蒸汽船不依航跡，兀自轉彎／進入瀑布灣，船首像浮山壓岸……之後我上網查找資料，才知道這條瀑布曾是香港八景之一，但到了一八六三年薄扶林水塘建成，截取了瀑布灣的源頭，瀑布便不及昔日壯觀了。」

「我知道你一定喜歡這首詩。」

王莉難為情地輕笑，「因為詩中有貓。詩中說：白日叫眾街貓脫掉影子／以毛色斑紋和傷痕流向／一份份糧食。真想看到華富邨的流浪貓啊。」

「我反而想去詩中提到的銀都冰室喝奶茶。」

「攀欄回去吧。」王莉豎起拇指，指着樓梯的方向說。

沿樓梯回到公園，不懂路的王莉跟着張志樂走，經過公廁、兒童遊樂場，藍色的欄柵換成了綠色鐵絲網，在海景前劃上一個又一個交叉。走到似乎是盡頭的地方，有一道敞開的綠色鐵門，鐵絲網也到此為止。

穿過鐵門，竟是一個類似後花園的地方。一邊是海，一邊是山坡，有綠樹，也有樹叢垂下的紅花，更神奇的是山坡上擺放着許多神像，數目之多，一望無際，構成滿天神佛的畫面。它們有大有小，姿態表情雖異，但全都面朝大海。觀音肅穆、佛祖微笑、關帝威嚴，甚至招財貓也混入了中國傳統的神佛中，向海舉起右手。王莉還找到壽星公、多仔佛、財神，還有更多叫不出名字的神像，有點不敢相信自己的眼睛。

「這是華富邨出名的神像山，據說有超過八千個神像。」

「是誰擺放在這裏呢？」

「每當附近市民搬家或移民，要棄置神像，但又不想將神像當成垃圾處理，便會去找一些清靜、有人會去拜祭的地方放置，久而久之，這裏的神像便愈來愈多了。」

前面還有一大堆神像，在樹蔭下望海聽濤，他們還看到有男人在石台上打麻將。本來再前去看個究竟，但樹林中忽然飛來兩隻黑白羽毛的鳥，把王莉嚇走，張志樂也只好回頭，離開了公園的範圍。

他們回到華富商場，銀都冰室就在商場後面，設於華光樓地下。懷舊的金漆招牌由右至左寫着店名，英文店名「SILVER CAFE」則由左至右。樸實無華的白色天花板，掛扇緩緩轉動；王莉喜歡牆身，上半鮮黃色，下半是藍色的馬賽克，鮮亮對比竟有點歐陸的格調。

「來看看吃什麼。」甫坐進卡座，張志樂便把餐牌放到王莉面前。

「有什麼推介嗎？」王莉低頭看着「是日午餐」和恆常餐牌，只覺花多眼亂。

「沒有，」張志樂弓手罩口，壓低聲線說，「不求美味，只吃情懷。此店創於一九六八年，是華富邨最早開業的店之一。」

王莉了然地點着頭。

雖說不求美味，但公司三文治沒令她失望，多士香脆，夾在中間的午餐肉烘熱過，散發香氣。她還以為張志樂點的「港式西多士」是常見的款式，來到了才知道中間夾有火腿，跟平常見到、中間是花生醬的不同。

「這裏也有花生醬西多士，不過名字是法蘭西多士，不要叫錯。」張志樂解釋說。

食物不過不失，侍應的態度倒是親切友善，跟市區那些出名的餐廳不一樣。王莉還發現店裏一塊黑色的牌子，上有從前市政事務署的啟事，但因年代久遠，部分的字早已脫落，只見上面寫着：

NO SPITTING

市政事務

隨地吐

罰款二千

傳播肺
衛生法例

「不知道這是幾時的牌子？如果是六、七十年代的話，罰款真的很高。」張志樂托着頭，喝着凍檸茶說。

「這是傳播肺什麼呢？是肺炎嗎？」

「應該是肺癆，即肺結核。這是從前肆虐香港的傳染病，在六、七十年代，每年會有一萬人以上感染。」

「這些斷了的字句真像一首詩。」王莉把凍咖啡吸光，紙飲管發出呼的風聲。

「叫學生續寫，相信會很有趣。」張志樂掏出錢包，「走吧，下一站去墳場。」

離開銀都冰室，一團白雲遮蓋了陽光，但天氣仍舊酷熱。他們乘坐小巴，在南寧街香港仔中心下車，走奉天街到香港仔大道，找到了南灣御園和海峰華軒之間一條不起眼的樓梯，但王莉看到不免有點心驚，這條樓梯有過百級吧？她的表情被張志樂看穿了，他把背包的帶子束好，說：

「慢慢走。」

一邊上樓梯，他還一邊說：

「香港仔華人永遠墳場共有三個出入口，一個是香港仔海傍道的車路，一個近聖伯多祿堂，同樣要走很多梯級。」

說到這，他大概也有點累，便不說話。兩人靜靜地把樓梯走完，幸好兩旁的住宅大廈把熾熱的陽光擋下，還未至於無法忍受。

在樓梯的盡頭，墳墓依山而建，石梯與平台連接，滿眼是碑石的灰與草木的綠。雖是墳場，但午後陽光使石頭發亮，半點陰森的感覺也沒有。

「我們要找蔡元培的墓，在二十三台五段資字。」

「這個會有用嗎？」王莉找到一個牌子，簡單畫出各段的位置。

按照牌子指示，兩人撐着傘往左走，走到一道石門前，門上的橫匾寫着「朝氣長存」，在陽光下金燦燦的。轉入右手邊的樓梯，途中均有指示牌標明五段的方向，上了另一個平台，看到粉藍色頂子的四望亭，沿本來的樓梯繼續往上走，中途會經過五段十八台資字一個很大的墓，多上幾級樓梯後，繼續向前走，便看到一個用膠板包圍的墓碑，那便是蔡元培安息之處。

王莉唸高中的時候，便聽過蔡元培這名字。她的中文科老師，也是班主任，在堂上教書以外，也常說文人、作家的軼事。從老師口中，王莉知道蔡元培曾是北京大學校長，他受傳統教育，考的是科舉試，做過士大夫，但清末風雲色變的政局，令他明白到變革的必要，從此尋求救國的出路。四十一歲赴德國讀書、學習德語，修讀四十多門科目，不論中西，努力追求學問。這是因為他深信，要改革圖強，得先從教育下手。他熱心教育，創辦女校，也在北京大學開先例招收女生，整頓學習風氣，把北大變成名副其實的最高學府。

蔡元培的墓很大，墨綠色的雲石低調中見氣派，王莉拿出手機想要拍照，舉起的手又放了下來：

「為什麼墓碑用透明膠板圍起來了？」

「那是因為二零一九年有人來破壞。你看『蔡孑民先生』五字被磨花了。」

「過分！竟有人會做出這樣的事。」王莉感到義憤填胸。

「幸好愛惜他的人也不少。這個墓是一九七八年重建的。原先的墓建於一九四零年，後來凋零，狀況不堪。有周縱策教授的詩為證：『一方白石／上有丹書，後有荒草，儘茫昧裏』。一九七七年，余光中、周縱策和王國彬來到這裏憑弔，看到蔡元培連一個似樣的墓地也沒有，十分悲憤，余光中便寫了一首詩

〈蔡元培墓前〉。」

「是你傳給我的詩，我讀了。詩人想像墓中的臂膀，也就是蔡元培的臂膀，搖醒了五四，五四醒來的哭聲，則鬧醒兩千年的古國。説的是蔡元培對新中國的貢獻和啟蒙。」

「當年他們三人來到這裏，看見不堪入目的境況，決心重修墓地。余光中的詩觸動了很多人，於是北京大學香港和台灣的校友，就在一九七八年造了這個墓，距今也近五十年了。」

「我知道余光中也來過這座新墓，是二零一一年吧?」

「是，同行的還有台灣作家張曼娟和香港資深傳媒工作者鄭明仁。鄭明仁寫了一篇〈跟余光中去拜祭蔡元培〉，很清楚地寫出墳墓的位置。如果沒有他，我們可能就要在墳場裏迷路和曝曬。」

王莉心情稍見平伏，看到膠板上有灰塵，便掏出紙巾拭抹起來。墓碑上有大段碑文，但隔着膠板，反射陽光，實在很難看清。她卻看到了倒影中的自己，隱約重疊在墨綠色雲石上，忽然明白老師當年為何要跟他們講蔡元培的故事，現在自己也是一位老師了，故事的傳講，讓教育理念的堅持延續下去。

這時一陣疾風吹來，吹翻了張志樂遮陽的傘，王莉梳理亂作一團的頭髮，也梳理內心，提醒自己當老師的初心。

沿來時路離開墳場，回到香港仔廣場。廣場夾在香港仔中心住宅大廈之間，中心有一個長形的噴水池，頭尾均有大牌坊，寫着廣場的名字，還有一共四座中式亭子，坐滿乘涼的老人。池中有一座雕塑，第一眼看不出是什麼，王莉走到側邊，換個角度，啊，應該是帆船的帆，頂着一個太陽。

「這是藝術家夏碧泉的作品，名叫艷陽帆影。」張志樂說。

猜中了。王莉正得意的時候，一個影子忽然落在她身邊，竟是一隻灰鴿停在噴水池邊，側着頭，用橙色的眼睛盯她。王莉慘叫起來，慌忙躲進旁邊的商店，一個店裏的小女孩看到她這誇張的舉動，也變得既好奇又緊張，拉着母親的手不放。張志樂看到這場連環的驚嚇，忍不住笑了起來。

「你明知我怕鳥的，還笑！」

「我不是笑你。」

在王莉看來，這只是欲蓋彌彰而已。

這時，飛來了另一頭鴿子，與先來的那隻打情罵俏。王莉被困在商店裏，也好，可以涼冷氣，同時打開手機的文檔，讀起璇筠的詩作。詩名叫〈回到香港仔〉，記述詩人坐車回來，穿過香港仔隧道（詩中稱為山洞）後看到的風景。

「『在密封的玻璃車廂內／彷彿迎來撲撲海風』，」張志樂說，「今早我坐巴士去華富邨，經過這裏的時候也有同樣感覺。可能香港仔最出名的是避風塘，總是教人聯想到海或海風。」

「說起香港仔，我想我跟大部分香港人一樣，會想起珍寶海鮮舫。詩的第二段便寫到『那年老的畫舫／睜眼看着高高的玻璃外牆／圍堵海岸。／青根魚的眼。』，可惜，曾經是香港仔地標、外國遊客必去的珍寶海鮮舫也沉沒了。」

「香港仔建起了很多高廈，但水上人的純樸、粗豪卻沒變，就像詩人說的：『這兒人的面容粗豪而純淨／就像隨時可以把尾巴放回海洋。』，把水上人寫成有尾巴，跟魚一樣，真是詩人才有的想像。」

「但為什麼那兩頭鴿子還不飛走呢？詩中明明說：『香港仔廣場上／白鴿不知何時都飛走了』。」

「多等一會吧。我們來散步，但詩人來這裏卻是歸途。詩中還提到百年歷史的天后廟，『天后娘娘仍在守護／爸爸的歸航／點點鱗光。／那常不是一道風景

／那常常是我的歸途。』鐵路伸到了香港仔，鴨脷洲也變了很多，但詩人的願望是當大海一瓣又一瓣地捲起波濤，可以純樸如初。」

「牠們終於走了，我們去看海。」王莉急急拉着張志樂的衣袖走出商店。

「你是怕再有鴿子飛來吧！」

在南寧街休憩公園旁，可以找到跨過香港仔海傍道的天橋。走到天橋另一端的盡頭，便是香港仔海濱公園的範圍，天橋連接着一個露天的圓形平台，有四座模仿船帆的巨型藝術品。沿樓梯回到地面，王莉看到公園裏的休閒椅，用上了漁船的造型，覺得很可愛。在這些椅子對出便是海邊，有真正的漁船。

公園裏同樣是老人居多，有的在樹下乘涼，有的在對奕亭裏下中國象棋。一對不像本地人的男女由公園散步到碼頭，探頭張看，好奇漁船上的環境。王莉和張志樂跟在他們後面，看到好些船隻，一些做接送遊客的生意，一些似是休業的漁船，也有賣海鮮的，腥鹹的氣味隨海風吹送過來。

「你知道香港為何叫香港嗎？」張志樂突然拋出這個問題。

「我聽過，那是因為從前有香木出口。」

「其實說法有三個，你說的是其一，另外，據說清代嘉慶年間有一位海盜名香姑，佔據香港島為根據地，所以稱為香港。最後一個說法指從前航經瀑布灣的外國船隻都會在那裏取水，因為瀑布的水質好，所以稱為香港。」

「哪個說法才是真的？」

「那就眾說紛紜了。不過葉靈鳳在《香港方物誌》中寫過一篇〈香港的香〉。他認為與香料有關的說法較為可取。那是因為早於嘉慶年間和外國人到香港之前，康熙二十七年，也就是一六八八年的《新安縣志》中，已有『香港村』這個地名。葉靈鳳指出香港從前是一個運輸香料的出口港，這些香來自東莞，稱為『莞香』，非常有名和珍貴，上等的甚至比得上黃金。香農將他們的出品集中到石排灣附近的小港，再出口到各地，於是小港口便稱為『香港』，也出現附近的『香港村』了。」

「我在書上讀過，古人焚香除了拜祭，也可以靜心，甚至用來計時。可惜到了現代，人們對香多有誤解，以為燒香都是為了拜神，又或是鬼的食物。」

「曾繁裕訪問過在香港製香、承傳香文化的鄧皓荃，寫成了〈第一沉香：說不完的香、香港與港香堂故事〉。文中引用羅香林教授的著作《一八四二年以前之香港及其對外交通》，進一步把香港的莞香買賣，推前至宋朝。鄧皓荃在訪問裏說，香港的香味道很平靜，就像夜裏禪修打坐，月亮打在頭上的感覺。」

「這要多強的想像力啊？」王莉皺眉，一臉茫然，像被月亮敲了一下頭。

「但不是很吸引嗎？」

那對不似本地人的男女，乘上接客的船不知到哪去了。王莉和張志樂來到六號碼頭，原來這裏是旅客服務中心，還有稱為「香港仔漁人碼頭」的設施。入口展出了漁民捕魚時的工具，有浸籠、油燈、圍網和拖網等等，最吸引張志樂的是四排紅色燈罩的燈泡，令他想起小時候在街市的雜貨店裏，用來照雞蛋的燈泡。不過旁邊的展板介紹說，這是漁民捕魚的工具，方法是在夜間利用燈光吸引海洋生物，再下網捕捉，水上人稱這種方法為「照魚」或「照燈」。

「香港仔漁人碼頭」設在岸邊的船上，他們踏過接駁木板登船，內有商店，出售多種與水上人和捕漁有關的設計產品，例如布袋、馬克杯、小木椅等等，同時也有冷凍櫃賣飲料，船上的一角設有小型的展覽，主題是水上人的傳統節日，展出了龍舟的龍頭和龍尾，還有鼓。可能是店員的喜好，店裏播放着九十年代的香港流行曲，播完了陳慧嫻，接着是許志安。

撥開透明膠簾走到另一個船倉，王莉不禁暗叫一聲，這是一個冷氣開放的空間，陳列着更多的產品，有關於漁民的書籍、明信片、地圖文件夾和海魚造型的鎖匙扣等等。兩人坐在店裏的椅子上休息，暫時逃離外面的熾熱。

「你讀過舒巷城寫的〈香港仔的月亮〉嗎？」王莉問。通常是張志樂問她有沒有讀過某某作品，這次卻反過來。

「讀過。」

「我就好奇，來香港仔，你為何沒傳這篇給我。」

「那是因為我一時忘了收錄這篇小說的《山上山下》放在哪。」

「雖然是一九五三年的作品，但來到香港仔一定要讀這篇吧。」王莉看着用老照片翻印的明信片說，「小說裏的水上人，世世代代在大海謀生，不能上岸。上了岸的，為了生活就得去偷，月好的爸爸偷了兩盒月餅，結果被拉去坐牢。」

「這是主要的故事，藉此描述當時水上人的苦況。我特別欣賞月亮的意象，月好的名字由來，正因八月十五出生。那時代岸上的人日出而作，日入而息，但水上人卻相反，晚上才是謀生的時候。阿木嫂和月好要等夜來了，靠開船接送客人去遊船河或到酒家來賺錢。舒巷城這樣形容海與水上人的關係：『香港仔的海面像一面很大很大的捕魚網——它網着阿木嫂，網着阿月好……網着每一個

『水上人』像船錨一樣沉重的心』。」

在苦海浮沉的又豈止水上人？王莉還沒把這話說出口，便聽見一陣引擎漸近的聲音。張志樂像貓聽到開罐聲，飛快地探頭外望，然後嘩嘩嘩的叫了三聲。

「是什麼？」

「來了！能碰上真好。」

原來是一艘小艇駛來，木造的船身，用多個黑色輪胎圍了一圈，加上綠色的篷蓋，速度不快，像一頭笨拙的動物步來。靠近時，王莉才看到艇上有廚房，閃亮的菜刀、青菜和麵餅等食材，她終於明白張志樂興奮的原因，連他剛才只吃一份西多士的意思也懂了。

「這是賣艇仔粉的艇，只在星期六日營業。它會在香港仔和鴨脷洲之間行駛，要吃到還得靠一點緣分。」

她聽過艇仔粥，卻沒聽過艇仔粉。

張志樂點了一碗燒鴨叉燒河，艇上頭髮花白的老伯切燒味、灼青菜，把河粉放入滾湯中，然後按着河粉、青菜、燒味的次序，逐一放進塑膠碗子裏，再撒上蔥花，整個過程才不到十分鐘，一碗熱騰騰的燒鴨叉燒河便從老伯手上，隔着一個海，遞到了張志樂手裏。

「咦？怎麼有魚蛋？我沒點過。」

「請你們吃的。」老伯說。

他們謝過老伯，在「香港仔漁人碼頭」買完飲料，便到公園裏的亭子坐下，亭子遮陽、通風，雖不及冷氣空間，但也不覺悶熱。王莉看着碗子裏兩顆白魚蛋半浮半沉，便說：

「艇仔粉的配料不是海鮮嗎？怎麼會是燒味？」

「我起初也是這樣想，後來才知道水上人平時海鮮吃得多，會更想吃到岸上的食材。艇仔粉的出現是為了方便海上工作的漁民，讓他們不用特地上岸吃飯，但隨着水上人上岸，粉艇已買少見少，現時只剩兩艘了。」

張志樂夾起魚蛋，凝神地望了它幾秒，王莉知道他又想起某篇文學作品了。

「我竟忘了把那篇文章傳給你，真失策！」

「哪一篇呢？」

「是海辛的散文〈香港仔的魚蛋與街渡〉。八十年代，作者遷居香港仔華富邨，讀到一篇香港仔魚蛋的報導，慕名而來，認識了開船載客往來鴨脷洲的高佬東。高佬東說魚蛋師傅把門鱔肉與麪粉撈在一起，撻的時間長，魚蛋自然會爽脆。」

王莉夾起另一粒魚蛋，「原來是用門鱔肉做嗎？」說完，便放進嘴裏。

「海辛與高佬東做了朋友，常在假日坐街渡去鴨脷洲，但為的不是魚蛋或鴨脷洲的風景，而是『為了搭街渡，坐在那些男女老少街坊中，觀察一張又一張有型有格有陽光的臉』，聆聽海島的聲音，呼吸漉漉的海島氣息。這些人和事後來便成了他小說的題材。」

他們一人一對筷子，同樣不用十分鐘，便差不多把艇仔粉吃完。味道說不上驚艷，但王莉吃出魚湯淡淡的鹹香，令平凡的河粉更入味，加上燒味的甜與肉香，要她自己吃一碗也是完全沒問題的。

張志樂夾起最後一塊叉燒，卻被王莉伸來筷子擋着，只聽到她說：

「來香港仔怎能只吃艇仔粉和魚蛋？應該要吃避風塘炒蟹。」

「你是指劉偉成的詩〈香港仔避風塘．句號〉吧。」張志樂失笑，「那是一首充滿色香味的詩，有火辣的金黃、堆高的配料、惹味的泡沫、味蕾的爆浪，甚至配料的嗆鼻與死蟹的泥臭。」

「我記得的是詩人寫到堤外與堤內的對比與張力。漁民在『暫避災禍的港口』逃避堤外的狂風，像穴居的人在火堆前，『炒的無論是蟹、蜆，還是受驚會瀨尿的蝦』，為的是『燃起守護妻小的勇氣』。我讀的時候很受感動。」

「但堤外真正的風暴，變成了『近岸的一脈簇新的樓羣』，詩人形容為密不透風，像一張大帆，紮實卻張不起來。而船上的漁民反而像『困在桶內待宰的蟹』了。詩中的人與蟹角色反轉，令人驚喜。」

「吃飽了有點想在這裏吹海風，睡午覺。」王莉打哈欠說。

「起來，今天還有地方想去。」張志樂吃下叉燒，把筷子排好，一口氣喝掉半瓶水說。

兩人走到漁暉道，乘坐前往赤柱村的巴士。赤柱，對王莉來說很陌生，只記得高中學校旅行去過一次，跟同學在正灘燒烤，在沙灘玩數字球，可是具體的情景和人臉都模糊了，記憶的隱形眼鏡不知丟了在哪個地方。

巴士駛過海洋公園她才醒過來，「到了嗎?」她反射性地問，身旁閉目養神的張志樂睜開眼睛，看一眼沿途的別墅，輕聲地說了一聲「未到」。

王莉還想多睡一回，但巴士轉彎，角度正好引進陽光，車廂和車廂裏的人都明亮起來，陽光像一張毛毯蓋着王莉的半身。睡意消散，她只好看出窗外，與張志樂聊起沿途的風景。

張志樂因為這樣想起舒非的小說〈去赤柱的路上〉，女主角翠雨一個人乘坐巴士，由銅鑼灣出發，想去赤柱曬曬太陽，不料看到街上一個曾喜歡她的男人。「小說裏有一幕描述陽光照進車廂。舒非這樣寫：『天氣好極了。冬日的陽光彷彿知道得到人們的寵愛而更加炫耀。玻璃車窗自然關不住明媚的春光，陽光照在車廂裏，照亮所有的椅子，自然，也照耀椅子上的乘客』。巴士一直行駛，翠雨一直想着與那男人有關的前塵往事，包括他們曾經在赤柱約會過一次。」

「我想要冬日的陽光。」王莉用手掌半掩眼睛，擋下夏日的陽光。

「做老師的，不是夏天最多假期嗎？」

「話雖如此，天氣太熱的話，哪裏都去不了……還有，假期裏我要整理進度表和預備工作紙。」

過了一會，她又說：「不過學翠雨到赤柱曬太陽和散心也是好的。」

不知是司機還是路況問題，一路上頗為顛簸，兩人一時無話，直到淺水灣泳灘下車。跟他們下車的還有一家外國人，兩個小男孩嘰哩呱啦，說着流利的英語，表現得很興奮，要父母拉住才沒衝過馬路。

王莉也感到興奮，看到下車處的花崗岩石牆，還有設計時尚又具氣派的豪宅，倦意全消。張志樂帶她過了馬路，回看一道寬石級上的影灣園，特別之處是外牆呈弧線形，令人聯想到海浪，還有建築物中間開了一個方形的洞，像向海打開的窗子。

「你看中空的部分，」張志樂說，「據說是風水設計，讓神龍可以出入，到海上喝水，帶來財運。」

「住這裏的人非富則貴，原來是有原因的。」

「有沒有想過豪宅也跟文學散步有關？」

「什麼意思？你指這座影灣園嗎？」

張志樂點頭，「它的前身是已拆卸的淺水灣酒店，外國作家蕭伯納、毛姆和海明威都曾住過，同時這裏也是《傾城之戀》故事發生的地方。」

王莉有點難以置信的看一眼影灣園，再看一眼張志樂，像一個想要在黑板上確認答案的學生，然後用認真又略帶沉重的語氣說：

「香港的陷落成全了她。但是在這不可理喻的世界，誰知道什麼是因，什麼是果？誰知道呢，也許就因為要成全她，一個大都市傾覆了。」

「你竟然會背《傾城之戀》的名句！」

「淺水灣酒店是白流蘇和范柳原重遇的地方。」說着，王莉便用手機上網找來了《傾城之戀》，重溫關於淺水灣酒店的描述：「這個我記得，你聽着：『到了旅館門前，卻看不見旅館在哪裏。他們下了車，走上極寬的石級，到了花木蕭疏的高臺上，方見再高的地方有兩幢黃色房子⋯⋯他們沿着碎石小徑走去，進了昏黃的飯廳，經過昏黃的穿堂，往二層樓上走，一轉彎，有一扇門通着一個小陽臺，搭着紫藤花架，曬着半壁斜陽』。等等，你剛才說酒店已拆了嗎？」

「一九八二年拆的。」

「可惜，其實我嚮往的是那裏的房間。白流蘇住的房間是一百三十號，張愛玲形容『那整個的房間像暗黃的畫框，鑲着窗子裏一幅大畫。那澎湃的海濤，直濺到窗簾上，把簾子的邊緣都染藍了』。這寫得多美啊，說不定比現時的影灣園更美。」

張志樂遙望影灣園上一格格的窗子，想像當時的情景。

「後來戰爭爆發了，白流蘇和范柳原再次回到淺水灣酒店，那裏已有英軍駐紮。食物都留給了士兵，住客每餐只能分得兩塊蘇打餅乾或兩塊方糖。炮火來襲時，一間敞廳被打得千創百孔，牆也坍了一面。張愛玲哪會想到，酒店逃得過戰火，卻在和平的年代清拆了呢。」

「其實《傾城之戀》的情節，一部分是張愛玲當時的生活。她曾在《明報》寫過：『港大放暑假，我常到淺水灣飯店去看我母親，她在上海跟幾個牌友結伴同來香港小住』，又說『寫《傾城之戀》的動機——至少大致是他們的故事』。」

兩人別了影灣園，走下梯級，來到一個小花園，在這個稱為淺水灣花園的地方，找到一組藝術作品，外表不過是三張公園的休憩長椅，但其中一張被藍色的書塔圍住，另一張旁邊放着旅行箱，還蓋着一件白色的外套。王莉走近第三張，看到地面和小桌上放了幾顆子彈，還有張愛玲的照片。

「這組藝術作品名叫『香港之旅』，是南區文學徑的一部分。書塔記念她於五十年代的創作全盛期，而旅行箱則記念她於六十年代短暫逗留香港。最後的子彈和照片代表她求學時期和戰亂的時代背景。」

「政府想辦盛事、拚經濟，可以興建一座張愛玲主題公園。」王莉忽發奇想。

再走一小段路便抵達沙灘，張志樂看到海，想起什麼說：

「董橋在〈淺水灣舊事〉裏引述過張愛玲在《明報》的話，文中另外寫到與一位愛收藏古玩的俞老伯的情誼。那大概是六十年代，他每隔十天半月便會去淺水灣酒店探望俞老伯，一起在下午茶座上聊天。他們吃的是張愛玲也愛吃的scone。文中他描寫這片海，說它最是牽情，『比青花更青』。」

「Scone 我也喜歡吃。」王莉按着被海風吹起的頭髮說。

「那你要去影灣園下的露台餐廳 The Verandah，重建時保留了原有的裝修風格，最著名是英式下午茶。」

「去啊！剛才艇仔粉沒吃飽。」

王莉這樣說，但人已經跑到沙灘上，張志樂才知道她開玩笑。

夏日的淺水灣，比起董橋筆下的青色，更接近張愛玲描述的藍。剛才的外國人家庭，父母在散步，孩子在踢浪；遊人雖多，但寬長的沙灘容納了所有人，大海保持平靜的心境，教王莉心情寬快，想起白流蘇和范柳原在這裏曬太陽，被沙蠅咬，但她不怕蚊或沙蠅，只怕飛鳥。

張志樂跟了上來，一起在海邊散步。王莉走在近海那邊，有時浪頭湧上來，像一隻手要觸碰她，她便跨步或輕跳，夾雜驚呼或輕笑。穿着白色上衣和奶茶色七分寬褲的她，在張志樂眼中變得像兔子。

走了一段路，王莉看見沙灘上一座雕塑，由兩個金屬圓環組成，上面有紅色的裝飾，遠看有點抽象，等她走近，才發現那些裝飾是鳥，嚇得她馬上調頭，想要離開。

「不用怕，是假的啊。」張志樂說，「這個藝術品名叫『飛鳥三十一』，屬於南區文學徑的一部分，是為了記念蕭紅而建的，因為她曾把自己比喻為飛鳥。」

「假的也很可怕。三十一是指蕭虹活到三十一歲嗎？」

「是，每隻模型上都有年分和序號，記錄每個時期的蕭紅和她的文學。」張志樂特別強調那些是模型。

「記得我們在西營盤文學散步時，你說過蕭紅的骨灰一半撒在聖士提反女子中學，一半撒在淺水灣。」

「撒在聖士提反女子中學的骨灰，其位置至今仍是一個謎，但這裏曾有蕭紅的墓，並有一塊木板寫有『蕭紅之墓』四字，是端木蕻良立的。一九四二年，葉靈鳳和戴望舒來憑弔，戴望舒寫了一首〈蕭紅墓畔口占〉，他說：『走六小時寂寞的長途，／到你頭邊放一束紅山茶，／我等待着，長夜漫漫，／你卻臥聽着海濤閒話。』。那座墓早已搬走了。」

「你說過搬到廣州去。」

「那是因為十多年後，有人在她的墓上築起出租泳衣的小棚。在一九五七年七月二十二日，葉靈鳳與一羣文化人挖出蕭紅的骨灰，遷到廣州銀河公墓。」

「我讀過小思的《香港文學散步》，書中有一篇〈寂寞灘頭〉，寫到戴望舒來這裏憑弔的事。小思憑着四十年代的老照片，並根據夏衍寫的〈訪蕭紅墓〉，親身去找墓的所在，即使『繁華的旅遊點容不了一個淒涼人的痕跡』，但這份認真和毅力真教人尊敬。」

「除了小思，朱少璋在〈淺水灣傳奇〉裏，把焦點放在葉靈鳳身上，不但記述他替蕭紅遷墓的事，還寫到他藏書過萬，死前念念不忘一冊《新安縣志》，要把它送返中國，最後由他的家人了其夙願。朱少璋慨歎，香港人的視線永遠向上望，關心樓價和股票，香港真像一個文化沙漠。」

「這都是文化人的堅持。」王莉用鞋頭撥弄沙粒，這到底是沙灘還是沙漠？沙灘上有人玩水、追逐，傳來嬉笑的聲音。有遊人拍照、分享帶來的外賣食物。王莉真沒想到，淺水灣沙灘連繫着這麼多作家和文化人，張愛玲、蕭紅、端木蕻良、戴望舒、葉靈鳳、夏衍、小思、董橋、朱少璋，沙下埋藏的故事，豐富得超乎想像。

兩人在古老海風的吹送下，走回淺水灣道，找到前往赤柱的小巴。車程中，她想起張志樂傳給她的另一篇短文，是可洛的〈化浪或灰也不壞〉，記述作者為了到學校教寫作，由銅鑼灣乘坐小巴到赤柱經過的幾個地方。可洛與朋友感慨一輩子也買不起赤柱的大屋，甚至幾尺墳地，於是便想不如化灰撒入大海。

王莉坐在同一路線的小巴上，經過春坎角消防局和靜修里，小巴駛入下坡路，果然如文中所說像要直飛出去。泛着碎光的藍海在她眼前展現，一眨眼便隨着小巴轉彎，被沿路的獨立屋遮蓋。

文中也提及到作者到赤柱旅行，令王莉想起某年學校旅行，跟同班友人燒烤時，一位男同學不知從哪裏捉來一隻泥色的小蟹，把牠放在炭火上，蟹的爪子陷入鐵絲網的格子裏，無法逃脫，很快便被燒紅，冒出白色的煙和泡。圍觀的同學在笑，她忘了自己有沒有笑，但回想起來，卻感到悲哀。

他們到了香港航海學校，下車回頭走，在聖亞納天主堂轉入黃麻角道。這邊是聖士提反書院的外圍，可以看到運動場、宿舍和近年新建的尚善樓。

「聖士提反書院本來在般含道，一九二八年遷來赤柱，校舍建於一九三零年。」

「我記得胡適曾在校園裏喝下午茶，那時他看到海上的斜陽，說風景特別清麗。他還說人們終日把香港看作商場，認為『香港應該產生詩人和畫家，用他們的藝術來讚頌這裏的海光山色』。」

「你同意嗎？」

「我是不反對喝下午茶的。」王莉笑說。

大約十分鐘後，來到赤柱軍人墳場。藍天下，入口的十架和石階，神聖的白中帶點歷史的灰黃，給人莊嚴之感。石階盡頭是寬敞的草地，粉白的墓碑和同色調的小徑。王莉想起可洛〈化浪或灰也不壞〉這樣說：「數百個墓碑在陽光下默默抵抗時間……這些墓碑下，埋着在戰亂中死去的人，有軍人、戰俘和平民，更有相鄰學校的昔日師生」，這時，張志樂的話傳到耳中：

「這個赤柱軍人墳場埋葬了十九世紀的警衛人員、香港保衛戰和日治時期的死難者，以及戰後的英聯邦戰爭陣亡者。墳場建於一八四零年代，是香港最早期的軍人墳場之一，現時為三級歷史建築。」

兩人散步在墳場裏，試認墓碑上的銘文，有死難者的名字、逝世日期和年紀，甚至發現一個三歲孩子的墳墓，叫王莉感到心痛。部分墓碑後面也有神秘的字母和數字，例如「R.B.L. 313」或「S.I.L. 22」。

「這些是英國政府早期使用的界石，是一種邊界標記物，用在測量工作上，以辨別一個區域及另一區域之間的邊界位置。」張志樂說，「例如 R.B.L. 指的是『郊區建屋地段』(Rural Building Lot)，而 313 代表地段號碼；S.I.L. 則是『筲箕灣地段』(Shaukiwan Inland Lot) 的簡寫。」

「為什麼界石會用來做墓碑呢？」王莉蹲下，用手指探進字母的坑紋裏。

「這個還有待研究。」

張志樂預備的篇章中，有呂永佳寫的〈赤柱墳場〉。兩人倚傍大樹，在樹蔭下閱讀，王莉藉作者的眼睛，看到了美麗的墳場、孤獨的小徑，還有墓碑下「彷彿都被人遺忘了的人和事」。他們學呂永佳「閉上眼，把世界聆聽一遍」，聽到了風聲、車聲、遠處的鳥聲，甚至（大概是錯覺）是烈日下樹葉張合、水份蒸發的聲音。

文中說：「希望這是心聲的變奏。在煩惱和鬱悶的時候，不要忘記一些沉降但從未消失的感情」，王莉相信，後人的心聲化作了墓前的花束，她還看到不少墳墓前種了鮮花，黃的紫的，趁着夏天盛放，大概是墓園的管理人用心栽種的。

傍晚六時，天還未暗，兩人走到赤柱市集扮演遊客，手信商店頗能抵住時間的沖刷，改變不大，仍在售賣中式產品例如絲巾、摺扇、唐裝，還有I❤HK的T-shirt、帆船模型，李小龍 Tee 掛在顯眼位置，把貓王和約翰連儂擠到角落。

王莉建議到海傍的餐廳看日落，順便吃晚餐。雖然疲倦，但在餐廳裏看到海，心情又好轉了。張志樂大概也一樣，邊喝冷飲邊說起舒非的小說：

「〈去赤柱的路上〉後半，記述男女主角，來到這裏一家白色的露天咖啡座喝咖啡，多年後，女主角翠雨還記得，店家用的是白細瓷藍碎花的杯子。讀到這裏我想，對於愛過的男人的一切，女人總是記得最真切，記憶最難磨滅吧。」

「我反而認為會深深記得，是因為事物的美麗，白細瓷藍碎花杯子不是很美嗎？跟愛與不愛、男人女人沒大關係。」

張志樂靜下來，像回味咖啡般回味這番話，過了一會說：

「三十年後，翠雨回到赤柱，再看不到白色的露天咖啡室。最後，她獨自坐在沙灘上，任海風吹起她的長髮，小說就這樣結束了。」

「不知道三十年後，這餐廳還在不在呢？」

「這個我不知道，但八十年前的事我知道，」話題一轉，竟跳到另一位作家身上，「戴望舒在日記裏曾寫過來赤柱游水和釣魚的事。那大約是一九四零年，當時他住在薄扶林道的 Woodbrook Villa，戴望舒叫作林泉居。八月三十一日他與友人來到赤柱一個朋友家的泳棚，他說自己『游得最壞』，還被海邊的石割破了腳。後來又叫釣魚船出海，他釣到了三條魚。回到泳棚吃晚飯，被人問了些傻問題。」

「什麼傻問題？」

「寫詩的靈感哪裏來。」

王莉笑了起來，「每次學校作家講座上總有學生問這個。」

「我想從古至今，詩人、作家都是逃不過這個問題的。」

鄰桌幾個外國遊客不知聊些什麼，高興起來，掌聲雷動。他們的掌聲竟與學生的掌聲重疊，王莉才發現自己由赤柱的餐廳，回到學校禮堂，主任從講台下來，代表開學禮要到尾聲了。

那天晚上，她很早便上牀，可是遲遲未能入睡，擔心翌日不知醒，又在手機裏多設定五個鬧鐘，每五分鐘響一次。最後一個鬧鐘設定完，剛好收到張志樂傳來的短訊。

「開學日順利嗎？」

「順利，第一天很簡單的。先是開學禮，然後回班房派通告，便放學了。」

「新學年加油。」

「我不想開學。」

沒有回覆。

「突然很想念南區的海。」王莉多打一句。

「你想念的是暑假。」

雖然不忿氣，但這絕對是最佳答案，身為老師，只能給他一百分。

*瀑布灣瀑布為禁止進入的範圍，請勿以身試法。

文學作品列表：

王良和　〈和你一起走過華富邨的日子〉，《破地獄》，香港：匯智出版有限公司，2014年，頁139-184。（參香港文學資料庫）

梁璇筠　〈在水一方〉，《香港文學》第438期（2021年6月），頁28-29。（參香港文學資料庫）

周漢輝　〈觀瀑餘事——公屋詩系之八，香港仔華富邨〉，《大頭菜文藝月刊》第6期（2016年2月），頁76。（參香港文學資料庫）

鄭明仁　〈跟余光中去拜祭蔡元培〉，《香港文壇回味錄（增訂版）》，香港：天地圖書有限公司，2023年，頁386-391。

璇筠　〈回到香港仔〉，《自由之夏》，香港：藝鵠有限公司，2017年，頁120-122。

葉靈鳳　〈香港的香〉，《香港方物誌（彩圖版）》，香港：香港中和出版，2017年，頁1-5。

曾繁裕　〈第一沉香：說不完的香、香港與港香堂故事〉，《字花》第101期，2023年，頁11-15。（參香港文學資料庫）

海辛　〈香港仔的魚蛋與街渡〉，《文學世紀》第2卷，第2期總第11期（2002年2月），頁55。（參香港文學資料庫）

劉偉成　〈香港仔避風塘．句號〉，《陽光棧道有多寬》，香港：匯智出版有限公司，2014年，頁46-47。

舒非　〈去赤柱的路上〉，《文匯報．文藝》第815期（1994年1月），版C5。（參香港文學資料庫）

張愛玲　《傾城之戀》（張愛玲百歲誕辰紀念版），台灣：皇冠文化，2020年。

董橋　〈淺水灣舊事〉，《故事》，香港：牛津大學出版社，2006年，頁78-81。

小思　〈寂寞灘頭〉，《香港文學散步》，香港：商務印書館（香港）有限公司，2019年，頁184-186。

朱少璋　〈淺水灣傳奇〉，《灰闌記》，香港：匯智出版有限公司，2007年，頁101-104。

可洛　〈化浪或灰也不壞〉，《親愛的流光與城市》，香港：香港中文大學學習科學與科技中心，2022年，頁105-109。

呂永佳　〈赤柱墳場〉，《午後公園》，香港：匯智出版有限公司，2009年，頁82-83。

戴望舒　〈林泉居日記（片段）〉，《香港文學》第2期（1985年2月），頁4-7。（參香港文學資料庫）

# 二　沙田

十月中，寫作班開始多起來，是張志樂一年中比較忙的時節。儘管如此，下午五時半寫作班結束後，他乘坐擠滿人的港鐵列車到尖沙咀，下班的人潮，沒有節制地激增的遊客，耳邊陌生的語言，街道掛滿紅色小旗，營造節慶的氣氛。

好不容易穿過金馬倫道，找到與舊同學約定的餐廳。他是第三個到的，等到人齊，火鍋、啤酒、玩笑，彷彿回到唸大學的時光。三個同學，一個中學教師，一個在大學任教，一個幫家人經營小生意；出來工作後，四人生活和工作沒有太多共同的話題，聊的盡是大學時的趣事、NBA比賽和香港的近況。

涮第三碟安格斯肥牛片時，話題轉到了加拿大。其實這是一場餞行，在大學教書的朋友下個月和太太會離開香港，住的地方已找到了，但去到加拿大要找工作，也擔心寒冷的天氣很難適應。

「我舅父在那邊很多年，他說懂粵語的人很多。」

「但還是很多場合要說英語吧？」

「這個當然，我太太最近都在網上學英語會話。」

「我公司也有很多人移民走了，英文科是重災區。」在中學教書的同學說。

「幾時到你？」

「多賺幾年錢吧。」

「父親説香港還有生意，不走了，但我計劃到英國讀書，再看情況會不會留在那邊。」

「我覺得英國適合你。」

「志樂，你呢？」

「真沒想到你們都有計劃了，」張志樂把鍋裏的墨魚丸舀出來，放到碗裏，「我還沒想過。」

「將來不知道會變得怎樣，有後路會好一點。」任教大學的同學説。

飯聚隨火鍋的冷卻結束，在路口與同學們道別，大學教書的同學轉身走，沒入街燈照不見的地方。張志樂覺得，這次道別就跟過往吃飯、喝酒後的道別一樣，沒有特別之處，但這次一別，卻不知何時再見了，可能也因着酒精的緣故，便不由得有點傷感。

掛在半空的小旗在夜裏變了色，深紫之中帶點黑，尖沙咀街頭冷清，從前是時裝店和珠寶店的舖位，開了兩餸飯店和夾公仔機；他忽然覺得，這個城市變得不再熟悉。

走到港鐵站，手機熒幕亮起，他打開王莉的短訊看：

「這是你早幾天説過想要的資料。」短訊後還附有幾個文檔。

「謝謝，星期六見。」

星期六下午，大圍港鐵站。早兩天下過秋末的雨，天氣轉冷了，王莉拉一拉衣領，站在車站大堂等張志樂。他從不遲到，只是她早到了，東鐵線過海段啟用後，由港島區過來快了很多。

手機一震，是母親的來電：

「女呀，你幾點回家？」

「五、六點吧，有什麼事嗎？」

「沒事，我想做菜。」

「晚一點才做，我會準時回來。呃，我朋友來了，今晚見。」

張志樂走過出入閘機，想要向她走過來，但不得不讓路給拉着行李箱的幾個婦人。那裏面不知盛載着多少的物慾，王莉心裏想。幾個月不見張志樂，樣子好像有點不同，啊，那是一副新眼鏡。

「好久不見。」張志樂，「對不起要你等。」

「不，我早到了。你換了新眼鏡。」

「對，好看嗎？你的觀察力果然很強。」

「好看，感覺有點不一樣……變年輕了？比以前更有朝氣。」

「原來我在你眼中是死氣沉沉的。」

「不是這個意思。是『更有』，留意字眼。」

「好吧。我們出發。」

兩人從A出口走到村南道，星期六下午，大圍街頭擠擁着主婦和下班的人，他們出入餐廳，買街邊小吃、在地產代理店外駐足，有時像行人過路燈上的小綠人，有時則是小紅人，響着均衡、急促的節奏。站外的富嘉花園卻靜悄悄地，沉澱着自身外牆的淡紅色，王莉記得它從前是白色的，那時大圍已是這般熱鬧、繁榮的地方。

沿村南道走到積祿里，才一個街口，氣氛完全不同；綠樹圍着球場生長，單車徑延伸到遠處、少男少女推着單車，給人一份閒暇的感覺。對於大部分人來說，熟悉的大圍是大圍道和積富街一帶的商業街，以及美田路沿途的街市和菜檔，但王莉並不感到意外，張志樂總會找到不為人知的路線和地景。

「雖然我從小住在沙田，但我對這裏認識不深。」

「但你給我的資料很好，幫我整理出一條可能的路線。」

「那些資料在教育局就可以找到。這次也是有學校委託嗎？」

「是，聖誕節前我要帶學生來一場文學散步。」

這令張志樂想起兩星期前，他在沙田第一城一所中學教寫作班，下課時，學生還沒全部散去，幾個女同學嚷着到排球場看男生打球，負責的老師來收拾點名紙，順道跟他說：

「上學期我們會有一場文學散步。」

「我記得。」

「想問你有什麼路線推薦。」

「那天一樣是星期一對嗎？」

「對，所以是課後活動，大約四點開始。」

「十二月六時半前便天黑了，不能去太遠的地方。」

「你有想法時告訴我吧。」

後來他想到，去沙田不就可以了嗎？雖然學生大都在沙田成長和生活，但對於這個地方的歷史，還有與文學的關係，他們所知不多。加上放學後學生已經很累，再去太遠的地方未免太吃力了。得到老師同意後，他又想起了王莉，所以便發短訊要她推介沙田值得參觀的地方。

從積祿里轉入積福街，一直向前走，沿路是三四層高的村屋、油漆公司和汽車修理店，另一邊則是小學、公廁和垃圾站，明明鬧市在一街之外，卻彷彿置身鄉村。

他們走到一個綠色瓦頂的牌坊，有金字寫着「休憩佳境」。原來是一個小公園，設有座椅和長者健身設施。王莉被兩旁的老村屋吸引，它們由大麻石、青磚和黑瓦建成，看來歷史久遠，但鐵窗上又裝有冷氣機，混合不同時代的事物，跟四周的新建村屋並不一樣。

「這幢舊屋有傳統的金字頂，可以讓人認識大圍的舊貌。」張志樂說。

「這是什麼地方？」

「從地圖上看是大圍村，不過……」張志樂暫時停住，往前走到一個大門前，「也叫積存圍。」

王莉抬頭看，這個大門看來是一道圍牆的出入口。圍牆夾在兩幢房子之間，只顯露出一部分來。底部是花崗石，上面砌上青磚，頂部鋪有黑瓦片。大門上有白色石塊，寫出黑字「積存圍」，兩邊掛着紅燈籠和貼有對聯，訴説道德教誨和村民的願望。

「這條圍村自一五七四年建圍，即是明朝初年，有四百多年歷史。因為這是沙田區規模最大的圍村，所以又叫大圍。沙田的圍村很多，有一首民謠叫〈香港九約竹枝詞〉，是清代人許永慶和羅文祥寫的，詩中提到的許多地名，到今天仍存留着，例如瀝源、田心、隔田、車公廟、徑口、沙田頭、馬鞍山等等。其中有兩句這樣説：『大圍風景實如何，村裏人居雜姓多』，讓人了解到這是一條雜姓村，據説曾經住有多達二十個姓氏的後人。」

「我知道竹枝詞是一種民歌體裁，以七字句寫成，又叫圍名歌、圍頭歌，內容以介紹香港地方和鄉村風貌為主，但九約是指什麼？」

「約是指聯盟，由不同的村落組成，方便村民聯繫和合作，當時沙田就有九個，例如田心約、火炭約、沙田頭村、小瀝源約和大圍約。至於這是什麼時候開始的，其中一個説法跟我們的下一站車公廟有關。」

王莉站在大門前，探村裏張看，兩旁村屋林立，留下一條窄路，直通往前面的紅色廟宇。張志樂説那是候王宮，村裏不開放，為免對居民造成滋擾。王莉轉身，看到一輛私家車駛過，感覺一下子由明朝返回了現代。

「你之前到過車公廟嗎？」

「中學時去過一次。」張志樂説，「你住沙田一定去過吧？」

「每逢年初三母親都會拉我去。」王莉説着，揚一揚手，好像想甩掉什麼。

「初二是車公誕，但人們初三赤口不會去拜年，便擠到車公廟參拜。」

「對，每次都要大排長龍，廟裏人多，還有燻眼的煙，我最討厭。」

他們沿積福街走回去，過了村南道，轉左，跟着「香港文化博物館」的路牌轉右走，在火車橋下走過，來到城門河。這邊風景開揚多了，冬天將至，河水很淺，灰灰綠綠，倒映着岸邊墨黑的樹影。王莉停在黃色欄杆前，看着這平靜的畫面，幾隻鷺鳥在淺水處一動不動；屯馬線的架空路軌順着河的形狀，像一條尾巴伸到溱岸，另一邊還有香港文化博物館的紅頂，害羞似的躲在樹叢後面。

走過行人隧道，便來到車公廟。棗紅色的外牆在馬路邊和綠樹下十分顯眼，牆上有瑞獸的浮雕，象徵吉祥，王莉認得是青龍、白虎、玄武和朱雀。大門還有兩頭石獅鎮守，這都是她跟母親來的時候從沒留意的，那時只覺得太多人，想要儘快離開。

「廟宇似乎是文學散步常會參觀的地方。」她忽然想起這個說，「我們之前去過洪聖古廟和天后廟。」

「其實寫到廟宇的文學作品不多，但順道帶學生參觀不好嗎？」

「好啊，可以認識傳統文化，我想他們不會自己來。你剛才說，九約的組成跟車公廟有關？」

「是，其中一個說法是明末車公顯靈，消除瘟疫，村民建廟答謝，並成立九約。還有一個說法，是說興建車公廟為的是鎮守河口，以免城門河泛濫，保障村民安全。」

「但這座廟看來是新的，一點也不古老。」

「對，這是一九九四年重建的，方便善信來參拜，現時是二級歷史建築。古廟保存在新廟後面，建於明末崇禎年間，大約是一六二八至一六四四年，可惜平日是不開放參觀的。」

星期六下午，廟裏比車公誕時清靜多了，王莉走到中庭，仔細觀看，原來左邊有鼓樓，右邊有鐘樓，青瓦頂上有雙龍戲珠。幾頭小小的獸站在屋脊上，令她好奇。

「屋脊上那幾頭是什麼？」

「是脊獸，古人相信神獸能保護他們，使家園平安，所以貴族的建築物屋頂常會安置脊獸，脊獸愈多代表屋主地位愈高，北京故宮的太和殿由於是天子住的地方，所以有十隻脊獸，象徵至高無上。」

「這裏有五隻。」

「它們是狎魚、獬豸、狻猊、鳳和鬥牛。」

「西班牙鬥牛？」王莉笑了。

「不是，鬥牛是虬龍，能吞雲吐霧，古人相信牠會消災滅禍。」

廟裏最矚目的，是金色的車公像，他雙手按着寶劍，好不威武，令人感到自身渺小。住沙田的王莉記得，小時候老師曾説過車公的事跡。他是宋朝的將軍，籍貫是江西，因平亂有功，死後追封為大元帥。還有一説於南宋末年，元軍入侵，車公護駕宋帝南逃到香港。可是當中有多少是史實，有多少是傳説就不得而知了。

參拜的人不多，有的在燒香，有的在轉風車。那座金色的風車旁邊，還有一個玻璃櫃子，陳列着昔日的舊風車，因着香油的緣故，都發黑了。張志樂站在一旁看人搖籤，廟外就有解籤的攤檔。不知道有什麼事困擾着這些搖籤人。

接着二人又到了旁邊的小廟，一邊叫元辰殿，拜太歲的；另一邊叫福祿宮，拜的是財神。平安和財富自古以來都是人們的核心價值吧，王莉不禁想，如果再加上車公的精忠英勇那就最好不過。

「問你一個問題。」離開的時候，張志樂說。

「不要太難啊。」

「很容易，請說出三個用廟宇來命名的港鐵站。」

「天后站、黃大仙站和車公廟站。」

「全對，但是為什麼天后站和黃大仙站的站名上都沒有『廟』字？」

「這真是沒想過，『車公廟站』卻有『廟』字，為什麼呢？」

「怎麼你反過來問我？」

「你快說啊！」王莉輕拍一下他的背包。

「那是因為命名天后站和黃大仙站的是地鐵公司，而命名車公廟站的是九廣鐵路公司。」

「……」王莉還是想不明白，「這有什麼關係？」

「兩間公司替車站起名的方法不同，九廣鐵路公司較為直接，而地鐵公司則會簡化站名，例如佐敦站這名字跟佐敦道有關，但為了易記，所以不叫『佐敦道站』，而是簡化為『佐敦站』。」

「我明白了，所以便有了『車公廟站』這個名字。直到兩間公司合併。」

「兩鐵合併是二零零七年的事。但車公廟站於二零零四年啟用，之後一直沿用這個名字。」

「關於港鐵站的名字大可以寫一篇長文。」

「對，太多太多故事了。」

談着談着已經到了車公廟站，車站旁邊是城門河，這段河水位較高，綠水的河水跟岸邊樹彷彿連成一體。他們在小橋上停下腳步，回頭看大圍，河水減低了黑色高廈柏傲莊的重量感。另一邊是沙田，幾座白色的屋苑在遠方，隱約的山線好像把河水截住，整個畫面只有人和車在動。

「跟你玩一個遊戲。」張志樂從背包裏找出一些紙條。

「你竟然預備了遊戲！怎樣玩的？」

「你抽一張紙條，再按照紙條上的詩句拍一張照片。」

「詩句？」王莉有點意外，但同時又更加興奮。

紙條有十張，她選了左邊第三張，上面寫着「樂曲流着河水」。這是什麼東西？樂曲怎能流着河水呢，但想到這是詩，似乎不能太講究現實。

「你抽到這句嗎？」張志樂也抽了一張，「我的是『聽着魚羣微弱的呼吸』。」

「你的比較容易，我們來交換。」

「不能。現在我們要拍一張照片，呈現詩句的內容。」

「我想不到啊。哪有什麼樂曲？」她看着平平無奇的河面說。

張志樂沒理會她，掏出手機過橋，再沿岸走，好像要在河裏找什麼，可能是魚吧。她又看了一眼紙條，想到了音樂、聲音，還有曲線和河水的波紋，這時水面有什麼動了一下，盪起了漣漪，打碎兩岸大廈的倒映。

十分鐘後，他們來到香港文化博物館，坐在戶外的椅子上，幾個老伯在桌子上下棋，館外的單車徑上則不時有人踏單車的身影。

「這是我拍的，有兩張，你覺得哪張比較好嗎？」

張志樂拍的照片，一張是綠色河面上的小氣泡，他說那應該是魚呼吸時造成的；另一張很搞笑，拍的是他自己的耳朵，背景則是城門河。

「這張拍什麼啊？」王莉發現自己大笑失儀，連忙捂住嘴巴。

「我抽到的詩句是『聽着魚羣微弱的呼吸』。」

「不行，這太搞笑了，你的耳朵喧賓奪主。第一張比較好。」

「好的，那你的照片呢？」

「我沒拍。」

「為什麼？」

「我拍了影片。」

「好，來看看『樂曲流着河水』。」

張志樂湊過來，與王莉看着小小的手機熒幕。影片中，河水慢流，拉動着美麗的曲線。鏡頭緩緩拉近，定焦在王莉在河裏的倒影，長髮隨風飄蕩，掃到畫面的左方，雖然眼不能見，但彷彿夾着風裏的水聲，聽得見行人在談話，單車駛過，影片結尾還傳來「叮叮」的單車鈴聲。

「這句詩既有聲音又有動感，我想還是用影片來呈現比較好。」

「你說得對，我甘拜下風了。」

「這首詩是？」

「鄧阿藍的〈城門河的盼望〉，」說着，張志樂在手機上打開文字檔，「我選了幾個句子讓學生抽，然後拍照，讓他們透過詩人的眼睛看眼前的風景，思考怎樣把看到的景象化為詩句。」

「有趣，然後再讓他們寫自己的。」

「當然，一步一步來。」

王莉不再說話，靜下來讀這首詩，愈看愈感到奇怪。在第一段詩人寫到河水發臭：

這個城市
有一種傳說
像變化的河水
河道又發臭了

但到了第二段，竟然來了戲劇化的轉變：

彷彿神話一樣
臭河流成了清河
……
女皇戴着白皙的手套
居民獻上鮮花
樂曲流着河水
岸旁新植的花叢
也起勁地揮舞

最後是第三段，城門河變回了本來的模樣：

河水流着
一日比一日遲滯
河見不到金光閃閃的花牌了
泥塵又再飛揚

分不清樓影和樹影
河水混濁濁的
又流着沙啞的投訴聲

「為什麼城門河會盼望女皇的重臨？」這是詩的最後一句，引起她的好奇。

「你應該留意到第二段城門河是清潔的，第一和第三段則是混濁和發臭的。」

「是啊，我想這是一首敍事詩，記述一件事情的開始、經過和結果。難道是記女皇訪港？」

「沒錯，詩中記載一九八六年英女皇伊莉莎伯二世第二次訪港，當年沙田還是剛落成的新市鎮，她參觀了新城市廣場、沙田馬場，還探訪了隆亨邨一個家庭。」

「難怪詩中寫到『當迎迓的牌樓／逐日蓋搭起彩色／彩燈投影河上』，第二段又有『大字標語上下飄動』、『服裝整潔的樂隊在高奏』等描述。」

「城門河因長期受到兩岸的樓房污染，本來是臭的，但為了歡迎英女皇，趕工清潔，『臭河流成了清河』、『河換上新裝了』。但是英女皇走後，又回復了舊貌。城門河如果有靈，大概也會如結尾所說『想起潔白的禮服／盼望女皇的重臨』。」

「這根本是在粉飾太平！這不單是敍事詩，也是一首諷刺詩。」

他們談了許久，另一邊在下棋的老伯卻不大說話，持守「觀棋不語」的美德，只聽得見啪、啪的下棋聲。張志樂看到有人從博物館的餐廳裏出來，便說想喝咖啡，王莉當然知道不止於此，果然，他點的還有下午茶套餐一口小食拼盤。

「我今早喝了咖啡，我喝別的……」王莉看着餐牌說，「洋甘菊茶。」

「你每天都喝咖啡？」

「習慣了，不喝的話上課會很睏。」

「但每天只喝一杯？」

「不一定，但午後不會喝。你每天喝多少杯？」

「時多時少，忙的話兩三杯。不過有時到咖啡店為的並不是咖啡……」

「為了吃東西！」王莉靠在桌沿抱起雙手，笑他說。

「吃東西當然重要，但還有工作、寫作，心情憂鬱、萬念俱灰的時候啦……」

「這麼慘嗎？我通常是心情好的時候才去咖啡店。」

「其實我是想起葉輝的作品〈咖啡：一天的奇蹟〉。文中不但寫到作者喝咖啡的口味和習慣，也寫到咖啡館的起源。

「雖然咖啡是從非洲傳入歐洲的，但咖啡館文化則從意大利開始，發展下來，咖啡館的公共性和開放性漸漸受到重視，維也納的咖啡館更吸引了心理學家、物理學家、哲學家、數學家和經濟學家，例如鼎鼎有名的佛洛伊德和維根斯坦等等。

「作家也喜歡去咖啡館，葉輝在文中引述了奧地利作家彼待．阿登伯格的詩，剛才我說心情憂鬱、萬念俱灰時去咖啡店，便是出自此處。他的格言是『我不在家裏，就在咖啡館。不在咖啡館，就在去咖啡館的路上』，結果被人稱為咖啡館作家。」

「每個人去咖啡店的原因也不同，」王莉不以為然，托着頭說，「可能想填肚子，想找個地方看一本書，或者坐下來觀察陌生人。」

「對啊，這正是咖啡店大受歡迎的原因。咖啡店讓我們可以暫時逃離，就像筆名艾歌，原名鄭政恆寫的詩〈下午，我在喝咖啡〉第二段裏寫的：『如果都市的陽光太炫目／就躲在濃濃的咖啡之中／將下午的一個半小時喝下／置身於太平洋的其中一點／回憶某一個大海邊緣的街道／室內有緩慢的吊扇／奏着迷茫的半度音／燈下的煙滑落一片淡綠／夏灣拿悠閒的結他／和合上眼的抒情歌手／低聲講半段情話』。」

「我第一次聽說這首詩，詩人在咖啡店裏感覺置身於太平洋，又想起夏灣拿，這樣說來令人得以逃離的也許是異國情調。」

兩人分吃小食拼盤裏的煙辣腸、八爪魚丸、春卷和薯角，細聽店內播放的輕音樂。等到王莉把剛才的對話都幾乎忘掉，張志樂竟又把話題扯到夏灣拿上：

「曾經看過一齣有關夏灣拿的電影，便想到那裏看看。」

「我連夏灣拿在哪都不知道。」

「古巴。如果要離開香港，你想去什麼地方？」

「你意思是不再回來嗎？」

張志樂點一點頭，好像互動地圖上為了確認地點落下的大頭針圖示。

「香港人也不外是去英國、美加、澳洲吧，我可能會選台灣。」王莉呷一口熱茶說，「你呢？」

「最近有人也問我這類的問題。我有點想離開香港。」

「為什麼？」

「近年香港變了很多。」張志樂別過頭說。

王莉不知道他在看玻璃窗上的倒影，還是外面的樹。

「我也有同感，但你很喜歡香港吧，捨得嗎？」

「離開的人又有誰捨得呢？」

「我不知道。那你想去哪裏？」

「可能是加拿大，最近有朋友會去那邊。」

「其實今年學校裏也有幾個同事移民了。」

「我聽其他學校的老師說過同樣的事。」

「你不能走啊，香港文學散步還有很多地方要去探索。」

「說得也是，」張志樂的朝氣好像回來了，「我們去文化博物館走走。」

館裏寬敞、清涼，高大的雲石柱支撐着廣大的空間，但在沒人的時候，便顯得有點冷清了。王莉發現，自己早已忘記館裏是什麼樣子，看到最新展覽的介紹展板，默默在一角的紀念品店，記憶便一下子鮮活過來。

「記得上次來這裏是中學的事了。平時下課我都會坐巴士回家，但中五的某天，忽然來的興致，我和兩個同學決定走路回家，但途中下起大雨，我們連忙奔跑，躲到這裏來避雨。」

「很青春的回憶啊。」

「是。一去不返了。」

「放進博物館保存。」

「異想天開，你有來過嗎？」

「來過，應該也是中學的事。」兩人用扶手電梯來到博物館的一樓，張志樂繼續說，「這座博物館於二零零零年啟用的，採用中國四合院式佈局，既有中式的瓦頂，又有現代化的建築技術。」

「這個我知道，唸大學時我曾到北京交流。四合院的『四』字，是指東、西、南、北四面，『合』是指四面房屋圍在一起，形成一個『口』字形佈局。四合院的基本建築為北房、南房、東廂房和西廂房，北房又叫正房，是輩份最高的人住的，晚輩則住在廂房，南房又叫倒座房，多用作客廳或書房。」

「你比我知的還要多。這些房子中間，是一個叫中心院落的露天空間，你看，就是這個位置了。」

來到一樓時，王莉已經注意到，跟前一塊落地大玻璃，可以看到外面一個中空的露天空間，得着博物館的環抱，安靜地沐浴在微弱的陽光中。這不正是四合院的中心院落嗎？

「館裏常設展覽有五個，分別是兒童探知館、粵劇文物館、徐展堂中國藝術館、趙少昂藝術館，以及跟文學有關的……」

「金庸館！」王莉舉手説。

「搶答成功。」

「不過到底香港有什麼文化呢？有些人常常説香港是文化沙漠，沒有文化。」

「我相信只要有人聚在一起，便會衍生當地的文化。香港地方雖小，但文化還是有的。庶民的有小吃、流行曲，而這裏展示的粵曲和金庸館藏，則是藝術和文學方面的文化。」

「同意。不過作為博物館，做的不單是保存文物，還須要介紹和推廣給大眾。我最怕就是把展品放出來，然後在旁邊用板子寫着誰都不會看的細小文字，實在很難令人感到有趣。」

離開香港文化博物館，看到大門旁的李小龍像光澤依舊，踢腿的動作剛勁有力，王莉覺得他好像要一腳把什麼踢開，最好就是把工作的壓力與煩惱，踢飛到遠遠的天空去。

他們繼續前行，經行人隧道穿過獅子橋，很快便到了沙田公園的邊緣。沿着河岸走，與單車徑並行，有人穿上頭盔和運動衣，踩着公路單車練習，也有買菜後踏單車回家的婦人，各適其適。

「怎麼我們不在大圍租單車呢？」王莉說。

「我只想着散步，沒想到踏單車。」

「來一場文學單車代步也不錯。你不懂踏單車？」

「懂！怎可能不懂？」

「真的嗎？」

「當然。怎麼來到沙田也看不到望夫石？」

「你故意扯開話題，一定是心虛。」王莉不懷好意地笑說，「這邊是看不見望夫石的。如果不上山的話，可以到富健街，背着雲疊花園往山上看。」

「果然是沙田人！你一定知道望夫石的傳說吧。」

「當然知道！」王莉失笑說，「這是每個沙田人耳熟能詳的故事：傳說一個婦人每天背着一對兒女上山，遙望大海，等候出洋謀生的丈夫回來。但是有一天，風雨大作，雷電交加，母子三人不見了，他們佇立的地方卻多了一塊巨石，就是他們的化身。」

「那你上過望夫山嗎？」

「沒有。」

「我倒上過一次，跟兩個中學同學夜探望夫石。記得走到半路，我的手電筒照到同學身上，看見他的上衣有一串水珠，想要替他抹掉時才發現那根本不是水珠，而是一串蜘蛛卵。」

「那蜘蛛在他身上嗎？」

「在啊，就在他的衣領，差不多要爬到他的脖子。我連忙叫他停下來，不要動，隨手撿起一根樹枝，幫他把蜘蛛挑走了。」

「那麼驚險。你們為何要晚上登山？」

「原因倒記不起了，大概是讀書時代隨興而為，想到就做。很久以後，我才讀到有關望夫石的文學作品，例如盧偉力的〈望夫石聯想〉和俞風的〈望夫石記〉。來，傳給你看。」

王莉感到手機傳來一下脈動，於是按下「接受」鍵。

「跟大部分人一樣，他們都有過遠看望夫石的經驗。盧偉力是在巴士上看到，而俞風看見它則是在火車上。俞風在文中說『車過沙田，仰頭見望夫石，風裏蒼然獨立，背後羣山起伏，延綿不絕一如婦人無盡的思念，於是相信沙田因望夫石而成其美，而望夫石的故事因沙田鄉野的樸實祥和而彷彿成了恆久可信可誦的傳說』，沙田與望夫石兩成其美。不過後來他登上望夫山，近距離看那塊巨石，反而分不清哪兒是頭，哪兒是身，同時令他感到失去方向，不知自己位置的，還有沙田的巨大變化。」

「寫作年份是一九八五年，那時沙田已由鄉郊地方發展成新市鎮了。」

「俞風還說，我們身在市區，『城市在身邊向四面八方伸展，不斷變遷，不斷更新，每天新的事物湧現，取代舊日的東西，我們一任日子流逝，在匆忙的上班下班的過程中，城市變得面目全非了，進入另一個時代了，我們毫無感覺』，同樣因距離太近。」

「相反，望夫石卻在山上遙望這些年來的轉變，用俞風的話，是它默默留心，滄海桑田，一一銘記。望夫石喚醒了作者，讓它開始重新思考山下城市的各種問題，那不斷變遷背後的意義。不知道他最終有沒有答案呢。」

「我不知道。盧偉力的詩〈望夫石聯想〉也有類似的反思。作者化身望夫石，在詩中不斷拋出問題，例如『我不明白／遙遠的黃土／為什麼會在雨中／離棄高原』，又說『身旁的草地／為什麼會在風季／變了顏色』。望夫石很古老，但詩中夾離着九十年代的事物，例如咖啡、奶茶、三文治和涼瓜牛飯，還有當年的社會問題，物價暴漲，水災和警匪駁火。」

「似乎在這兩個作品裏，望夫石都可看作一個不變的象徵，而變的是山下的城市、作者的時代，面對着恆久不變的事物，更叫我們思考有什麼變了，變的意義又是什麼。」

「詩的後記提到，盧偉力坐巴士穿過獅子山隧道，都望見望夫石，但後來巴士改道，走大老山隧道，便看不到望夫石了。正是這個變化，勾起了作者對望夫石的記憶。」

「不知道望夫石會怎樣看這一切的變化呢？」

「對它來說最大的變化，可能是從前在山上看海，而現在看的是河。」

筆直的城門河，談不上寬闊，對岸的道旁樹後，升起了乙明邨和沙角邨，還有夾在兩者之間的愉城苑。王莉一邊看着這片熟悉的風景，一邊聽張志樂複述黃坤堯寫的〈沙田清夢〉。作者說的沒錯，城門河「河不河，海不海」，是「一條詭譎的蛇」，她也曾看過文中提及的夜景，「金光閃爍，晚上盛裝的城門河搖身變成金色的蛇」，不過這條蛇早已被人收服了。

奇怪的是，住沙田的人也絕少聽過沙田的故事。對像王莉這些在此成長的年輕一代來說，沙田彷佛一直是這個樣子。但世上本無筆直的河，約了張志樂後，她上網查看資料，才知道城門河從前是一片海，叫沙田海，是政府於上世紀七十年代，發展沙田新市鎮時，才填海並拉直河道的。

張志樂繼續唸讀〈沙田清夢〉：「『沙田融入香港的歷史檔案裏，新社區也就是自足的樣板；生老病死衣食住行育樂，一應俱全』……」

王莉忽然感受很深，是的，興建新市鎮的一個目標，就是要營造自足的社區。這方面沙田大概是成功的，文中提到的屋苑、新城市廣場、火車站和寶福山骨灰龕場，照顧市民居住、衣食、娛樂、出行和死亡的需要；她又想到與生老病相關的威爾斯親王醫院和沙田醫院；而無數的學校連同中文大學，則交織出教育的網。

他們找到河邊一張長椅，坐下，張志樂繼續唸下去，王莉發現再平凡的地方，在作家筆下就是不一樣，文中說「新城市廣場是新沙田的心臟，火車是輸血的大動脈」，在商場的四樓平台花園上，「菲傭陪着中風的老伯踽踽緩行，穿校服的少年男女躲在一角擁抱親吻，幼稚園的小孩不要人拖直奔回校，黃髮垂髫與青春少艾，人來人去，迸出火花，一日共時的故事往往演完了很多小市民歷時的一生」。最後一句有如電流刺激着她。

從小住在沙田的我，就是其中一個小市民。王莉心裏說，從前未曾想過離開沙田，因為這裏什麼都有，似乎可以寄託一生；是直到上大學，我才被逼到另一個區去，踏出沙田，看到更大的世界，也許沙田仍會是我的歸宿，但看到過更遠風景後，我跟過去的自己已經不同了。

「你想到什麼嗎？」張志樂見她出神，問道。

「我在想，我經常去新城市廣場，卻沒想到可以把它寫進文章。」

「商場給人的印象就是購物、娛樂的地方，加上商鋪經常更換，有時連某個鋪位之前開的是什麼店也忘了，難以讓記憶生根。」

「也許商人就是要我們遺忘，永遠追逐新事物，這樣他們才有利可圖。」

「不錯，而文學寫作要做的其中一件事，就是拒絕遺忘。我們坐在這裏讀文章，令我想起另一位作家。」

「是誰？要令你遺忘還不容易。」

「是陳志堅，他寫的〈浮華至今〉，記述了坐在城門河邊看書的經歷。」張志樂在手機裏找尋文字檔，王莉覺得他的手機可能連接着文學宇宙，「找到了。他說：『有年夏季，獨自坐在河岸的堤上，陽光雖然猛烈地照耀着，然而像永不止息的清風送爽，手捧着夏目漱石《我是貓》』。」

王莉笑了起來，「我們讀陳志堅，他讀夏目漱石。」

「對，就如他繼續寫到：『倘若樓上的人在看我們時，未知心裏有否默念着卞之琳〈斷章〉而不曉得自己也同屬美好風光的構成部分』，夏目漱石成了他的風景，而他也成了我們的風景。」

「〈斷章〉是這樣解讀的嗎？」

「有何不可？讀與寫就是看風景和成為風景。你剛才提到新城市廣場，〈浮華至今〉也有寫到。文中是這樣寫的：『新城市廣場固然是地標，就像什麼時候都必須經過這裏。為了吸納新式店鋪，三十多年前，原本屬當時日本次等的八佰伴公司正式在沙田開展業務，誰可料到往後成為香港膾炙人口的日式百貨』，作者還寫到一田百貨大特賣時擠擁的盛況。」

「八佰伴不是我的年代的，但百貨公司大特賣，擠個你死我活，是許多沙田人的集體回憶。」

「這種生活模式已經不是沙田獨有了，陳志堅又說：『遊走其中，眼目都是買賣，耳聞都是節拍音樂，清一色的商户在兜售。才發現同樣的城市規劃模式原來已經悄悄然成功複製，不是嗎？屯門市廣場與周邊，將軍澳廣場與周邊，奥海城與周邊，葵芳新都會廣場與周邊……所有街道都已升空』，這是另一位作家梁文道提到的『升了空的街道』。」

「說起這個，大概就是大圍與沙田的分別。大圍還保存了街道上的商店、逛街的文化，而沙田則是商場系統，新城市廣場把旁邊的商場統統串連起來，同時又以天橋連接着瀝源邨與禾輋邨。」

耳邊響起鳥鳴（教王莉警覺）、孩子追逐的聲音，還有張志樂訴說公園的故事，他的聲音並不洪亮，但綿綿的令人聽得舒服，他適合教書，王莉想。但她的思緒很快被他的話拉遠；城門河的前身是沙田海，就在現時香港文化博物館和帝都酒店一帶，有一條白鶴汀村，一九一一年英國遠東飛機公司曾在白鶴汀村海灘作飛行表演，據説是香港史上首次的飛機起飛。到了一九四九年，英國陸軍航空隊在那裏建造一個小型軍用機場「沙田機場」，供第二十獨立航空偵察隊進駐使用。

沙田海一帶的鹹水田，在五十年代發展成沙田墟，建有住宅和墟市，岸邊還停靠着沙田畫舫，是當年的景點。可惜一九六二年颱風溫黛襲港，沙田墟損毀嚴重，還有多人失蹤和死亡，沙田機場被逼廢棄。到了七十年代，政府收回沙田墟土地興建新城市廣場，餘下的店鋪在八十年代清拆。沙田海被填平，修直成人工河「城門河」，風暴對居民的威脅才大大減小。

星期六午後，公園裏一班小孩在遊樂設施上攀爬、跑跳。草地上有幾羣外傭聚餐，一位老伯在公園的桌椅聽收音機，清談節目的主持人們笑罵着世界另一邊的事情。黃坤堯的〈沙田清夢〉説：「中央公園空水澄鮮，宛在水中央」，大概因為它是填海而來，三四十年匆匆而過，曾經年輕的公園設施漸舊，王莉又感觸起來，彷彿公園裏多個角落都能瞥見年少的自己，獨自漫步，或跟同學追逐、嬉戲。

踏上梯級進入沙田公園，王莉看到有蓋廣場的白色天幕，像一隻巨大水母浮在半空，加上這裏的建築物較矮，整體給人輕盈的感覺。前面紅色的建築物，就是大會堂、圖書館與婚姻登記處，照顧市民的文娛與嫁娶需要。還是學生時，公共圖書館是她不時流連的地方。

再遠一點，山退隱在一些建築物的背後，剛好看到山上一個白色的人造物，吸引了她的注意。

「看到山上那個十字架嗎？」她指給張志樂看。

「那是道風山的十字架，原來不用上山，在這裏就可以看到。」

「中學時學校帶我們去參觀，記得上面寫着『成了』二字，是耶穌釘在十字架上說的最後一句話。」

「山上是怎樣的地方？」

「山上雖然是傳揚基督教的地方，設有神學院，但建築物都是中式寺廟風格，古色古香。我記得除了十字架，還有禮拜堂、蓮花池和明陣等等。」

「這不就跟王良和〈道風山上〉寫的一樣嗎？」不知何時，張志樂已在手機上找到這篇文章，「文中說『山上的建築物完全是中國式的，鱗瓦、樑柱、亭閣、花圃，格局很像佛寺』，至於那禮拜堂『外面看很容易誤認是大雄寶殿，屋頂六角翹起，每一隻角的上面都排列着幾個小人像，衣飾有的像僧人，也有像道士和耶穌教士』。」

「這個嗎？我記得是山上的聖殿，掛着一個大銅鐘。」

張志樂的目光快速地在手機熒幕上掃過：「作者經常跟太太在城門河畔散步，多次看到那個大十字架，才生出上山尋找十字架的念頭。」

「原來此文是寫於一九九一年……」王莉讀着張志樂傳給她的文章，「作者說『現在，河邊散步的日子愈來愈難得了，我們都告別了閒適而單純的大學歲月，營營役役於繁忙的工作中，抽不了身。一切都在改變，真有不變的人事嗎？香港也徐徐落入九七倒數的陰影裏』，他在十字架下聽到山下傳來隆隆的呼嘯，像飛機或火車，想到『多少火車去去來來，多少飛機起起落落』，載走了他的師友。那年頭同樣是移民、離散的時代。」

「至少道風山的大十字架讓那刻的他心境得以平靜。」

從源禾路的出口離開公園，走上一條迴旋的路，看到有葉子開始變紅。這條路連接好運中心，張志樂對這個商場沒多大感覺，但王莉記得它曾經老舊，通道狹窄，開滿賣手機、漫畫、遊戲機、中醫藥，和各式各樣商品的小店，像一座小迷宮。翻新過後，商場變得光猛、寬敞，進駐人氣的咖啡店和茶飲店，熱鬧得很。

張志樂說下一站是瀝源邨，她便不難猜到路線，是要走「禾輋瀝源步行天橋」，其實她讀了張志樂給她的文章，才知道有這個名字。她過去只會叫它行人天橋，但在佟傑寫的〈記瀝源橋，沙田友的福海樓走廊〉裏，作者叫它「福海樓走廊」。

「名字是重要的，但人有權在官方名字以外，命名自己生活的地方，即使那個名字只有自己和身邊，以至社區裏的人會用。」

「你令我想起一個人類學的概念，叫『非地方』，你聽過嗎？」王莉說。

「沒有，你說來聽聽。」

「那要先說『地方』，『地方』是人們的目的地，盛載個人和集體記憶，又有歷史和文化意義，令人有歸屬感，可能是你我的家、學校、車公廟。而『非地方』是一個過渡性空間，是你為了到達目的地而必須通過的場所，人們只會經過而不停留，沒有歸屬感，在香港典型的『非地方』包括商場、港鐵站、行人天橋和隧道。」

「那我明白了，這條通往瀝源邨和禾輋邨的行人天橋，也是非地方的一種。」

「對，」王莉欠身讓路給迎面而來的人，「不過佟傑把這天橋叫作『福海樓走廊』，用自己的方式命名，可以說是把『非地方』變成『地方』的過程。」

「你怎麼會懂得人類學的事？你修讀過嗎？」

「沒有啦，只是在書店打書釘時讀到，忽然想起來。」

很快便到了瀝源邨，穿過商場，在一個可以看到福海樓的平台上休息。福海樓和瀝源邨其他樓宇，都屬於第七型徙置大廈，高低不一，但建築物都是長型，開着格子窗，外牆繪有游魚，帶點童趣的感覺。

他們繼續讀佟傑的文章，文中描述了昔日的瀝源邨，還沒有瀝源廣場，有的是充滿庶民色彩的小店，屋邨大廈出入口也未有密碼鎖，走廊四通八達，是小孩的樂園。

陳志堅和佟傑的文章都談到了街道的消失，就如〈記瀝源橋，沙田友的福海樓走廊〉裏說：「自從政府為興建新城市廣場把墟市拆了後，賠上了繁華街道，沒有就沒有了，迄今所謂街道，大都是居民行慣行熟的步道，商店散見各處」，王莉對此沒有多大感覺，她同樣是商場時代的原住民，從小到大，生活都離不開商場，也許商場正由「非地方」逐漸變成「地方」，人們的目的地、情感和記憶的匯聚處。

「你喜歡逛街還是逛商場呢？」

「那要看情況，」張志樂答，「炎熱的夏天還是商場好，當然哪裏有好東西吃也很重要。」

他又想吃什麼嗎？跟着他走到樓下的平台，頓時被屋邨大廈和小店包圍，電器行、五金店、書報社，另一邊則是街市，她沒想到，看似簡單的地方，轉一兩個圈後，原來會叫人迷失方向的。

「你應該知道沙田名字的由來吧？」

「聽説過，原本瀝源才是本名，但是英國人接管新界時，誤將沙田圍當作這一帶的名字，從此沙田便取代了瀝源，成為官方名字了。」

「歷史的錯誤總是叫人意想不到。」

張志樂帶路來到一間叫「百樂餅家」的麵包店，淺木色店面、陳列着合桃酥、老婆餅的玻璃櫥窗，平平無奇似的。兩個主婦買完麵包出來，剛好有空間讓他們擠進去。

湊近麵包櫃外，王莉禁不住驚呼了一聲，是她小時候喜歡吃的椰絲忌廉包，就是那種把鬆軟的熱狗包切開，中間擠滿白色忌廉，然後再在外面灑上椰絲的傳統口味，現在很難買得到了。她還找到腸仔包、肉鬆包，其他傳統糕餅也不少，蛋散、牛耳、中果、光酥餅和香蕉糕。

「我小時候愛吃香蕉糕，夠甜。」

「要買嗎？」張志樂說着，已經拿走兩盒。

「不，太肥了。但我還是忍不住要買一個忌廉包。」

「這小店由一九九九年創立至今，幾塊錢一個麵包，跑輸通脹。款式平實不花巧，是瀝源邨居民兒時的味道。」

「我住沙田也沒吃過。」

「沙田很大。其實瀝源邨還有不少好吃的，例如盛記麵家、那邊的嘉香汕頭魚旦粉麵家，希望他們能繼續做下去。」

「有時覺得很可惜，外國有數十年，甚至上百年的老店，但香港卻很少。」

「你怎樣回去啊？」

「我到新城市廣場乘小巴，你呢？」

「我打算去沙角邨坐巴士。」

「你買這麼多東西吃，要多走路。」

「多嗎？」張志樂提起兩手的膠袋看看，「只不過四個麪包、兩個雞批、兩盒香蕉糕、一包牛耳和一包蛋散。」

「不多……」王莉沒好氣，「你看過電影《點五步》嗎？講棒球的。」

「看過。」

「那你可以沿沙燕橋到沙角邨。那條橋記念的就是電影裏的故事。」

「我知道。八十年代香港首支少年棒球隊『沙燕隊』擊敗日本隊，奪得比賽冠軍。」

「對！那下次再見。」

沙燕橋也在城門河上，只有一邊有行人路。張志樂拿着膠袋慢行，看河岸景色漸暗，大廈沒入夜色，燈火亮起。王莉說的非地方盤旋在他腦中，沙燕橋有其歷史意義，應該屬於「地方」，但對不熟悉沙田和香港運動史的居民來說，只是往返新城市廣場的通道，一個「非地方」吧。如果可以為一個地方駐足停留，創作小說，寫一首詩，甚至跟朋友邊走邊聊，為「非地方」注入記憶、情感、歷史的意義，每個人都可以是「地方」的創造者。

「媽，我回來了。」王莉把門拉上，聽見炒菜的聲音，蒜蓉的香氣好像向她招手。

「快可以吃飯了。」母親應道。

「媽，你認得這個嗎？」王莉探身廚房，搖一搖手中的透明膠袋。

「你怎麼買麵包？吃了還有胃口吃飯嗎？」

「放心，我會先吃你做的飯。認得這種椰絲忌廉包嗎？」

「怎麼不認得，我從前買給你吃，你都只吃忌廉，把麵包棄掉。」

「我有嗎？」王莉撇嘴，沒想到結果是這樣。

她放下麵包，拿起抹布幫忙開飯。客廳的窗子可以看到一段城門河，對沙田的文學作品和歷史多了認識，這片看過無數次的風景，今晚好像有點不一樣。

文學作品列表：

鄧阿藍　〈城門河的盼望〉，《香港文學》第 25 期（1987 年 1 月），頁 45。（參香港文學資料庫）

葉輝　〈咖啡：一天的奇蹟〉，《香港文學》總第 383 期（2016 年 11 月），頁 4-6。（參香港文學資料庫）

艾歌　〈下午，我在喝咖啡〉，《香港文學》總第 220 期（2003 年 4 月），頁 93。（參香港文學資料庫）

盧偉力　〈望夫石聯想〉，《素葉文學》第 37 期（復刊 12 號）（1992 年 6 月），頁 31。（參香港文學資料庫）

俞風　〈望夫石記〉，《牆上的陽光》，香港：素葉出版社，1994 年，頁 77-80。

王良和　〈道風山上〉，《秋水》，香港：突破出版社，1991 年，頁 38-46。

黃坤堯　〈沙田清夢〉，《香港文學》第 104 期（1993 年 8 月），頁 90-91。（參香港文學資料庫）

陳志堅　〈浮華至今〉，《時間擱淺》，香港：明窗出版社，2019 年，頁 202-215。

佟傑　〈記瀝源橋，沙田友的福海樓走廊〉，下載自《大叔所作》，2024 年 10 月 2 日。網址：https://www.themanmadebooks.com/ 舊文字 / 記瀝源橋——沙田友的福海樓走廊

# 三　屯門

王莉在巴士上醒來，發現車剛駛過屯門公路，開始進入屯門市區，便想起途中醒轉過兩三次，迷糊間看到沿路風景，一時是山，一時是樹，中間穿插幾座大廈、一線海。似無盡頭的公路，原來只及一場夢的長度。

剛才的夢還殘留淺薄的印象，夢中她要趕回學校監考，要考試的並不是她，但她卻感到無比的焦急。本應在西營盤的中學被挪到了遠處，隔着一個海。天空灰黃，海浪洶湧像是被人捏縐的錫紙透現銀光。她匆忙奔走，想要找到碼頭之類的地方，但沒找到，卻找到同樣等着渡海的學生夏子文。他是去年王莉做中三丙班班主任時，班裏的一個學生，成績中上，外表陽光，但很少在球場上看到他，更多是在圖書館裏。夢中他穿着校服，背着書包，看海的對岸。王莉走到他身邊，無力地看向大海，心裏替他快要錯過考試而着急。

下車前，她又差點睡着了，連打幾個哈欠。我怎麼會跑到這麼遠的地方來？她有點後悔，不情不願地下車，車站旁的大馬路，泥頭車和貨車一輛接一輛地駛過，沙塵滾滾；沒有人在騎牛，她想起屯門人都騎牛的笑話，覺得無聊。

按着手機地圖的指示（其實她不大會看），好不容易找到約定的輕鐵站。她沒猜錯，張志樂到了，而且在喝飲料。

「嗨！等了很久嗎？」

「不，我們都準時。你由西營盤過來？」

「對，你由觀塘過來遠嗎？」

「有巴士來到這邊，還好。這個給你，還暖的。」

她接過張志樂手上的小袋子，原來是咖啡，跟他拿着的一杯一樣，都散發着咖啡香。

「我記得你會喝白咖啡。」

「謝謝你……」，王莉想了一想，「我們第一次見面是在咖啡店裏……」

「對，那時你點了白咖啡。」

「是啊！我太睏了，很需要咖啡來提神。」

「那我們邊喝邊走吧。」

這時一輛輕鐵來了，六一零號，只有兩卡車，看來很迷你，令王莉想起港島的電車。輕鐵慢駛、靠站，上落車的大都是買菜的婦人和老人家。兩人隨着下車的人潮離開車站，在一條行人天橋下走過，回到剛才她下車的大馬路邊。

馬路兩邊沒有高樓大廈，只有三四層高的村屋，王莉看到一幢村屋上的招牌，畫有藍天白雲，上面寫着「陳正記」三個大紅字，下面畫有兩頭小動物，是什麼呢？走近了才看得清楚，原來是小貓和小狗，小狗從草叢裏探出半個身子，向路人招手，而小貓頭上還有一隻小雞。走到村屋的正面，她看到了寫着「陳正記菜種」的紅字招牌，專門賣菜種的店還是第一次見，雖說屯門沒人騎牛，但種田種菜的事還是有吧。不過往店內張看時，便看到還有別的貨品，包括常見的紙巾、洗衣液，還有寵物和清潔用品等。

「你猜哪座建築物是什麼。」耳邊傳來張志樂的聲音，她把目光移到大馬路對面，看到一座四方形的建築物，上寬下窄，有垂直的玻璃窗子，窗子之間用流線形的白翼分隔，富有現代感。王莉一時間也想不到是什麼建築物。

「我第一次看到還以為是體育館。」張志樂接着說。

「你這麼一說，我便覺得它很像紅磡體育館。但它到底是什麼呢？」

張志樂不答話，似乎是要她自己親身去看。於是，她趁着等行人過路燈，呷一口咖啡。可能由於買了一段時間，咖啡的溫度剛好，堅果口味的咖啡豆，配上牛奶更加順滑，入口時微苦，但牛奶帶來回甘的滋味，及格，她在心裏打分。可能是咖啡的提神作用，令她的腦袋忽然活躍起來。

「那座是寺院嗎？」

張志樂擺出一副不敢置信的嘴臉，「你怎麼知道？」

「猜對了吧！剛才我查手機地圖時，看到了什麼什麼寺。」

過了馬路，走到那座建築物的正門，牌匾上果然寫着「妙法寺」三字。門口兩旁立着一對獅子，張着口露出一排整齊的牙齒，胸口好像披上青銅鎧甲，樣子笨笨的，王莉看到忍不住笑。外觀看似體育館的地方，竟然是佛門清靜地，善信或參觀的人都要懷着善意，就像大門寫着的：

諸惡莫作
眾善奉行
自淨其意
是諸佛教

剛才看到的四方形建築物在入口旁邊，沿上坡的車路走就到了。近看，會發現白色的建築物上有一塊紅色的牌匾，寫着「蓮花大殿」。王莉這才明白到，原來佛寺的設計靈感不是體育館，而是蓮花。蓮花是佛教重要的象徵，具有純潔、靈性、智慧等多種意思；佛陀被稱為「人中蓮花」，不染世間煩惱；而信佛的人也如蓮花一般生於世間，卻不執著。

蓮花大殿下是一個小園林，種有羅漢松、橄欖樹，還有假山假石和香爐。負責園藝的工作人員在澆花，有善信走上樓梯，拜一尊金色的羅漢。外面大馬路的貨車聲彷佛被隔絕了，清幽的環境令人感到愜意。

張志樂帶她穿過停車場到殿側乘坐升降機，同時不忘介紹說：「這座是妙法寺綜合大樓，花十年時間興建，二零一零年落成，一共有七層高，集佛殿、圖書館、講堂、辦事處於一身。我們到最高的蓮花大殿看看。」很快便到了最高一層，升降機發出廣播，但並不是平常會聽到的「七樓」，而是「七層」。王莉覺得這廣播的設計真好，令人聯想到七級浮屠（就是佛塔的音譯），跟佛寺搭配得天衣無縫。

蓮花大殿是個方正的大堂，供奉柚木造的釋迦牟尼像，兩旁立着菩薩和尊者，在大塊玻璃引入陽光的情況下，顯得神聖明亮。大殿面向青翠的山景，山下是低矮的村屋，村子裏的人大概看不到佛，但佛卻每天垂顧他們。

「這山叫圓頭山，山後是流浮山、白泥和后海灣。」張志樂說。

「再過一點不就是深圳嗎？不知不覺來到香港的邊陲了。」

「屯門，加上元朗、天水圍經常給人邊陲的印象，但其實『屯門』一名早在唐代已有，比『香港』一詞還要早數百年。」

「這個我聽說過，『屯』字原意跟屯兵有關。唐代朝廷在廣州設立市舶司，負責海路貿易事宜，並在香港設屯門鎮，用作海防之用。唐朝的韓愈也曾寫過屯門。」

「對，他的《贈別元十八協律六首》中有這樣的句子：『兩巖雖云牢，水石互飛發。屯門雖云高，亦映波浪沒』，描述屯門海面的急湍海浪。另外，同是唐人，劉禹錫的《踏潮歌》也寫到屯門，他說：『屯門積日無風飆，滄浪不歸成踏潮。轟如鞭石屹且搖，互空欲駕鼉鼉橋。』，詩中描寫了屯門海浪的威力。」

「那為何屯門在香港歷史中退出了位置？」

「那是因為後來發明的蒸汽船需要更大的海港，所以十九世紀時，英國人選了維多利亞港發展船運和貿易。」

「在學校教唐詩感覺總是很遙遠，沒想到香港也有地方跟唐詩連繫。」

「文學連繫古今，而文學散步也一向是穿越之旅。」

乘升降機回到地面，原來蓮花大殿旁，還有一座萬佛寶殿，依傍着寶殿的是妙法寺劉金龍中學。

「妙法寺創辦於五十年代，六十年代在藍地這裏購入土地，開辦安老院和學校。而這座萬佛寶殿落成於一九八零年，同年，由寺方開辦的內明英文中學改名妙法寺劉金龍中學，是全港唯一的佛教女子英文中學。」

身為教師，王莉對學校特別好奇，她認識一些「堂校合一」的教會學校，但沒想到佛教也這樣辦學，而且校舍與佛寺相鄰。學生每天上學下課都會經過妙法寺的園林，不知道會有什麼感受？

至於萬佛寶殿，王莉覺得比蓮花大殿更漂亮。跟蓮花大殿的現代化設計不同，萬佛寶殿的建築風格傳統，紅磚配金漆，大門兩旁的柱子，盤繞着兩條氣派十足的金龍，還有一對石獅與一座石象。

「你看，怎麼這頭象有六隻象牙？」王莉發現了這個特別的地方。

「我倒沒留意，」張志樂說，「我聽說過六牙白象是菩薩的化身。」

「每個宗教都有其象徵物，例如基督教的十字架、佛教的象與蓮花、道教的陰陽圖，其實很適合學生學習，在作文時作為象徵手法來運用。」

萬佛寶殿一共三層，他們沿樓梯上樓參觀，看到殿裏每層都有描述着佛教故事的壁畫，木造的樓梯上有金龍的雕塑，令人目不暇給。

離開妙法寺，回到青山公路，看到貨車和泥頭車駛過時沙塵滾滾的畫面，加上引擎的噪音，王莉深切體會到返回塵世的感覺。幸好，下一個地景不遠，張志樂帶她走到「季季紅風味酒家」，轉左便是藍地大街，街口有一排不鏽鋼信箱，標明這裏是藍地村。

「在屯門讀書和長大的作家不少，其中一位是麥樹堅。他有一首詩寫這個地方，名叫〈藍地（1989-1990）〉。」張志樂説。

「有特別註明年份啊。」

「對，那時作者應該是十歲左右，詩中記述外公帶作者和他的妹妹到這裏喝早茶。其中一段寫到瓷器店，是這樣的：『佛寺的鐘聲低低敲響，瓷器有種／低吟的共鳴，僧人開始早課了』。」

「來自妙法寺的鐘聲！」

沿着藍地大街走了一小段路，附近沒有高樓大廈，有的是村屋和別墅，藍色的天空很廣闊，給人一種不是置身香港的錯覺。王莉找不到茶樓，卻看到茶餐廳和咖啡店，這時，她的白咖啡也喝完了。

「相傳藍地村的陶氏是陶淵明的後人，元末遷入元朗，最後在屯門定居。」

「我教過中二級讀〈桃花園記〉！真沒想到，這也是一種與文學的連繫啊。」

「對，除了香港文學，不少地方也藏着古典文學的故事。說回麥樹堅吧，七、八十年代藍地村民以務農和飼養家禽維生，〈藍地（1989-1990）〉也寫到大街上的攤檔：『一塊濕的木板擺着鮮艷的番茄和茄子／蔥、白菜、芫荽、蘿蔔／都帶一種農田的香味』。這裏是當年村民買賣、獲得日常生活所需的市集。不過隨着九十年代開始發展地產，農民搬走，雞場、菜田消失，全變成了獨立屋。」

由農田變成大廈，這樣的故事在香港很多地方上演過，王莉並不感到陌生。現在的藍地大街，有點冷清，但還是可以找到雜貨店、香燭店，可能是留下來的村民開辦的，也可能是他們所需要的。人們的生活也改變了，她發現了一兩家寵物用品店，卻沒看到貓。

街的另一邊，有診所，有賣白米和飼料的店鋪，拉下兩塊白布遮擋陽光。有些店子虛掩着門，不知道賣什麼的，但店裏傳來收音機和打麻將的聲音。張志樂看到一個好像用竹棚、鐵枝搭建、用綠色和藍白條子帆布覆裹的攤檔，昏暗中有擺滿蔬果的發泡膠箱，箱裏有菜芯、番茄、生菜、香蕉……一位老婦人坐着，這個情景跟〈藍地（1989-1990）〉一詩中描寫的帳篷下的攤檔一模一樣。

走了大約十分鐘，商店愈來愈少，換成是西式的獨立屋，他們便回頭，回到路口，再橫過青山公路到輕鐵藍地站去。

「這是我第一次坐輕鐵。」上了車，王莉説。但她沒看向張志樂，而是讓目光在車廂的座椅、扶柱和路線圖上游移。

「覺得怎樣？」

「車廂給我的感覺跟港鐵差不多，但看到車廂那麼小，我想繁忙時間一定擠滿人，不好上車。」王莉繼續説，「其實我對輕鐵的印象主要是來自《幻愛》。」

「蔣曉薇的小説。講述患有思覺失調的男主角，遇上女心理輔導員的故事。」

「對，我看過那電影。電影在屯門取景，包括輕鐵站、屯門碼頭和井字型公屋。我記得有一場戲，男主角坐在輕鐵月台上，拿着手機錄音，他想驗證自己看到的女主角和聽到的話是不是幻覺，是不是真的有人在身邊陪伴自己。要表現這份孤獨，比起市中心和鬧市，似乎更適合在俗稱大西北的屯門拍攝。」

說到這裏，已經來到兆康站，這個站連接屯馬線，上下車的人特別多。「我們下一站是虎地。」下車後張志樂說。王莉沒聽過這個名字，藍地不是藍色的，虎地大概也沒有老虎吧。

穿過港鐵兆康站，沿行人天橋回到地面，在屯富路上看到神召神學院和嶺南大學學生活動中心，王莉才意識到嶺南大學就在附近。她一直覺得嶺大是最遠的大學，但這只不過是個人感覺，來自她久居沙田，現在又搬到了西營盤，生活的地方遠離屯門；換成是住在屯門的人，大概也會覺得香港大學、科技大學是最遠的大學吧。中心與邊陲是相對的。

在屯富路與青山公路的交界，有一個嶺南遊樂場，旁邊是行人天橋。上天橋後直走，轉右，可以看到橋下有一座墳，孤伶伶的在路邊。這條天橋很長，一直延伸到遠處的路旁樹後，「這就是嶺南大學」，張志樂指着天橋盡頭的建築物說。但是這個角落只看得見大學的外牆，下半飾有石砌的紋理，和長方形的窗子，上半鬃成淡黃色，給人雅樸的感覺。

天橋上擺放着幾個橙色的煙蒂箱，還戴着灰色的帽子，走近時，其中一個傳來隱約的香煙氣味，像一把小刀刺痛鼻腔。幾個大學生模樣的年輕人在天橋上一邊抽煙，一邊看風景。王莉發現了一件有趣的事，在那煙蒂箱旁邊的天橋柱子上，貼有印刷精美的彩色紙條，上面印有梁朝偉和金城武的照片，並有一句寫着「請用你的煙頭投票」。

「你會選誰？」她問張志樂。

「有沒有女明星可選？」

「那如果是王菲和張曼玉呢？」

「張曼玉。你呢？」

「我選王家衞。你看上面還寫着『如果我有多一枝紅雙喜，你願不願意跟我一起走』，另一句是『從分手那一天開始，我每天都會買一包萬寶路』。看來貼這些紙條的人都很看愛王家衞的電影。」

別過「煲煙勝地」，走進嶺南大學的範圍，學生有的靜靜地坐在長椅滑手機，有的在轉堂的途中嬉笑打罵，有說普通話的，有說廣東話的，王莉也看到一些外國的面孔。這時，張志樂卻把注意力放在別的事情上……

「你怎麼一直看着地面？你丟失了什麼嗎？」王莉問。

「鐵絲網。」

「什麼？」

「幫我看看有沒有鐵絲網。」張志樂説。

雖然認識了一段日子，但這人還真莫名其妙。王莉邊走邊張看，有游泳池、教學樓，有樹有草，卻不見鐵絲網。教學樓用的都是現代物料，但設計上也可找到傳統、古雅的元素，例如窗子上飾有正方形，令人想到古錢上的方孔；還有大樓旁邊的樓梯，繞着高高的塔樓。到處都沒有鐵絲網，鐵絲網不是用來擋路或是隔開有危險的東西嗎？怎麼會在大學裏出現呢？

「果然是找不到了。」張志樂好像早有心理準備，樣子沒有半點失落。

「為什麼要找鐵絲網？」

「這一帶以前是難民營，你知道嗎？」

王莉搖頭。

「筆名陳滅的作家陳智德有一篇文章，叫〈虎地：1997-2004〉，文中講述了這段歷史，那是七十年代末至八十年代中，大量越南難民來港，港英政府設置了多個難民營安置他們，單是屯門區便有三個，包括望后石、新益和虎地，當中虎地難民營收容了最多難民，一度超過四千人。」

「我明白了，你要找的鐵絲網是作為難民營曾經存在的證據。」

「對，陳滅寫到『沿校門圍牆走，仔細留意的話，可以看見草坡外圍一段被削平的舊牆腳下，仍殘留可能是昔日難民營遺下的鐵絲網痕跡』。不過，也只是『可能』罷了。」

「過了這麼多年，鐵絲網也會老化、生鏽，即使有，現在看到可能也認不出來，以為是泥土和木頭了。」

「你說的對，這不就是西西說的嗎……她是怎樣說的呢？」張志樂打開手機，尋索讀過但記不清的句子，「她說，『當鐵絲網生鏽的時候，彷彿這冰冷的金屬居然也有生老病死，而它，也彷彿要經過許多的年代才會死去，那麼緩慢，那麼堅持』。」

「鐵絲網的堅持？它堅持做什麼？」

「大概是堅持把不同的人和事物囚禁起來。」

「感覺有點恐怖，西西為何要寫這些事？」

「這篇小說叫〈虎地〉，寫於一九八七年，當年難民營仍在，故事也環繞着虎地禁閉營，講述一個叫阿勇的越南青年在難民營裏生活。小說是這樣開始的：

『鐵絲網上掛着一塊木牌，白底黑字，寫着虎地禁閉營』，然後還寫到難民營內外、動物園的鐵絲網、人們心中的鐵絲網，彷彿每個人都被有形無形的鐵絲網圍住，活在小小的一片苦地裏。」

「是痛苦的『苦』，」王莉在張志樂的手機裏讀到小說的結尾，再環顧大學附近的住宅樓宇，「不只是難民，我們住在小小的單位裏，其實也是苦地啊。」

「阿勇看到林立的樓房，每個房子都有窗子，這令他渴望擁有屬於自己的窗子；他又怎會想到，許多香港人居住的苦地都比難民營還要小？」

「那虎地一名又是從何而來的？」

「陳滅的文章記述了兩個說法，第一個是這裏曾見虎蹤，第二個則是堪輿學上，會把臨近險要多石的山邊稱為虎地。」

「我也聽說過從前香港有老虎。」

她發現校園雖然不大，但設計上很有心思，主樓工整對稱，另一邊則有林炳炎樓等四座教學樓，同樣給人對稱、整齊的感覺。中間是一個廣場，空間開揚，飾有嶺南校徽「紅灰山水」，再有兩邊的花園，一邊走現代風，一邊則是小亭曲橋，配上綠樹和假石，又是另一番風貌。迴廊把主樓和教學樓連繫起來，令這一切都得以融合，變成一個整體。

幸好到了今日再沒有老虎，這個地方也不再是苦地，而是大學生學習和追夢的校園。王莉心裏想。

最終還是沒找到鐵絲網，兩人由主樓的正門離開，沿青山公路向新墟走去。在第一個路口，張志樂發現「富地路」的路牌。

「虎地由苦地變成富地了。」

「這不是跟樂富一樣嗎？從前叫老虎岩，後來以『老虎』的諧音『樂富』取替。虎和富，老虎原來也是招財貓。」王莉說。

「你看這個，」張志樂又發現另一個路牌，「『虎地上村』，從前的名字還是有保留下來。」

繼續散步，經過屯門濾水廠和彩暉花園，一邊是裝有隔音板的屯門公路，另一邊則是公園和空地，較為清幽的地方。走着走着，茂密的大廈映入眼前，路人和汽車也多起來，十五分鐘後，他們走到景峰輕鐵站，張志樂說肚子餓了。

「這次你想吃什麼？」王莉早就猜到。她不餓，但走路走得有點累了。

「既然來到這邊……不如去吃麪。」

張志樂說着便趁綠燈還在閃爍之時橫過馬路，王莉跟了上去，沿着下坡斜路到青葵徑，再轉入青菱徑，張志樂一會低頭看手機，一會抬頭看商店的門牌，最後停在一間紅色招牌的麵檔前，招牌上有金漆字樣，寫着「新興麵家」。

店裏坐滿了客人，剛好有一對夫婦出來，王莉和張志樂連忙坐上他們原先的位置，跟一位穿着寬頻公司制服的男人「搭枱」。

「你不吃嗎？」張志樂把餐牌遞給王莉說。

「我吃過午餐了。」

「難得來到，一碗麵又不飽肚，從前的人都當宵夜吃的。」

「那你要吃什麼？」王莉拿起餐牌來看。

「牛雜。」

結果王莉還是說服了自己，一場來到，叫了一碗牛坑腩粗麵，張志樂則點了牛雜河粉。店面很小，食客和侍應姐姐出入，大家互相禮讓，湯底的鮮甜香氣瀰漫在店裏每個角落。寬頻男吃的是撈麵，上面有牛腩和雲吞，麵底下放了生菜，再加一碟炸魚皮，魚皮被咬碎的聲音不時在王莉耳邊響起。

「朋友介紹這間老字號，說在紅橋這邊無人不識，但我不知道它開了多少年。」張志樂說。

「這種傳統的麵檔店面，大概有三、四十年吧。」

「讓一讓！」送餐的侍應姐姐在兩枱食客之間欠身穿過，先來的是牛坑腩粗麵，王莉很少吃潮式粉麵，印象中就是這個樣子：飄着油花的茶色湯底，素色粉麵上蓋着牛腩、雲吞或水餃，不太能引起食慾的棕色和白色，再撒上翠綠的蔥花。雖然賣相不及日本拉麵、意大利麵等吸引，但相宜的價錢加上熟悉的味道，還是有不少捧場客。

王莉喝了一口湯汁，帶點腩汁的鹹香，還有各種香料的味道，分辨不出是什麼跟什麼。牛坑腩有六七片，切得方方正正，適合女生吃用，入口肉味香濃，吃完一片便想馬上吃第二片了。不一會，牛雜河粉也來了，湯底看來是一樣的，但內臟的香氣更盛。

「魚蛋粉和牛腩麵，你喜歡哪一個？」

張志樂夾着牛腸的筷子停在半空，一臉茫然，好像聽不懂這從天而降的問題。

「我比較喜歡魚蛋粉。」王莉繼續說下去。

「我……兩樣也喜歡……」

「小朋友才做選擇！」二人異口同聲，說罷都笑了起來。

「你是不是投訴我不帶你去吃魚蛋粉？」

「不！我想說，從前不大喜歡吃牛腩麵，可能是小時候吃過不好吃的，所以一直提不起興趣，試過這一碗後，才發現原來也有好吃的牛腩麵。」

牛腸進到張志樂的肚子裏了，那個碗裏只餘下幾條在清湯中約隱約現的河粉，他不但走路快，吃得也快。

「你讓我想起適然的一篇文章，叫什麼來着？文中說作者小時候，大人會給他三幾塊錢去跟弟妹解決午飯，他們就在魚蛋粉和牛腩麵之間做選擇。而首選的是魚蛋粉。當時的魚蛋和牛腩牛雜會分開攤檔賣，但又常常依傍在一起，食客也會跨檔來一碗魚蛋牛腩粉。對了，他寫的是亞皆老街，作品叫〈旺角瑣細〉。」

「這就像車仔麵可以自由配搭。」

「對，不過作者也寫到，吃魚蛋粉是講究味鮮，跟摻雜各種香料的牛腩汁不算佳配。現在的人才不會想到這些，把喜愛的東拼西湊就很滿足了。」

離開新興麪家，一個街口之隔，便是井財街，可以看到屯門著名的地標紅橋，橋身白色，開着紅色的、長方形的小窗，王莉覺得帶點型格，又不失可愛。街上開着不少食肆，有點心店、撈麪店、米線舖、越南菜……張志樂卻對茶餐廳最感興趣，停在店外張看，古古怪怪的。

「剛吃完牛雜河，你又想吃東西了？」

「不，我在想這間會不會是愛美麗打工的茶餐廳。」

「愛美麗不是法國電影的女主角嗎？」

「對，那部電影名叫《天使愛美麗》，由尚——彼亞．桑里（Jean-Pierre Jeunet）執導，講述女主角愛美麗怎樣幫助身邊人、尋找真愛的故事。」

「我看過，愛美麗怎麼會在這裏打工呢？」

「你誤會了，我說的是也斯寫的小說〈愛美麗在屯門〉啊。」

張志樂帶着王莉沿井財街，一邊朝新墟的方向走去，一邊講述屯門愛美麗的故事。〈愛美麗在屯門〉發表於二零零二年，是也斯致敬電影《天使愛美麗》的改編小說。小說借用電影的故事情節和人物，但搬到香港，愛美麗出生於元朗大水渠旁邊，跟電影一樣，早年喪母，但把母親砸死的跳樓遊客，變成了跳樓的股民；在咖啡店打工的法國愛美麗，變成在茶餐廳打工的香港愛美麗；為了鼓勵隱蔽的憂鬱症父親出門，電影版的愛美麗拍了好些小矮人的照片，在小說版裏變成了白瓷觀音。

「電影戲劇化的故事變成也斯筆下的日常平凡，小說中可以找到不少屯門的地景描述，說到井財街，小說是這樣寫的：『中午時分人客特別多。附近寵物美容公司、清涼法苑、大學小學、慈善機關和長生店工作人員，都會來這兒吃飯。大家都像面對差不多的問題。削減經費、工作過勞、惡人當道、善人被欺。埋怨的聲音混和咀嚼的聲音，久久在空中縈繞不散』，除此之外，還有寫到新墟街市、仁愛堂、良景邨、大興等等，愛美麗帶着父親的白瓷觀音，一直走到深井和元朗，也斯想寫的不是中環等為人熟悉的核心地段，而是被人忽略的香港大西北。」

說完這番話，兩人來到了蔡意橋路，王莉用手指示意，到底是向前走到新墟街市，還是過橋到另一邊？張志樂說不如先去戲院吧。王莉心裏猜疑，難不成談起《幻愛》和《天使愛美麗》，興起了看電影的念頭？

比起井財街，這邊可熱鬧多了，屯門鄉事會路兩旁都是私人屋苑，樓下的商場開滿商店，藥房、地產舖、銀行、日本城，7-11 在馬路兩旁各有一家，買菜的婦人提着大包小包，從街市凱旋。吃的有茶餐廳、手撕雞、壽司店、牛肉飯，年輕人在麥當勞買軟雪糕，成年人在涼茶店喝廿四味。

王莉首先看到的是「巴黎倫敦紐約戲院購物中心」，不禁有點頭暈目眩，一下子不知自己身在何方。

「這個名字……」王莉不知怎樣形容。

「是不是很特別？」張志樂説，「如果説北京道、太原街等是出於鄉愁而命名，巴黎倫敦紐約大概是出於對異國的想像，有與之一爭長短的氣概。」

「我只是覺得又長又別拗。我們為什麼要去戲院呢？」

「屯門人都叫這商場做巴倫紐。除了〈藍地（1989-1990）〉，麥樹堅也寫過〈屯門河〉一文。作者住在河畔，與屯門河朝夕相對。河道兩旁的地方自然也寫入文中，例如巴倫紐戲院和凱都戲院。後來巴黎倫敦紐約戲院又改名做巴黎倫敦紐約米蘭戲院。作者在文中記述，總是在星期五晚上和同學吃飯看戲。多年後，戲名和情節大都記得，但同行友人卻面目模糊；手寫票尾可小心封存，但人情卻無法收藏。」

「我倒是會記得一起看電影的人，情節反而記不住。」

巴黎倫敦紐約米蘭戲院在青賢街的康麗花園商場裏，佔了整層一樓，而地下則是售票處，以金色和黑色設計，環境昏暗，令電影海報和預告片更突出搶眼。除了電影院外，地下還有麥當勞、肯德基，超市和診所等商店。

張志樂帶她回到屯門鄉事會路，另一邊是雅都花園，樓下的雅都商場裏，可以找到〈屯門河〉一文中提到的凱都戲院。這間戲院的入口在大街上，少了一份神秘感，但紅色的店面，白色顯眼的名字，給人年輕的感覺，相信是翻新過。

站在蔡意橋上，可以看到慢步的人、過橋趕乘輕鐵的人、踏單車的人，不同的生活步伐和節奏。河水在陽光下閃着碎光，是季節的緣故嗎？水很淺，樓羣倒映在泥黃的河牀裏，給人一種看着發黃舊照的錯覺。

王莉打開張志樂傳來的文檔，邊讀〈屯門河〉邊對應眼前的景物，新墟遊樂場仍在，學童牙科診所就在輕鐵站對面、大興政府合署旁邊；文中說小學生在拔掉乳齒後，許多母親都會帶他們到麥當勞吃新地，那麥當勞就在剛才走過的巴倫紐商場裏。

自己家裏看得見一小段城門河，原來麥樹堅也一樣，文中說「我家成為高空監察點，全天候、全時間盯着屯門河」，夜裏的屯門河像日本的蒔繪金漆，橋上的燈光是漆器上的金粉和銀粉；白天的屯門河看似平凡，但逢暴雨，便會變得像黃河一樣，洪水滿溢。天氣好時，河水蒸發，作者在家裏也嗅得見惡臭。住在沙田或屯門，竟都有相似的河的回憶，而鼻子記得的更是永不消散。

王莉把這個想法說出來，張志樂聽了說：

「屯門河跟城門河一樣，是政府興建新市鎮時透過填海和修直的人工河道。當初保留屯門河是為了收集雨水和美化環境，可是工業區的工廠污水令水質受到嚴重污染，才會有文中寫的惡臭，以及河水變成螢光綠、海軍藍的情況。」

蔡意橋往前走，很快便到了河傍街，與屯門鄉事會路的熱鬧相比，這裏清靜得很，只有一些街坊在走、間中一兩輛私家車駛過。西鐵的架空路軌橫貫天空，河的對岸是工廠大廈，都是十多層的，不高，加上平靜的河面，在輕鐵經過的時刻，令人彷彿回到八、九十年代。

「除了麥樹堅，周漢輝也寫過屯門。他有一首詩就是寫這條街的，叫〈幸福與詛咒——致屯門河傍街〉。傳給你吧。」

「『海洛英與美沙酮同在附近／他不管黑暗昂貴光明價廉／河傍街一邊鄰接政府診所／一邊帶你和妻談起去年風季』……詩中提到毒品。」王莉打開文檔看。

「對，屯門健康院就在蔡意橋旁邊，提供美沙酮戒毒服務。這首詩寫一對夫婦的幸福生活，他們會在河邊散步，丈夫會送妻子上班；而詩中的『他』大概是一個戒毒者，會到屯門健康院服用美沙酮。結果這對夫婦與『他』交換了眼神，卻不知道彼此是樓上樓下的鄰居。詩中還提到河傍街與鄉事會路交界發生過交通意外、河裏包含夫婦兩人的排泄物，幸福與詛咒在同一條街上，似乎很戲劇化，但其實生活就是這樣，很寫實。」

「始終散步跟生活是兩回事，」王莉說，「散步的我們是過客，散步的人在日常中找尋異常，想要看到獨特的風景，經歷不太一樣的人和事。只有生活在一個地方的人，才會認識到那裏的好與壞、美與醜、幸與不幸，很多時共存。」

「同意，我特別喜歡這兩句：『繁庶市面需要流通廢水污河／幸福需要詛咒像你倆需要他』。」

走到屯門站，可以看到車站的巨大陰影下靜靜流淌的河水，隱約有好些浮在河面的垃圾，傳來一陣腐臭的氣味。旁邊是連接屯門站的大型商場V City，王莉心裏想，它們這麼近，不知有多少人會把商場購物和臭氣河街聯想在一起。

再次由張志樂帶路，在屯門站乘坐輕鐵五零五線，到鳴琴站轉乘六一零線到青雲站，不過他說坐六一五和六一五P線也可以。下車的地方是青雲路，背後是工廠大廈，面前是楊小坑錦簇花園，朝職業訓練局的方向走，到興才路右轉，然後到楊青路左轉，很快便會找到青山寺徑。

「要去哪裏呢？」王莉有點不安的問。

「上青山。」

「精神病院？」

「不，是青山禪院。」

入口有一個寫着「羅精舍」的大牌坊，左邊有一所青山佛教學校，但似乎空置多年。這裏有幾個指路牌，其中一個寫着「青雲觀」，但王莉比較喜歡旁邊兩個寫有「青山寺」的木牌，一個紅底黃字古色古香，另一個寫有「屯門區議會致意」，還畫着兩條中華白海豚，樣子很可愛。

「接下來是運動時間。」張志樂來一下深呼吸說。

看來並不輕鬆，王莉心裏說，但願平日在學校跑樓梯的訓練有幫助。

沿路都是瀝青路，兩旁是用鐵絲網圍起來的土地，有的鐵絲網加上帆布和圍板，有的則長滿攀爬植物。走了大約十分鐘，王莉看到一個中國風的亭子，有綠色的亭頂和紅色的圓柱、六角形的石枱，從剝落的漆油可知有一定歷史。

「原來這叫挹曉亭，」張志樂看着亭旁的介紹牌説，「一九二二年何東爵士伉儷登青山，因感疲憊，於是與遊人商議建亭供後來的登山者休息。結果一九三二年便建成了這個亭子。」

「何東爵士真有先見之明，我很需要歇歇腳。」王莉馬上坐下説。

「那就休息一會吧。」

「還要走多久？」

「根據資料説是三十分鐘。」張志樂從背包裏掏出水瓶遞給王莉。

「哦？你呢？」

「我有啊。」説着，第二個水瓶出現了。

他的背包到底藏着多少東西？王莉扭開水瓶，清涼的水暫時把疲累感壓了下去。

繼續往山上走，雖然斜度不小，但沿途都沒有岔路，不會走錯。又走了幾分鐘，出現一座用金漆寫着「香海名山」的牌坊。

「牌坊建於一九二九年，現時是一級歷史建築。『香海名山』是前港督金文泰的題字。」張志樂介紹說。

「英國人也寫得出這麼好的書法。」

「他是一位漢學家和中國通。看到上面的石灣陶瓷雕像嗎？」

「看到，經常出現在一些廟宇的屋頂上。」

「對，石灣陶瓷的特點在於造形生動，這個牌坊上有用來辟邪的魚尾獅，還有一些小說裏的人物。」

「小說裏的人物？」

「對，他們是姜子牙、哪吒、楊戩、李靖和雷震子。」

「封神演義，」王莉恍然大悟，「又是文學散步的一景。」

「當然不止這樣。」張志樂不懷好意地笑笑。

穿過牌坊往左，繼續沿瀝青路上山。路上無人，樹蔭把陽光的熱能隔絕了大半，走起來並不太熱，但上斜路還是有點吃力的。

「我有沒有跟你提起一位喜歡寫作的學生？」王莉想起夏子文。

「沒有。是男是女？」張志樂雙手拉着背包的腰帶，低着頭說。

「男的。他唸中四，平時不大說話，上課時總是靜靜聽課，一時看着我，一時低頭寫筆記。他作文怎樣說呢，因為不大貼題，有時天馬行空，所以分數不高，但文中的觀察很獨特，描寫也有水準，是屬於有自己想法的類型。」

張志樂一言不發地聽着，在王莉看來，他像是在尋索有沒有遇過同類的學生。

「你有遇過這樣的學生嗎？」

「有，遇過的學生可多了。有被逼來上課於是整堂睡覺或搗亂的；有黏着好朋友來結果只顧聊天的；有以為會學到考試作文技巧卻失望而回的；有資優卻發現文學創作原來並不容易的；有以為自己很會寫作但其實只會寫千篇一律的範式作文的……」他頓了一頓，要是王莉不說話，似乎可以無窮無盡地說下去。

「你說的例子很負面啊。」

「可能是我悲觀而已。但教育工作者誰沒試過在苦海浮沉呢？」

「還以為上寫作班的學生都很愛寫作。」

「香港人認為文學無用。有時我覺得教文學教寫作就跟傳教一樣，不管是什麼宗教，聽得入耳的人少，會去實踐和追求的人更少，但傳道的人還是會傳講下去。」

「功利一點說，學生想在中文科作文取得高分，也需要多讀文學作品。那你會怎樣幫助喜歡寫作的學生？」

「用心去讀他寫的，用心點評，有讀者便會想寫下去了。推介適合的書，讓他們知道有投稿、發表的地方，鼓勵參賽。」

想起來，自己也曾用心去讀夏子文的作文，寫過大半頁評語。其實她明白應一視同仁，但讀到用心寫的文章，便叫人更想用心回應。

話未説完，便來到另一個岔路，向左可以沿青山寺徑繼續上山，但很明顯他們的目的地是另一條樓梯，旁邊豎立着「青山寺」的木牌。樓梯的盡頭是青山禪院，黃色的外牆既融入附近環境，又十分搶眼，讓疲累的王莉精神一振。

「好不容易終於來到了。」王莉喝一口水説。

「隨便參觀。」一個男人從客堂出來，穿的是便服，不知是廟祝還是管理員。

「剛才可能是我們多次文學散步裏，最難走的一段路。」

「我們一路走來還算順利了。」張志樂向那男人微微點頭，轉向王莉説，「黎翠華寫過一篇〈山上山下〉，那時還沒有手機和網上地圖，作者從上水到屯門，走錯到另一座廟宇，冒着雨，幾經波折才來到。」

「那可慘了，難怪這裏沒有善信來。」

「可能上山的路不易走吧。黎翠華的文章也寫到類似情況，當時是二零一五年，文中說『名山古寺，一路冷冷清清，而山下的新式廟宇卻香火鼎盛，難道信眾也貪圖交通方便？』，及而來到青山寺，也『沒有人守門，寂靜的庭院只有沙沙的雨聲』。」

天氣不熱，但還是冒着汗，王莉反而有點想下一場小雨。那個男人不見了，想是回到寺院的工作去。兩人在寺內漫步，看到山門上飾有梵文的符號，內有四個威武的神像把守。寺內有客堂、菩提薩埵殿，都是上世紀二、三十年代興建，屬磚木結構，再髹上黃油。客堂旁邊是有蓋的露天膳堂。

與〈山上山下〉描述的「白茫茫一片什麼都溶化於天地之間」的景色不同，她看到深淺、層次不一的綠，點綴着紅的、紫的野花。

走過宏偉的大雄寶殿，神像低垂着眼，好像在打盹，或沉思。綠色瓦頂、紅色門柱，飾有精美的雕刻。前方是一座名為「護法殿」的小亭，竟陳列着「龍骨」，王莉覺得只是一塊石頭，張志樂卻解釋是從前一條在屯門擱淺的鯨魚的脊骨化石。原來鯨魚也能成佛。王莉嘀咕。

建築物逐漸退隱，換上山林。兩人拾級而上，穿過寫着「不二法門」的牌坊，張志樂叫王莉回看，另一邊寫的卻是「杯渡遺蹟」。什麼是杯渡遺蹟呢？王莉懷着這個疑問，轉眼便看到前面一塊大岩石，石下有一尊小佛，前面的小枱有蓮花的飾紋，並供奉着香燭和水果。

「柱子上寫着杯渡岩，是指杯渡遺蹟嗎？」王莉指着一旁的黃色小柱子說。

「是，你看佛像的廟額上寫着『杯渡禪師』，相傳他是劉宋時期的天竺人，來到屯門修道，居住在這個岩洞裏。」

「劉宋……即是南北朝。」

「對，距今一千五百年。你猜是坐什麼橫渡大海？」

「一定不會是航空母艦。我想是杯？所以他叫杯渡禪師？」

「全對，相傳他常以一隻大木杯渡海，因而得名。除了黎翠華，寫過青山寺的還有黃佩佳，他在〈杯渡晚鐘〉描述自禪院中送來的鐘聲，悠揚渺逸。而青山禪院又名杯渡寺的鐘聲，他是最為讚歎的：『新界名刹如林，鐘聲至多，奚取乎杯渡晚鐘者為哉？良以為，杯渡寺為新界名刹之冠，且居名山而臨屯門灣，海皓明月，清夜鐘聲，使山欲靜，而岸欲沉，最發人深醒，玄妙莫過於此』，換成今天的說法就是世一。」

這時，王莉被另一樣事物吸引了。

「世一的寺鐘，真想聽聽。想起來我搬到西營盤，也是因為禮賢會香港堂的鐘聲。」

「那你也可以考慮搬到這裏。」

「我才不要住岩洞。這旁邊寫出『高山第一』又是什麼？香港第一高山應該是大嶼山的鳳凰山才對。」

「這個可厲害了，相傳是韓愈所題，剝落的碑文上有他的詩『兩巖雖云牢，木石互飛發，屯門雖云高，亦映波濤沒』，並有『退之』的署款。」

「韓愈？不大可能吧，雖然他曾被貶為潮州刺史，但應該沒來過香港。」

「葉靈鳳也是這樣說，他寫過一篇〈青山的韓愈題字〉，引用許地山的考證，指出『高山第一』的碑文是由錦田鄧氏開族祖先宋代鄧符協摹刻上去的，本來刻在青山頂峰，直到民國八年才有人拓印重刻在這裏。不過『高山第一』四字是否出自韓愈手筆，目前還是一個謎。」

這時，不遠的山林傳來鳥鳴，枝葉抖動起來，好像有什麼飛過。王莉慌忙躲開，找回下山的石梯，張志樂只好跟在後面，順便離開青山寺。沿着原路下山，走到「香海名山」牌坊時，王莉發現原來背後寫的是另外四個字。

「是『回頭是岸』啊。」王莉用手機拍下照片。

「到底有什麼啟示？」

「我要發給班裏冥頑不靈的學生！」

張志樂聽見王莉帶點陰森的笑聲，但明白當中夾雜着工作的辛酸。下山回到青雲站，這裏有一座天橋，跟紅橋一個模樣，不過是黃色的。他們在天橋旁找到巴士站，坐上K52，在第五個站恒順園下車。車站對面馬路是青匯街和仁愛街市，不過王莉很快便發現，街市外也有蔬菜檔、燒臘店和豬肉檔，彷彿街市把它的手和腳伸展到相鄰的街道去。

「這個地方統稱置樂，根據李紹基的作品〈置樂過年〉的說法，是一個屯門人都知道的地方。」

王莉收到他傳來的文章，打開便看到這樣的描述：「『置樂』，本是一個私人屋苑的名稱，叫置樂花園，但圍着這地方的商場慢慢發展得愈來愈有規模，例如『萬寶』、『利寶』、『麗寶』三個商場，加上貫穿各商場的街舖，『置樂』便成為了取代舊龍頭的新型商圈，成為了一個繁華的概念」，所謂舊龍頭，原來是指新墟，就是剛才屯門河旁的一帶。

新墟有幾個商場、兩間電影院，很多的街舖；「置樂」也不遑多讓，除了常見的便利店、麥當勞、銀行和萬寧等個人護理物品店，還有許多檔子和小店，三個蔬果檔一字排開，傳來鮮果的香氣，與不遠處的花店爭奪路人的鼻子；珠寶店兩邊的店賣手撕雞和海南雞，掛起來的雞鵝與金器鑽石一樣發出光輝。賣蒸包和點心的店子散發出蒸氣；王莉還看到似乎是短期租約、沒有名子的雜貨店。

難怪李紹基說：「媽媽要買的海味、水仙、冬菇、年糕、利是封、滴露，在一條街上便可全部買到」，青山坊店種多樣，熱鬧非常，給王莉的感覺是亂中帶序，街的頭和尾有一個兒童遊樂場和休憩花園，大人去買菜，小孩去玩，各得其所。

「街舖是屬於母親的，商場則屬於作者，這裏有三座主要商場，分別叫萬寶、利寶和麗寶。」張志樂說，「文中提到母親辦年貨的時候，作者便和弟弟到處流竄，例如到利寶商場看模型、看漫畫和打機，聽說那家模型店仍在，我們去看看。」

利寶商場在利寶大廈低層，主要入口位於青河坊。外牆的蘋果綠色早已變得深沉，從入口看進去有點陰暗，似沒朝氣，跟外面的墟市很大對比。不過教王莉意料之外的，是商場內竟多姿多彩，底層是女生的世界，可以找到服飾店、美甲店、美容店；一樓是家長和小孩的地方，既可以去教育中心和繪畫室上班，又可以看賣電玩遊戲和模型的店子。

「來到了，」張志樂跑到長頸鹿模型屋的櫥窗前，「這是一家老字號，幸好保存下來。」

櫥窗裏盡是一盒盒的模型車，它們都停泊在透明的膠盒中，等着男生們來把它開走。

「李紹基說長頸鹿模型店是屯門男兒都聽過的名字，真的沒錯。」王莉感慨說。

「文中說『老闆提供的高達和汽車模型最齊備，而且雙星模型油一定放在最顯眼之處』，呀，原來高達在這裏。」

另一面櫥窗分成四層，最上層陳列着以高達為主的機械人模型，有的高大英偉，有的又矮又胖，王莉一個也不認識。她在第二層和第三層發現女孩可能會喜歡的玩具和模型，除了變身美少女、還有精靈寶可夢和天竺鼠車車。至於最下層則是各式各樣的模型盒，聽說有人買模型回家會原盒保存，是屬於男人的浪漫。

「你會砌模型嗎？」

「中學的時候會，我喜歡軍事模型，例如虎式坦克和野馬P51戰鬥機。」

王莉有點意外，「真看不出來……不過你喜歡歷史，這就說得通了。」

模型屋旁有一間夢幻書店，賣二手書也可以租書，不知道是不是〈置樂過年〉提到的那一家。只知道《龍虎門》和《刀劍笑》換成《多啦A夢》和《鬼滅之刃》了。

找路離開的途中，王莉還看到有店子賣郵票、賣玉器，但都不及扭蛋機吸引人。當年李紹基被機舖吸引，進貢了很多一元，而王莉則被夾公仔機吸引，想要大顯身手，結果空手而回。

「可惜啊，只差一點點。」

「不會啦，夾得開心便好了。如果我還是中學生，一定會很喜歡這個商場。」

離開置樂，張志樂說要到另一邊的華都商場，吃心思思美食店的雪糕格仔餅。王莉找到巴士，打算到金鐘站轉車回西營盤。巴士駛上屯門公路，黃昏的陽光填滿了車廂，她累極而睡。

夢中，她仍要趕赴考場，學校還是在海的另一邊，但她卻坐在一隻主題公園的旋轉杯裏，安然渡海，任巨浪顛簸。

文學作品列表：

麥樹堅〈藍地（1989-1990）〉，《石沉舊海》，香港：匯智出版有限公司，2004年，頁47-49。

蔣曉薇《幻愛》，香港：突破出版社，2020年。

陳滅〈虎地：1997-2004〉，《作家》第32期（2005年2月），頁40-43。（參香港文學資料庫）

西西〈虎地〉，《手卷》，台北：洪範書店有限公司，1988年，頁121-137。

適然〈旺角瑣細〉，《香港文學》總第320期（2011年8月），頁76-77。（參香港文學資料庫）

也斯〈愛美麗在屯門〉，《後殖民食物與愛情》，香港：牛津大學出版社，2012年，頁137-162。

麥樹堅〈屯門河〉，《絢光細瀧》，香港：匯智出版有限公司，2016年，頁128-142。

周漢輝〈幸福與詛咒——致屯門河傍街〉，《我香港，我街道》，台灣：木馬文化，2020年，頁422-426。

黎翠華〈山上山下〉，《瞬間》，香港：匯智出版有限公司，2018年，頁9-15。

葉靈鳳〈青山的韓愈題字〉，《香島滄桑錄》，香港：中華書局（香港）有限公司，2011年，頁184-186。

黃佩佳　〈杯渡晚鐘〉，《新界風土名勝大觀》，香港：商務印書館（香港）有限公司，2016 年，頁 92-93。

李紹基　〈置樂過年〉，《惡童處》，香港：匯智出版有限公司，2017 年，頁 47-51。

# 四　油尖旺

星期二晚上，俗稱「金魚街」的旺角通菜街一段，水族店如常亮起幽藍色的迷幻燈光，掛滿店裏店外的塑膠袋子像一個個透明的果實，內裏的魚瞪着永不合上的眼睛，觀看街上的眾生。有人在找吃晚飯的地方，也有用過飯的人在店外徘徊、駐足，看貓看狗，看倉鼠人站起來，捧着葵花子愉快地嚙咬。

魚的瞳孔中，掠過王莉的身影。她邊走邊看沿途的寵物店，櫥窗玻璃貼着「不要拍打」和「嚴禁攝影」的告示，但也有無視警告，用手指逗貓和偷偷拍照的途人，貓咪們卻愛理不理，自顧地玩耍或睡覺。

她來到水族店旁的一座大廈，輸入密碼打開大門。大廈有點老舊，沒有升降機，她沿着昏暗的梯間找到三樓B室。用鑰匙把門鎖轉開，然後慢慢地、輕輕地推開門，果然，一隻貓站在門後，豎起尾巴歡迎她。

「奶茶你好嗎？姐姐來了，肚子餓嗎？」

奶茶是一隻七歲的雌性混種短毛貓，黃背白肚，尾巴有隱約的淡色條紋，像老虎。雖然手腳幼長，但頭和肚子圓圓的，比例有點奇怪，但也是可愛之處。這是牠第三次看到王莉，表現得鎮定多了。王莉還記得第一次來的時候，奶茶害怕得夾着尾巴逃跑，躲到牀尾的角落，縮成一個圓。

「來，我們先做點運動吧。」

王莉從抽屜裏掏出逗貓棒，奶茶一看到，瞳孔便放大了；隨着逗貓棒擺動，牠在狹小的空間奔走、轉圈，身手敏捷，一下子便跳上椅子，再跳到桌上，伸手，用爪子把逗貓棒上的毛毛球鉤住，興奮地咬起來。

「你會不會太厲害了？」

做完運動，是吃罐頭時間，今天是吞拿魚口味，加半茶匙骨粉。一打開，房子裏便充滿罐頭濃郁的鹹香味。趁奶茶吃飯，王莉開始清潔，清理貓糞、添加貓砂，然後把餘下的乾糧和水倒掉，清洗碗子，再補充新的。等奶茶吃完，洗淨碟子，最後收拾掉在地上的魚肉碎屑，把地板抹乾淨。這樣便完成了工作，其實她還想替奶茶梳毛，可是還未得到牠的信任。

忙過後，坐下來，王莉才覺疲倦。奶茶伏在地板上，滿足地舔小手。一人一貓在一百尺的劏房空間裏，除了隱約的市聲從窗外傳來，一切都很安靜，時間彷彿停止了。王莉想起了朋友詠琳拜託她時說的話：

「奶茶很乖巧，就是有時玩得太興奮會咬人而已。記得餵罐頭時加半茶匙骨粉，每天跟牠玩一會兒。這幾天就拜託你了。」

「不用擔心，我會好好照顧牠。」

「謝謝你！很奇怪，我的同事、朋友都愛狗養狗，只有你愛貓。」

「我也喜歡狗，不過更愛貓。我一直也想養貓，現在終於得償所願。」

「你也養吧。」

「想啊，可惜沒有時間。」

朱詠琳是王莉大學時期做兼職的同事，在牛棚藝術村的一間藝廊裏負責市場推廣，比王莉大三歲。聽她說那是大學畢業後第二份工，第一份工在大型電訊公司的市場部做助理，但很快便發現自己不適合複雜的環境和人事關係，辭職後轉輾間找到了有點隱世的土瓜灣藝廊。

藝廊員工不多，大家相處愉快，但王莉跟詠琳最相處得來。她們都是天秤座，喜歡看書、喝咖啡，一起去做過貓義工。王莉結束藝廊的工作後不久，詠琳也換了工作，隨着藝術行業的遷徙潮，到了新蒲崗。因為要跟老闆到台灣與同行商談，離開香港十天，所以王莉臨危受命，成為奶茶的照顧員。

「明天再來看你。」九時正，王莉跟奶茶道別。

回家途中，她跟同事區芷晴分享奶茶的照片和影片，短訊在手機熒幕上一則接一則地出現，又消失，像港鐵列車駛入無盡的隧道。如果不這樣做，她一定會陷入睡眠，頭腦和身體也很沉重，是即使站着也能入睡的程度。

區芷晴知道奶茶的家在金魚街後，話題便由貓轉到了旺角，二人談起了旺角的種種，例如逛旺角中心、唱K、拍貼紙相、在Body Shop等人。王莉發現區芷晴滿熟悉旺角，有很多相關的回憶；相反，她很少到旺角，只知道金魚街、女人街和朗豪坊，認識程度可能跟一個外國遊客差不多。

「我去洗澡了。今晚還有一疊中二的作文等着我。」區芷晴丟下這句話後便下線了。

王莉在金鐘站轉車，想到朱詠琳下星期一回港前，還有幾天去旺角的機會，便發了一個訊息給張志樂，在車門關上前的一刹那，衝出了車廂。

星期六，王莉買了午飯到朱詠琳的家，開罐頭給奶茶，陪牠一起吃午飯。可能相處了幾天，奶茶放下了戒心，終於肯讓牠梳毛了。她一邊撫摸奶茶，一邊用梳子替牠梳毛，黃白色的貓毛在梳子上積成一層，像綿花冰。王莉懷着高興和感激的心情，完成了清潔、換水換糧等其他的工作。

下午一時半，她來到旺角站，D出口明明在眼前，但車站裏的人實在太多了，要由B出口走過去一點也不容易。一些人完全不理旁人，横衝直撞，眼裏只有他們要去的方向；有些人則停下來看手機、或找人、或迷茫地找出口，擋住別人的去路；還有些人拖拉着行李箱或手推車，好像拖着一頭會咬人的狗，不時會聽見有人被「咬」而發出的慘叫或怒罵，王莉只好小心翼翼、慢慢地走，沒想到為了走這一小段路，便花了差不多十分鐘。

張志樂早到一步，正擠在一角低頭看電子書。王莉跟他打招呼，見他竟然沒在吃東西，便調侃他說：

「今天不吃東西嗎？」

「來到旺角，當然要留肚子去『掃街』。」張志樂把電子書閱讀器放到袋子裏說。

「那我們第一站要去吃什麼？」

「這裏就是第一站。」

「旺角站有好吃的東西？」王莉隔着人羣張看，看到的都是連鎖店，有賣麪包糕點、涼茶和飯糰的。

「你搞錯了，我們今天可是來文學散步啊。」張志樂擺一擺手，像是驅趕她只顧着吃的古怪念頭，「我傳給你的文章都收到了嗎？」

「收到了，但還沒時間看。」王莉感覺被責備了，心裏有點不快。

張志樂着她打開麥樹堅的〈旺角夜行〉，作品第一句便是「月台是馬拉松的起點」，單從作品的名稱，真想不到是跟旺角站有關的。

「這篇散文是作者唸研究生時寫的，關於旺角的街景，要到第三段才出現。第一、二段是地鐵站的描述，從馬拉松的聯想，可以知道這段路是多麼漫長和不容易。」

「我剛才來的時候也有類似的感受。我從B出口那邊走過來，短短的一段路，擠滿了人，不但花時間，也很累人。」王莉拉一拉黑色帆布袋的肩帶說。

「如果你來之前讀過這篇作品，可能不會這麼辛苦。麥樹堅教我們一些策略和技巧，例如要『伺機進逼，看準人叢裏每一個空隙』，還要『留意前面的人有沒有猶豫或東張西望』，預計他們的行動，才能及早切線或掠過他們。」

「一般人怎會想到這些？」王莉感到不可思議。

「怎麼不會呢？第二段作者教我們出閘時，要選在年輕男孩後面，才能較快出閘，同時要小心挽手袋的女人在出閘機上『磨手袋』，形成人龍。」

「這個我知道，她們把八達通卡放在手袋裏，但出閘機感應不到。我在新聞讀到，網民同樣有這樣的觀察。」

「可見一般人也會想到，而且作家比一般人觀察力更強。」張志樂忽然換了古怪的語氣說，「你不會磨手袋吧？」

「我的八達通卡是跟手機綁定的。」王莉把頭髮翹到頸後，有點得意地說。

兩人從D3出口走上地面，來到西洋菜南街。這是旺角最熱鬧的街道之一，人們在彼此身邊的狹縫中流動，有的挽着購物袋，有的拿着小吃或冷飲。送貨員默默地在貨車車尾上下貨，堆疊貨物的板車停在路邊，佔了一半的路面。商廈門口的通道有人排隊等候升降機。一些人停在百老匯前看電器用品，陳列的電視播放着聲色的慾望，風扇則想為此降溫似的，不懈地吹送涼風。

雖然很久沒到這邊逛了，但西洋菜南街是王莉認識的旺角街道之一。熟悉的茶餐廳和攝影器材店，似乎是專做遊客生意的藥房，還有在前面一個街口，屹立了三十年的Body Shop，是許多人心目中的旺角等人熱點。有好幾次，王莉與中學同學相約吃放題或火鍋，都是約在那裏碰頭。

除此之外，這條街上可以找到很多樓上書店，是名副其實的書店街。她看一看身邊的張志樂，見他瞇着眼睛，仰頭觀看，不知是看招牌，還是樓上店的櫥窗。

「讓我猜，你來旺角多是為了逛書店吧？」

「對啊，」張志樂把目光收回來，正眼看着她說，「有時是約了朋友，有時是來買東西，但總會到書店逛一逛。」

「我唸大學時也來過買書啊。」王莉突然憶起什麼說。

「麥樹堅〈夜行旺角〉一文，記的同樣是買書的經過。他下班後冒雨匆匆而來，剛好八時正趕到書店，可惜書店已關門了。」

「他把夜裏旺角的路寫得跟越野賽一樣，」王莉低頭看手機裏的原文說，「既要在人羣中僅餘的空間穿過，又要小心被別人的傘骨尖端插臉，踏過水窪時，皮鞋和襪子都濕透了。結果卻買不到書，可見他有多委屈。不知道他去的是哪間書店呢？」

「文中沒有答案。隨着開益書店和梅馨書舍結業，現時西洋菜南街上還有序言書室、樂文書店、田園書店和榆林書店，以及一些專賣學生課本的。這篇散文寫於二零零三年，而序言書室二零零七年才開業，所以不會是它。文中提到『好不容易爬到三樓』，根據這唯一的線索，我猜是樂文書店。」

「如果我是他說不定會哭出來。雖然我沒有遇過這種事，但文中有一段很認同，作者說：『我怕百貨公司。我怕超級市場。我最怕星期天的街道……假如窄路上有人一字排開高談闊論，我必定搶先越過這堵人牆』，我也是一樣，總是匆匆忙忙，不能慢下來，遇到動作太慢的人會感到不耐煩，甚至生氣，有時我想為什麼會這樣呢？這是不是香港人的特質？」

「我可以理解，動作太慢你怎做得完學校裏的工作呢？」

「是啊，唉。我的性格本來不是這樣，只是受環境所迫。」

王莉早就料到，張志樂是有備而來的，聊到環境與人的關係，他便談起了董啟章的小說《地圖集》裏的一篇。這本書裏的故事，早在去中環雪廠街的時候聽說過。原來書裏有一篇叫〈通菜街與西洋菜街〉，文中引述梁濤在《九龍街道命名考源》的說法，旺角從前本叫芒角，有一條芒角村，村民會種植通菜和西洋菜，這兩條街的名字便是這樣來的。王莉繼續讀下去，在小說中，早期開闢的通菜街與西洋菜街本來指同一條街道，只是一條泥路而已，但由於通菜為夏造蔬菜，而西洋菜則適合在秋天種植，這種季節的交替早已深植在村民的體內，所以他們便於夏天把街道稱為通菜街，到了秋天則改叫西洋菜街，為政府行政帶來混亂和不便。於是政府決定把通菜街與西洋菜街闢為兩條街道，變成今時今日的樣子，可是村民沒有因此屈服，不約而同在夏天時搬到通菜街居住；到了秋冬又一起把生活帶到西洋菜街，就像他們早年交替種菜的情況一樣。

「這個故事有點搞笑。」

「看似不可能在現實裏發生的事，但背後都有邏輯可尋。說的是人類的生活和習性與居住環境息息相關，根深蒂固，要改變是不容易的。」

「當一切的行政手段都不可行之後，改變人們的卻是時間。隨着老一輩老死，沒有種過菜的新一代再沒有季節交替的意識，兩條長期混淆的街道終於分別出來。」讀到小說的最後，王莉不無感歎。

兩人在奶路臣街左轉，來到通菜街，街景與西洋菜南街不同，幾乎看不到路邊的街舖，全都被露天的攤檔遮擋着。這時王莉心中響起了三個字：女人街。其實這是由亞皆老街到登打士街之間的一段通菜街，由於早年以售賣女性服裝和用品為主而得名。她記得，曾經在政府拍攝的旅遊宣傳廣告裏看過這樣的風景，但很少近距離觀看，甚至走進這片風景。

攤檔用鐵枝撐起，蓋上白色或紅白藍條子的帆布。檔裏擺幾張長桌子，有的用木板取代，有的再在上面鋪一塊酒紅色的桌布。桌子下藏有一些紙箱和儲物盒，箱子裏都是貨物。衣服、襪子、玩具、飾物等貨品堆滿桌上，人們經過，看到有趣的便翻一翻，拈起來又放下；而手袋、外套、帽子和眼鏡等則掛在立起的格網上，遠看像一堵色彩斑斕的牆。看檔的人或坐或站，被四周的貨品包圍着，有的忙着招呼客人，有的捧着飯盒，有的在白天好像已喝得半醉。

攤檔一個接一個地緊挨着，但每隔幾個檔位，便會空出一條通道，這時可以窺見隱藏的街舖：茶餐廳、足底按摩、遊戲機中心、兩餸飯、夾公仔機店……張志樂說這些通道是為了符合消防要求。

「我記得你傳給我的作品中有一篇作品提到女人街。」王莉滑着手機說。

「你不是說還沒看篇章嗎？」

「匆匆看過一眼，未有細讀。找到了，是崑南的詩，〈金毛吟——旺角怨曲之二〉。這名字很特別，金毛指的是染金髮的人。」

「對，金毛是從前『MK仔』和『MK妹』的一個特徵，不過也有人把頭髮染成別的顏色，總之是色彩比較誇張。你染過嗎？」

「當然沒有！我是『沙田友』不是『MK 妹』。唸大學時倒有染過深紫色的頭髮，不過只維持了一個月。現在當教師不能染了，其實每逢放暑假，我都會有去做挑染的念頭。」

「可能你內心是一個『MK 妹』。」

王莉抱胸挺腰，回敬一個老師要責備學生的表情。

張志樂看見她這樣子，連忙提起雙手，好像要擋住一輛撞過來的汽車。王莉得意地笑笑，順着他的手指，把目光移到手機熒幕的文本上。這首詩記述着兩個人的對話，夾雜港式用語，例如「你幫我唔到」、「溝女」、「車　你講嘢」，很是生動。提到女人街的是第二段，詩中說：「把女人街摺成地圖／從攤位索引媽子的顏面／雙丸牛什一一比不上／媽子的清炒苦瓜大過天」，對於把頭髮染成金毛的人，王莉想到的大多是電影和電視裏的刻板印象，例如反叛、不良少年、追逐潮流、滿口粗話，甚至是混黑社會的，但詩中的金毛卻又不似是這樣。

「如果女人街變成地圖，一般人想找的都會是價廉物美的商品吧，但詩中的金毛想念的是媽子的清炒苦瓜。」她說。

「這是文學的想像，誰說『MK 仔』就不孝順，不會想念母親？文學創作抗拒刻板的形象。」

走過一段女人街後，他們由豉油街轉出彌敦道，但王莉感覺這是一條輸送帶，輸送着無數的巴士和汽車，還有車上的乘客。兩旁的商業大廈裏，彷彿有無數的眼睛，俯看着街上迷途的人們。他們走着，似無方向，只跟隨廣告、招牌的誘導，分流到不同的商店，或是在商場或商業大廈的入口消失。王莉也一時不辨方向，只好緊貼着張志樂的身邊走，經過幾間珠寶店後，來到了信和中心。

大堂裏幾乎沒有企位，很多人一邊看手機，一邊在等人，也有人在排隊乘搭升降機。巨大圓柱上張貼着最新的電子遊戲宣傳照，動漫人物在懸掛於天花板的橫幅上施展必殺技。通往上層和地庫的扶手電梯，把人們送上去又運下來，一時之間，王莉錯覺彌敦道的輸送帶延伸過來了。

「我以前常到這裏買漫畫。」張志樂停在大堂入口說。

上次來信和中心是什麼時候？王莉卻想不起來。踏上扶手電梯，轉了一圈又一圈，這才到了商場的二樓。在狹窄的通道和陳列着商品的櫥窗之間，王莉被後面的人推擠着，同時又要欠身讓路給迎面而來的人。這裏有年輕的男女，女的停在漫畫店和精品店前，一些陳列的玩偶寫明是日本原裝正版，甚至有掛牌證明；

男的專注於播映着電子遊戲的熒幕，也有人好奇日本女優寫真集。空氣裏振動着快節拍的音樂，以及聽不懂的語言，大多是日語和韓語。年紀較大的人買唱片或手錶，還有上個世紀的明星相片，雖然早於她成長的年代，但王莉認得四大天王和一些著名的歌手，店裏還可以找到新興男團和女團的照片，當然少不了日韓和台灣的明星。

王莉想起了屯門的利寶商場，同樣可找到動漫和電子遊戲，但信和中心明顯更熱鬧，貨品種類也更多，說得上是香港的次文化朝聖地。不過當中也有一些叫王莉意想不到的店，其中一間是改衣店，櫥窗貼上黃色的紙條，寫着「精改衣服」，又叫人「小心玻璃」，想是有人不小心撞到過。店裏的牆紙是六角形圖案，八十年代的美術風格，至於那淡黃色，則不知是原來的顏色，還是隨年月久遠而褪淡。一個上了年紀的男人穿着淺藍 polo 恤，卡其褲，在一台黑色的勝家（Singer）衣車前默默工作，旁邊擺放着紅色的煙灰缸和白色的有蓋茶杯。

另一間店專營渡假屋，門外玻璃貼滿渡假屋的照片，令人看不見店內的情況。那些渡假屋有南丫島的，有長洲的，也有位於大嶼山的塘福和梅窩。拉開半扇的門讓人看到一隻金色的招財貓在招手。王莉這才記起，中學時代跟同學來過租渡假屋，那時店主給她們一本厚厚的相冊，裏面全是渡假屋的照片，她們一頁一頁地翻，好像現在的人看樓盤廣告一樣。唸大學之後，她再沒去離島的渡假屋住過了，那些相冊裏夾藏着的是青春的薄片嗎？想到這裏，一些不相干的記憶又潮湧上來……

「你有沒有聽過〈去信和賣碟〉？」她拉一拉張志樂的衣角說。

「聽過，是My Little Airport 的歌。」

「剛才看見有店子可以租渡假屋，我想到去渡假屋玩是年輕人的玩意，是青春的證明，然後就想起了這些歌。」

「『到你再過多兩年／差不多三十歲的某天／你會去最後一次二手唱片店』……」商場裏太嘈雜，張志樂湊近她耳邊唸起歌詞。

王莉被什麼嚇倒似的，打了一個冷顫，然後又撞到了一個路過女孩的肩膀。

「我快三十歲了，真的很可怕。歌詞裏說：『事關一下子失去所有唱片／會有把夢燒光的感覺出現』，有時我也會有這樣的感覺，夢想還剩多少。」

「那你就不要去賣唱片，把它們好好收藏。」

「現在的人都聽串流音樂，買新碟的人少，連會收購舊唱片的店也愈來愈少了。」

這時，扶手電梯繼續擔當輸送帶的角色，把他們送回地面的入口大堂。張志樂找到一個人少的位置，用手機打開文檔。

「不只二手唱片店，信和中心自一九七九年落成以來，經歷過多年轉型，店舖的種類隨年代不同而改變。首先是九十年代，信和中心售賣明星照片的店舖成行成市，哪個明星在信和賣的照片愈多，代表愈有人氣。鍾國強寫過一首叫〈信和商場〉的詩，詩中寫到模型店和賣明星相片的店舖，第二段說：『玉女有玉女的海報／Twins有一面鏡子／有人在努力拂拭塵埃／旋起的曲如泡泡浴』。」

「把明星寫進詩裏也是一個時代的紀錄。不過現在不流行玉女了。」

「對，明星相片的生意不復當年。然後到了九十年代末，信和中心開始充斥售賣翻版光碟的店舖。洛楓的〈詩錄旺角〉第一段裏說『走進日劇的光碟市場』，指的其實就是翻版光碟。」

「那第二句呢？『戀愛世代的悠長假期』是日劇的名字嗎？」

「這句詩是把兩齣日劇的名字合起來的，《悠長假期》於一九九六年首播，《戀愛世紀》則是一九九七年。男主角都是木村拓哉，而女主角分別是山口智子和松隆子。」

「沒看過，但我知道木村拓哉。我們剛在信和中心走了一圈，就更能感受到詩裏所寫的『身體與身體擠壓的空間』，又或是『我挪前一步避去人羣站在後面的急躁／差點便給擠進了電視的熒幕裏』。」

「對啊，這是旺角和信和中心的熱鬧寫照。最後不論是劇中人還是現實的人們，喜怒哀樂都被前呼後擁的鞋印踩成不合規格的翻版光碟。

「到了二千年代，寬頻技術普及，翻版光碟店逐漸減少，信和中心的商店轉而售賣潮流商品，成為年輕人和動漫愛好者的集中地。像崑南在一篇叫〈旺角不老〉的文章說，信和中心這類商場『在青少年的心中，構成了五光十色的消費王國』，『電話繩、翻版光碟、臭豆腐、化妝品、波鞋，發放着青春的氣味……旺角就是這麼奇怪，永遠走前一步，旺角永遠不老，永遠長生』。你還記得他寫的金毛嗎？」

「當然記得。」王莉撇嘴，擺出一副不明所以的表情。

「來，他的故事還沒完。」

離開信和中心轉左，穿過彌敦道，沿着登打士街走一個街口，便到了砵蘭街，面前是歐美廣場，左邊一間刀削麪，右邊一家清湯腩，傳來了濃郁的牛肉味。街道兩旁是商業大廈和唐樓，路邊停泊着很多汽車，雖然商店很多，但人流稀少，明顯比彌敦道、西洋菜南街等清靜得多。但平凡的街景中，有一個招牌吸引着王莉的眼睛。說是一個其實不對，因為那是由十一個大小相同的長方形招牌組成，它們由上至下排開，像一把梯子。

「你也留意到這個招牌嗎？」張志樂見王莉朝着那個方向看，「有夜總會、芬蘭浴和桑拿，很有氣勢。」

「我覺得像疊疊樂。」王莉嗤的笑了，「沒想到一座大廈裏會有六間夜總會，兩間芬蘭浴和三間桑拿。」

兩人走到大廈門口，看到夜總會的招牌，金光閃閃，又有小燈泡砌出多對跳舞的男女。一個燈箱立在路邊，箱裏的海報裏有一個性感的女人，還寫着收費和「電梯按1字」。

「九十年代是砵蘭街最繁盛的時期，那時黑社會經營着色情行業，令這條街予人龍蛇混雜的壞印象。不少有關黑社會的電影也來這裏取景，包括《古惑仔》系列和《旺角黑夜》。不過隨着警方在二千年代加強打擊，現時色情行業已經式微。」

「《旺角黑夜》我看過，主演的是吳彥祖和張柏芝。」王莉的心思仍留在這組招牌上，「我試過日式桑拿，其實芬蘭浴是什麼？和桑拿有什麼分別？」

「這個你問倒我了。」張志樂苦笑，連忙用手機上網查找資料，「原來芬蘭浴和桑拿是指同一樣東西。桑拿是sauna的音譯，原是芬蘭語，指的是在封閉房間裏用蒸氣或乾熱使人大量出汗，加速血液循環，達至保健的效果，對腰背痛、肌肉痛、關節炎和神經衰弱等有一定功效，也可以令人放鬆。」

「我很需要，但不會幫襯這個地方。」

「你把這裏留給金毛吧。崑南的〈金毛吟〉第三段便提到砵蘭街。他用殺氣、啤酒、女人的體香和鳳樓概括了砵蘭街當年給人的印象。」

「我一直想，跟金毛對話的是誰呢？那人問金毛『為何獨獨／為何發呆』，金毛回答他『對不起／你幫我唔到』，詩中沒有明確寫出來。」

「你怎樣看？」

「我猜是社工。金毛的爸媽都死了，當這個人最後一次問他，金毛回答說『菩薩他媽的／也幫唔到我／（就憑你？……）』，菩薩這句又似是傳道人，跟金毛講耶穌，當然是不受歡迎了。」

「這個金毛並不是電影《古惑仔》裏的角色，不好打、不有型，反而無助又孤獨，但他拒絕別人的好意和幫助，靠自己。」

「難得來到砵蘭街，我也介紹一個地方給你。」王莉似乎在手機上找到了什麼，臉上掛起得意的神采說。

張志樂笑着點頭，一臉期待的樣子。原來那個地方就在夜總會旁邊，隔一個舖位，名字叫「登打士茶餐廳」。看到店名下寫着「馳名咖喱 撚手小菜」，張志樂雙眼發光，連忙推王莉進入，又問有什麼好吃的。可是，卻被王莉攔住了。

「重點不是食物啊。你看裏面。」

張志樂探頭看進店內，還不是普通的茶餐廳，環境明亮，但裝潢沒什麼特別之處。隱約嗅見炸物的香氣，不知道是炸雞翼還是鹽酥雞。下一秒，有東西從座位冒出來，滑到了地上，原來是一隻白貓，他終於明白了。

「其實我沒吃過這家店，但在貓貓羣組看到介紹。老闆娘把有需要照顧的流浪貓暫時收留在店內，直到人來領養。如果喜歡吃芫茜，也可以試試芫茜滑蛋三文治這款不常見的菜式。」

「貓貓得到照顧，茶餐廳有貓店長招徠生意，一舉兩得。」

繼續行程，雖然不見電影裏的聲色犬馬和黑幫打鬥，但在兩人眼中砵蘭街也有值得看的東西。沿路有遊戲機中心、長生店、雜貨店、藥材舖、珠寶店、皮具公司、教會等。

在臨近碧街的一段，張志樂發現一間「髮型屋」，掛着LED旋轉燈箱，驟眼看會以為店面狹小，細心之下才會發現招牌上「巷內理髮」四字，原來這店開在小巷裏，只用一塊藍色的帆布作上蓋，豎立的木板當門面，不是一個真舖位。店裏的理髮師在替一個男人剷髮，嗚嗚作響，一撮撮短髮掉在地上。

走過一段砵蘭街，兩人經右邊的馬路橫過窩打老道，兩根四方的巨柱矗立眼前，撐起一座高聳的豪宅。王莉看第一眼還覺得滿有氣派，可是柱子後面來了一小段紅磚牆，然後是一座金字頂小紅磚屋，滿有歷史感，論氣派馬上把豪宅比下去了。

張志樂見她被吸引住，便守在她身後，繞紅磚屋走一圈，時間還不用一分鐘。

「想不到這裏有一座好看的小房子。紅磚牆、向着大街的拱形遊廊、木製的百葉窗，是早年的英國建築吧？」

「是啊，不要忘了中式的金字瓦頂，還有鑄鐵的雨水斗和雨水管。這座小屋建於一八九五年，原是一座抽水站。十九世紀時，九龍居民多從山井或水溪取水飲用，但食水衞生沒有保障，一八九四年香港爆發鼠疫，迫使政府正視食水衞生問題，水務署於是在九龍半島開鑿水井，抽取地下水供市民飲用。隨着九龍水塘和京士柏水庫建成，這座抽水站於一九一一年停止運作，部分建築物被拆，只餘下這部分，曾經用作郵局和露宿者之家。二千年發展商打算把它清拆，水務署才發現原來這座小屋是自己的，最終保存下來，成為一級歷史建築。」

「雖然水務署的人笨笨的，但幸好有保存下來。」王莉撫摸紅磚牆，心裏忽然閃過奶茶傻乎乎的模樣，她也不知道為什麼。

「現在它用作戲曲中心辦事處，將來可能又會繼續發揮不同的用途了。話說回來，我們已走到油麻地了。」

「我聽說『油麻地』一名跟船有關，未填海前這一帶是碼頭，油是指補船用的桐油，可以防水，而麻則是船上的蔴纜，應該要用有草花頭的『蔴』字，叫油蔴地才對。」

「你說的沒錯，我們身處上海街，到一八七四年至止，它都是臨海的街道。而到了一八九二年，新填地街出現，變成新的臨海街。隨着多次填海，這些街道都成了內陸的一部分。」說到這裏，張志樂話題一轉，「你知道上海街是一條食街嗎？」

這個人每走上一段路，便肚餓要找吃的。王莉裝作沒聽見，不理他，繼續向前走。迎面來的是一家賣砧板的店，雖然家裏也有在用，但看到店面全掛着不同款式的砧板，還是覺得有趣。在下一家店，她看到鍋子和碗碟，然後是一間烘焙店，櫥窗裏陳列着打泡器、蛋糕模具和放置結婚蛋糕的專用架子。

「我說上海街是食街，是因為有很多賣廚具和食具的商店。在前面的文明里上，還有一間專門賣秤的小店，叫利和秤號，賣藥秤、金秤、魚秤等等，已經有超過九十年歷史。」

「什麼叫藥秤、金秤和魚秤啊？」

「藥秤是藥材舖專用的秤，量度両、錢、分，和金秤一樣用牛骨做主幹。金秤是金行用的，量度錢、分、厘，至於魚秤則用坤甸木為主幹，附有魚鉤，量度斤和両。」

「在街市好像有見過……」王莉心不在焉，只因沿路的食具、廚具款式之多，令人眼花撩亂。

在馬路的另一邊，還有廚具設備公司、不鏽鋼廚具專門店。往前走不遠，又會發現賣爐具的、賣刀具的，與煮食有關的商店有意無意地聚集在這段上海街上，好像要預備一場大食會。

來到眾坊街前，一邊是梁顯利油麻地社區中心，另一邊有一片綠樹，密密地靠攏在綠色的圍欄裏。行人過路燈上的綠色人偶一閃一滅，正要走過斑馬線，卻被張志樂拉住，說往左走才對。

在綠色如一扇百葉簾的「麗晶桑拿」招牌後，有一座唐樓，外牆畫了一幅壁畫，彩色鮮艷，畫中人在狹小的餐室裏用餐和聊天，室內裝飾着方形地磚和馬賽克牆，「二樓雅座」四字旁是一條樓梯，一個穿紅衣的人捧着一束紅花正走下來，後面跟着一個穿着綠衣白褲的人，踏着黑色的鞋子。樓梯有一排長方形的格子窗，窗外有一頭貓看進餐室，而窗子上似乎是簷篷的地方，也有一隻貓在悠閒地散步着。

「啊，我來過這裏！」王莉記起來了，用手指把長髮繞到耳後說，「以前在百老匯電影中心看完電影，會來吃東西。」

走過壁畫旁邊飾有棕色長方形瓷磚的外牆，轉角處便是餐室的正門，可以看到餐廳的中英文店名：「美都餐室」和「MIDO CAFE」。

「你都來這裏吃什麼？」張志樂還是比較關心吃。

「晚餐的話會吃焗排骨飯，如果是下午茶……」王莉有點欲言而止，「會點邪惡的西多士和紅荳冰。」

「你真『識食』，周淑屏在〈美都奇遇記〉裏也提到馳名焗排骨飯。餐室於一九五零年開業，已超過七十年了。店舖內外保存了五十年代流行的裝飾性風格，採用馬賽克和膠板拼砌手法，單是店內的馬賽克磚便有五、六種，顏色不同，圖案各異，一邊吃東西一邊欣賞也是一種樂趣。少不了的還有坐在二樓雅座，看油麻地和榕樹頭的風景。」

「那是一場怎樣的奇遇呢？」

「故事中的「我」是一位編劇，風光時會到中環的大酒店咖啡室寫稿，但遇着市道低迷，便來到了美都。沒想到竟遇上經營『廟街粵曲歌座』的鳳姐，還有粵劇老倌新錦堂。原來鳳姐和新錦堂是老相識，他們碰面了，便即席在餐室裏唱了一曲〈薇花落後韻猶香〉。「我」見識了兩人的歌藝，也明白到要在逆境中堂堂正正做人，再落泊也得堅持下去。」

店內真實的環境，比壁畫上的更加豐富，二樓全為玻璃窗戶，自然光令花紋多樣的馬賽克磚彷彿透着星光。一條柱子兩面是不同的花紋，加上地板的格子圖案、方形的窗戶，好像置身一個格子世界。但是，天花板是波浪紋的，還有弧形的外牆帶來了平衡。

王莉「照舊」，點了西多士和紅荳冰，張志樂則是菠蘿油配熱奶茶。她終於知道他沒點芫茜滑蛋三文治的原因，原來早已心有所屬。但他怎麼一直瞪着紅荳冰看呢？難道他想打它的主意，後悔叫了奶茶嗎？

「想喝的話，自己叫一杯。」王莉把紅荳冰拉近自己說。

「你誤會了，我是看到紅荳冰，想起另一個有關編劇的小說。」

「同樣是在美都餐室發生嗎？」

「不，是在中環安樂園餐廳。小說裏的『我』還是小學生時，跟姑姑去見一位叔叔。叔叔請她吃紅荳冰，和姑姑在一大疊寫滿字的筆記本上塗塗改改。紅荳冰吃光了，『我』無所事事，聽着兩人談話，又看到叔叔握着姑姑的手，直至回家。長大後，『我』才知道姑姑是一位編劇，而叔叔是一位已婚的導演，自己嚐着紅荳冰的甜蜜時，姑姑和叔叔也嚐着偷情的甜意。這是辛其氏〈白房子〉裏的故事。」

離開美都餐室，看到店外的路牌，才知道身處廟街了。張志樂問，記得〈美都奇遇記〉裏經營歌座的鳳姐嗎？其實這條街上就有兩間這樣的店。跟着他轉左走了幾步，果然看到兩間同樣用粉紅色作招牌的歌座，一間叫「粵韻」，一間叫「艷陽天」。招牌上都有可愛的麥克風和音符圖案，櫥窗貼着駐場歌女的照片，不過可能時間還早，大門拉下了鐵閘。

美都餐室對面，便是油麻地天后廟，經過廟前的休憩公園，沿着廟街繼續走，路上看到一個巨大的彩虹麻雀館招牌，然後便是經常在旅遊書和旅遊發展局宣傳片裏出現的廟街牌坊。看到它，王莉想起台灣的夜市，也總會有類似的牌坊，打造得猶如瓊樓玉柱，色彩鮮艷華麗。

踏入廟街，與王莉印象中的很不同，半空拉起了一條一條的幼繩，沿街延伸，繩上掛着圓形的中式燈籠，紅的黃的梅花間竹，相互間雜，大概想是帶來節慶熱鬧的氣氛。但由於時間還早，夜市還未開始，街上略顯冷清，大部分攤檔仍沒開業，生財工具都收藏在不同顏色的鐵箱裏，蓄勢待發似的，也有幾檔的店員打開了鐵箱，攤開了長桌，豎起了掛網，把商品逐樣陳列出來，等待入夜後來到的人潮。

有人在路邊用水槍洗電單車，有人在沿街的特賣店選購廉價的電子產品，有人進入掛着暖簾的小店，看不見店裏的情況，但從貼在店外木牌上的照片，可以知道是賣翻版色情光碟的小舖。廟街上也有幾間歌座，店外平靜，王莉想像店裏有歌女高歌，有一邊喝茶聊天一邊欣賞歌聲的老顧客。一些衣着性感的女人站在大廈鐵閘外；少數族裔的婦人帶着孩子，在招牌寫着異國文字的雜貨店裏買東西。涼茶店傳來甘草味，遊戲機中心裏激烈的聲效令街道也彷彿震動。

廟街行人專用區沒有車，王莉停下腳步，抬頭看沿街的樓宇，外牆剝落不同的顏色，露出下面的灰牆或鋼筋，每家每戶的冷氣機掛在牆上，和晾曬着的衣衫扮演攀援植物，吸收今天餘下無幾的陽光。

「讀過你傳來的〈曇花．廟街〉，王良和因着外公送的曇花開了，想起了六年前到外公家去看曇花一事，藉此記述外公一家和他們居住廟街的情況。真想知道作者的外公外母住哪裏。」

「他只是說『外父原本租住對着榕樹頭的唐樓板間房，在唐樓的樓梯外擺檔』，賣的是牛仔褲、內衣褲。文中也描述了廟街夜市的其他攤檔，『水泥地升起堅韌的鐵枝，撐起一個個攤子，攤頂一排魚骨鐵枝，纏着電線，垂着一個個蛋黃燈泡，滿街盛開着金燦燦的花』。這『金燦燦的花』說的是燈，呼應着文中那在夏夜盛放的曇花。」

「我印象比較深刻的，是作者寫到有一夜，附近大牌檔的桌椅都倒下了，滿地碗筷和玻璃碎，場面嚇人。有時作者又會看到警車停在街口，好像有些什麼大事正在發生，像黑幫電影的故事，劉德華突然從某個窗子躍下，呼呤嘭嘟滿地碎片。」

「說到劉德華，廟街是不少港產片的取景場地，例如劉青雲和袁詠儀主演的《新不了情》、鄭伊健主演的《廟街故事》、周星馳主演的《食神》，近年的有《拆彈專家2》，由劉德華和劉青雲主演。連日本電影《信用欺詐師JP：香港浪漫篇》中，也有在廟街吃點心的場面。」

再次看到廟街牌坊，與佐敦道相接的這一段較為熱鬧，街上有珠寶行、當舖、美髮用品店、找換店和麻雀館，工作人員正在努力預備夜市的熟食檔。至於由佐敦道到柯士甸道的一段廟街沒有攤檔，很寧靜，珠光寶氣換成了餐廳和醫館，給人親切的感覺。

「寫過油麻地的還有陳寧，」走到廟街的盡頭，張志樂說，「那篇散文叫〈我記得……油麻地〉，作者在油麻地成長和生活，到處太多可逛的地方，讓她養成了『不黐家』的性格。她到從前的豪生書局、中華書局『打書釘』，又到梁顯利社區中心玩康樂棋。她發現在這個不斷向前的社會裏，油麻地仍舊有人情物事自絕於外，賣秤的人專心賣秤，賣喳咋的人專心賣喳咋，唱戲的唱戲。什麼是社區認同？作者說，是『一處我需要它存在多過它需要我的地方』，『讓人看見自己，如何從那裏走過來』。」

回到彌敦道，才發現已經走到尖沙嘴。一邊是九龍公園，另一邊是聖安德烈堂、美麗華廣場、The One和商業大廈，所有的人和車彷彿都匯流到這裏，紅燈前，巴士和私家車無聲地噴出熱氣，幸好有路旁的大榕樹分擔，王莉才不至於窒息。

轉入海防道，人還是一樣多，跟旺角街頭不遑多讓。擁擠時，人們不時碰到彼此的肩頭，遊客拖着的行李箱追撞行人的腳踝。九龍公園外圍的樹木伸出枝葉，蓋過天空，好像伸出來的手，想要撈到馬路另一邊商店裏的珠寶和時裝。

來到海防道臨時街市，紅色的牆身下是灰色的通風口和鐵閘，鮮果蔬菜的照片減少冷冰冰的感覺，帶來一點吃喝的慾望。

「尖沙嘴總是給人繁華熱鬧的印象，這裏可能是尖沙嘴最清靜的地方之一，」張志樂說，「街市已開張四十多年，裏面賣乾貨和濕貨，還有熟食市場。黃淑嫻的詩歌〈一個下午重訪尖沙嘴〉寫的正是這樣的地方。」

「所以作者才會說：『這裏從來都是民間／妳總給人恨恨地誤會／過往的尖東、現在的高鐵／都扭曲了妳的身世／看不到轉角的街市／聽不到銅鐵的聲音／錯誤形容妳的氣味』。」

「詩中說到的街市，便是海防道臨時街市。詩裏說：『我們坐下來／這個不能名狀的地方／任由熱咖啡緩緩融入熱空氣中』。」

「『緩緩』描述的慢速，跟尖沙嘴，甚至香港急忙的節奏很大分別。為什麼這裏叫臨時街市呢？」

「尖沙嘴最早的街市建於一九一一年，地址是現今的北京道一號。一九七八年政府把街市內外的租戶遷到這個臨時街市，沒想到，臨時竟是四十多年。」

兩人沿亞士厘道走，穿過梳士巴利道，來到尖沙嘴海傍。王莉看到熟悉的、外形像蛋的太空館便很興奮，告訴張志樂第一次到太空館是唸小四的時候，爸爸帶她來參觀作為成績好的獎勵。

「你唸小四那年，太空館應該建成二十年了。它是一九八零年開幕的，你提到的蛋形館身，是為了配合天象廳，讓觀眾可以舒服地躺着觀看天幕星空。」

「你不要亂算我的歲數。」王莉用黑色帆布袋拍打他。

張志樂卻被打得笑了，「那你知道太空館和文化中心原址是什麼嗎？」

「是九龍車站，又叫尖沙嘴火車站，你以為我不知道嗎？」

「你這麼年輕，怎麼知道的？」

「因為我約你之後，在維基百科上看過油尖旺的資料。認識歷史是無分年齡，人人也可以做的。九龍車站原是九廣鐵路英段的總站，於一九一六年落成，到了一九七五年，九廣鐵路的總站搬至紅磡站，後來政府於一九七八年拆卸九龍車站，在原址先後興建太空館和文化中心，以及發展尖東海傍的商業區。」

「全對，九龍車站的遺蹟有兩處，一處是市政局百週年紀念花園裏的六條羅馬石柱，另一處是大家都熟悉的尖沙嘴鐘樓，現在是香港法定古蹟。」

兩人由太空館沿有蓋走廊，走到文化中心，剛好有一羣看完演出的人走出來，眉飛色舞地討論着。來自不同地方的遊客在拍照，拍人、拍建築，拍太空館背後的水池。穿過文化中心，便看到天星碼頭，一艘小輪在翻着急浪的維多利亞港上待渡，而尖沙嘴鐘樓則是定海神針，它前方的長形水池像大海伸過來的影子，被鐘樓穩穩釘住，乖乖地不敢放肆。

「鐘樓建成於一九一五年，可說是香港人的集體回憶。同一樣事物，同一個地方，勾起的記憶和想像可以很不同，作者們的觀點互相碰撞，有時會更有趣味。剛才說到車站搬遷，鐘樓卻留了下來，在崑南寫於一九八六年的〈尖沙咀鐘樓〉一文中，他記述年少時在九龍車站等候約會的女生，看到與車站割離的鐘樓，他說『鐘樓屹立，時刻仍移動，可惜，整座建築物彷彿是文物陳列，沒有半絲的生氣』，這是與個人記憶的扣連，當記憶載體的建築物消失，餘下的只是沒有生命的陳設。

「但如果扣連的是人羣、是眾我呢？劉以鬯也有同名的〈尖沙嘴鐘樓〉，文章一開始便是有趣的想像：『如果將尖沙咀看作九龍的嘴，鐘樓是一枝銜在嘴上的香煙』，作品又把鐘樓想像成人，說它認識了文化中心這位新朋友，取得情趣和快樂，又得着精神食糧。它日夜勤奮地工作報時，不單成為香港的標誌，也象徵着時間，文中說：『時間永不停留，現在不會不變成過去，將來不會不變成現在』，而鐘樓也一直在轉，轉，轉……」

王莉讀完了這篇作品，最後一段寫到「時間在維多利亞海港的水紋裏跳舞」，在遊客的喧鬧聲下，她靠在海傍的欄柵前，細看時間的舞步，想起這個城市一些面目全非的地方，一些仍未改變的角落。

天未全黑，對岸的燈已搶先亮起。王莉說時候不早要回去了，張志樂則說還想到海運大廈。

「你又有想吃的嗎？」王莉挑起眼眉說。

張志樂不禁被她逗得笑了，「我是想起西西《我城》裏寫過它。書中悠悠去了一個『冬暖夏涼』的商場，叫海港大廈，其實就是現實裏的海運大廈和海港城。它是一九六六年開幕、全亞洲第一個的購物商場。悠悠還滿欣賞這個地方的，說它能讓市民在工餘時間享受藝術，偶然聽一次大家聽音樂會。」

「那我跟悠悠有共通點了，就是喜歡逛商場。」

「你回西營盤，可以乘天星小輪過海啊。」張志樂忽然想起。

「我要去旺角。」

「今天還沒逛夠嗎？」

「朋友去外地公幹，我替她照顧貓，雖然中午去過一次，但忽然又很想牠。」

「做貓奴是開心的事。不如趁你朋友不在，拐帶牠回家。」

「真怕你會教壞學生。走啦，再見。」

回到朱詠琳的家，奶茶似乎是沒料到王莉今天會來兩次，從梳化跳下來，踏着貓步急急來到她腳邊，弓腰討掃，表現得特別興奮。

「很乖啊。食物和水夠嗎？我陪你多玩一會。」

摸着奶茶的頭頂和背，她想起時間在水紋裏跳舞，時間也在每個人身上跳舞，在貓身上跳舞，永不停留。

珍惜見面的時光。

文學作品列表：

麥樹堅　〈旺角夜行〉，《作家》第19期（2003年1月），頁47-48。（參香港文學資料庫）

董啟章　〈通菜街與西洋菜街〉，《地圖集》，台北：聯經出版事業股份有限公司，2011年，頁118-119。

鍾國強　〈信和商場〉，《城市浮游》，香港：青文書屋，2021年，頁26-27。

崑南　〈金毛吟——旺角怨曲之二〉，《香港文學》總第194期（2001年2月），頁85。（參香港文學資料庫）

洛楓　〈詩錄城市（一）旺角：信和中心（take two）〉，《飛天棺材》，香港：麥穗出版，2007年，頁67-69。

周淑屏　〈美都奇遇記〉，《我在茶餐廳品嘗到愛》，香港：突破出版社，2002年，頁124-139。

辛其氏　〈白房子〉，《素葉文學》第61期（1996年9月），頁4-10。（參香港文學資料庫）

王良和　〈曇花・廟街〉，《香港文學》總第320期（2011年8月），頁62-64。（參香港文學資料庫）

陳寧　〈我記得……油麻地〉，《八月寧靜》，香港：牛津大學出版社，2007年，頁123-128。

黃淑嫻　〈一個下午重訪尖沙嘴〉，《聲韻詩刊》總第71期（2023年5月），頁94。（參香港文學資料庫）

崑南　〈尖沙咀鐘樓〉，《香港文學》第 23 期（1986 年 11 月），頁 63。（參香港文學資料庫）

劉以鬯　〈尖沙嘴鐘樓〉，《香港當代作家作品選集・劉以鬯卷》，香港：天地圖書有限公司，2014 年，頁 332-334。

# 五　大埔

因要追收文集的稿子，而無法好好吃飯的午後，王莉在教員室外的走廊，再次看到中四丁班的夏子文。他穿着潔白、沒有縐摺的校服，抱着小本子，茫然地站在門外，沒有跟任何人説話或對上目光；其他人彷彿沒看到他，匆忙地在他身邊走過。王莉記得昨天，還有上星期的某天，他也曾經這樣待在教員室外。

雖然踏着急促的腳步，但出自關心學生的本能，她不能裝作沒看見，這時，夏子文也抬起頭來，把她看在眼裏。

「王老師……」

「子文，」王莉微笑着上前去，心裏卻因堆積的工作而焦急，「你在這裏做什麼？」

「我在等你。」

「等我？你可以叫我啊！有什麼事嗎？」

「這個，你可以看看嗎？」夏子文遞上手中的小本子。

明明是個陽光大男孩，長得高大，但談到自己的寫作，卻變得靦靦腆腆的。王莉心裏想。

「當然可以……但對不起，上次那篇我還沒看完。」

「不要緊，你慢慢看。」

「我可以問你一個問題嗎？」

夏子文點頭，稍微瞇上眼睛，擺出一副沒料到的表情。

「你為什麼會把文章給我看？我又不是你的中文科老師。」

「去年你教我中文，在我的作文功課上寫過許多評語和鼓勵的話，所以我想老師會願意讀我的小說。」

「你一直寫得很好。」王莉把手按在小本子上，好像要傳送什麼信念或力量，「我一定會抽時間讀的。謝謝你。」

雖然這樣說，但子文去年的作文內容，還有自己寫過什麼樣的評語，王莉卻記不起來。寫字桌上堆滿教科書、教材和學生的功課，她只好把子文的小本子隨手放進桌子右邊第三個抽屜裏，那裏是王莉的「黑洞」，所有不知道要擺在什麼地方，或未有時間去處理的東西，都會被送到那裏。

所有的課都上完後，王莉回到教員室那張臨時的小桌子，旁邊的影印機吐出一張接一張的工作紙，發出噪音與熱氣。這時她才發現自己把手機遺留在桌面，難怪剛才一直找不到，熒幕顯示一則張志樂的新短訊。

「王老師！」蔡主任忽然來到身旁，好像一直在等她，伺機行動。大約五十歲的她梳着一頭長直髮，偶然會把頭髮束起來，露出款式各異、但都閃亮亮的耳環。王莉覺得她像一頭母獅，有時溫柔（畢竟她是一對兒女的母親），有時想要把自己吃掉（工作的時候）。

「文集的作品收集得怎樣？」

感到獅子湊近的鼻息。

「收集得七七八八了，」王莉彎身用滑鼠點開資料夾，「還欠兩份。」

「有沒有叫學生自己打字？」

「有，我收到的都是電腦打字檔。」

「那很好，到時可以直接傳給設計公司，省時間。你有沒有檢查過內容和錯別字？」獅子張開口，露出鋭利的牙齒。

「有啊……內容方面張志樂看過了，不是嗎？」

「他做事我放心。但文集還是有機會落到大老闆手上，你再檢查一次，確保萬無一失。」

「好的。」王莉感到自己被咬了一口。

蔡主任口中的大老闆是指校長。她雖然答「有」，但其實還沒開始文集作品的內容和錯別字的檢查工作，這樣回答只是因幾年來在校園釘子碰得太多，學到了一點辦公室政治智慧。

這無疑又增加了工作量，心裏埋怨可以睡覺的時間又要減少了，護膚品和化妝品的開支增加得愈來愈快。不過與蔡主任的一番話，為她帶來了一點處事的靈感。她拿起手機，點開張志樂的短訊：

「住沙田的你對大埔熟悉嗎？」

「不算熟悉，但我曾經在大埔一間中學實習。你要去文學散步？」

五分鐘後收到回覆：「對，想不想重遊大埔？」

星期六，大埔墟港鐵站的閘口人頭湧湧，有人沿扶手電梯直上新達廣場，有人走向左邊的小巴站，王莉想起中學時期，跟友人乘坐小巴到大尾篤燒烤。原來張志樂到了，站在扶手電梯下看書，封面是湖綠色的，書名叫《大埔故事》。

「你換了新背包？」

他的舊背包也是黑色的，但新的這個間隔更多，看來更實用。

「是啊，舊的用了多年，上星期背帶斷了。」

「可能你背的書和食物太多。」王莉搶過他手中的書，看到了作者的名字：孔慧怡。

「她從小住在大埔，主要從事翻譯和文藝創作，曾獲中文文學雙年獎。」

「今天我們跟着書中的故事散步嗎？」

「這只是其一。」張志樂把書搶回來，「走吧。」

達運道旁有一條有蓋行人路，可以直出運頭街，很快便會抵達大埔綜合大樓。這裏還設有大埔街市和熟食中心，王莉猜中了，這個地方就是第一站，看到大樓外牆的招牌，算一算，竟然有四十間食肆，不知道張志樂會想吃哪一間？

「推薦哪一間？」王莉指向招牌問。

「想吃點心的可以光顧林記，東記上海麪的炸豬扒是大埔名物，到伍仔記可以吃小炒，還有一家叫滑嘟嘟，他們的糯米糍最出名。不過，我想介紹一間已經不存在的店。」

「不存在的店？」

「那家店叫波仔記，曾經在大埔街市相當有名，是中大學生宵夜的好地方。王良和寫過一篇同名的散文。他談到了一個中大傳統，每年大學迎新營結束後，組長總會帶組員到波仔記吃晚飯，聯絡感情。吃的是椒鹽鮮魷、時菜牛肉、紅燒豆腐、京都骨、白切雞，當然還有啤酒。」

「全都是大排檔的名菜！」

「王良和記述了幾次到波仔記吃飯的經歷，有唸大學時的、有畢業後的；與他一同吃飯的有聯合中文系的同學、友人和太太。當中有一段寫吃的情景，很是有趣：『熱騰騰的小菜端來時，六、七個聯合人走過來，兩手藏在背後，邊走邊搖着身子，一臉古怪笑意。果然，一式餓虎撲羊，六、七雙筷子悍然現身，錚錚出鞘：項莊舞劍，意在鮮魷；聲東擊西，箸下偷雞。我們挺身阻截，緊抓筷子使出『橫掃千軍』、『拂塵掃葉』，筷子與筷子碰得『格格』大笑。有人甚至像魯迅小說中的孔乙己，張開五指猛地罩住碟子，可最終還是損牛肉而折鮮魷，給他們擄劫過去』，簡直把大排檔變了武俠小說的世界。

有時作者會自己獨自去吃，直到波仔記結業。一九九三年，他在報紙上讀到報道，才知道波仔記的老闆娘被丈夫的情婦所殺，死後被肢解製成燒臘出售，真是駭人聽聞。」

王莉聽到這裏，突然所有食慾都消失了。

「你唸中大，去過波仔記吧？」

「我唸書時波仔記已結業了，我們轉了去火炭的大排檔，吃乳鴿和雞粥。」

離開大埔綜合大樓，兩人從鄉事會街左轉走進大光里，這條小街夾在住宅大廈之間，地舖都是與民生有關的商店，有蔬果店、鮮肉店、涼茶店、家品店與超級市場。張志樂的食慾未受殺人案影響，他停在一家裝修簡陋，但又不失懷舊風味的小店前，店名很直接，就叫「亞婆豆腐花」；豆腐花是王莉喜愛的甜品，可以自行添加糖水或黃糖，調節甜味，吃得比較健康。

「這店提供冷熱豆腐花，我吃熱的，你要嗎？」張志樂回頭問她說。

「我要冷的。」

接過店員遞上的藍瓷花碗，感受到一陣涼意。王莉跟別的顧客一樣，捧着碗站在店前吃起來，豆腐花有淡淡的糖水提味，比吃過的都來得順滑。張志樂着她試一試自己點的熱豆腐花，豆味香濃，不會被黃糖的甜味蓋過。

「沒想到你喜歡吃豆腐花。」

「自小便喜歡吃，從前愛吃甜的，會下很多糖水或黃糖，現在只要加一點來提味便足夠。」

「一種更成熟、低調的甜度。我想起了西草的詩〈豆腐花和紅豆湯〉，詩中主角經歷完日間的苦頭，拖着疲憊的身體來到豆腐花店，要了一碗豆腐花。詩句說：『黃糖在舌尖熔化一陣陣辛與酸／他思考着味道的意義／而他的淚是鹹的』。」

「這個哭起來的人想要一份甜品來安慰自己。那紅豆湯呢？」

「詩的第二段描述一個獨身的老太太，『只是／安靜地／像演默劇一樣地／把紅豆湯喝完』。老太太的孤獨和痛苦不露聲色，比起男人的來得更深沉和低調。」

「但他們同樣需要一碗甜品，為生活帶來一點甜。」

冷豆腐花雖然不及熱的味濃，但吃下去令人涼快，心情平靜下來。王莉這才意識到，自己也很需要為忙碌、高壓的生活調調味，這碗豆腐花來得正合時候。

繼續行程，經過大埔浸信會，不料下一個地景跟豆腐花店相距只有數十步，位於鄉事會街上，同樣是一處吃東西的地方，名叫「華輝小廚餐廳」。透過玻璃窗，王莉看到麵包櫃裏的麵包和糕餅，還有她小時候喜歡吃的沙翁，現在很少地方可以找到了。一個婦人拉開玻璃門，向收銀櫃台的女人說，要兩個雞批和一個蘋果批。王莉趁這個時候窺見餐廳的內部，卡位、圓桌，一般的茶餐廳格局，較特別的是牆上的白色浮雕，隱約看出有人臉、飛鳥和植物，但大部分被寫滿菜式名字和價錢的餐牌遮蓋，令人好奇全幅的面貌。

「你看過網絡小説《那夜凌晨，我坐上了旺角開往大埔的紅VAN》嗎？」

「我看過電影……呀！這間餐廳在電影裏出現過。」王莉想要確認似的，退後一步細看餐廳的門面。

「導演陳果曾把Mr. Pizza寫的這篇小説拍成電影。」

「小説裏提到這間餐廳？」

「小説中沒有寫出餐廳的名字，但提到了位置。主角『我』與紅van上認識的人約好，到鄉事會街，新街市對面的茶餐廳會合。」

「我記得餐廳裏有人唱歌，又有人突然全身着火。」

「你看過太好了，小説和電影都在大埔取材，我們可以找到不少相應的地景。」

「看電影時我只知道故事發生在大埔，但卻不知道是哪間餐廳、哪一條街。」

「那跟着我就對了。不過，下一站我們先去香港鐵路博物館。」

「鐵路博物館？我記得電影裏有一幕，黃又南和任達華在舊火車廂裏追逐一個面具人。」

他們從鄉事會街，轉入寶鄉街，然後走進懷義街。雖然吃過冰涼的豆腐花，但不知道是天氣悶熱，還是別的原因，王莉吁了一口氣，像是心中積壓着什麼東西，令人鬱悶，想要藉這口氣把它挪開，但終究還是壓在心頭上。因此，一路上她都沒説話，心裏想着自己到底是怎麼一回事。她緊跟着張志樂，看到他指着沿路的遊戲機中心、麵包店，嘴巴在動，卻聽不清在説什麼。

等到她回過神來，已經走到崇德街香港鐵路博物館門前，走過紅色鐵門，踏上石級，便看到兩棵老榕樹，左邊一座古舊的磚屋，上蓋青瓦，大門前的橫匾寫着「1913」，還有「大埔墟火車站 TAI PO MARKET」。正要上前參觀，便發現腳前是一條火車路軌，它一直延伸，預告着博物館的深處還有值得探索的地方。

「這座是從前的大埔墟火車站。」王莉看到兩個裝有鐵柵子的窗，寫着「售票處」。

「火車站大樓建於一九一三年，直到一九八三年，新大埔墟火車站出現才停用的。它是從前九廣鐵路上唯一的中式車站，採用新界傳統鄉村的建築風格，得到當時的華人欣賞。到了一九八四年獲列為法定古蹟，改建成博物館。」

走入這座舊火車站，可以看到介紹香港鐵路歷史的展板，還可以參觀車站和售票處內部。王莉看到供人候車的木長椅、一些古老又奇怪的機器、昔日黑色的撥輪電話……令她意外的是從前的火車站很小，似乎容納不了多少人，剛才在大埔墟港鐵站，人流極多，她覺得自己不是走，而是被擠出去的。

「不過，這並非大埔第一個火車站，」張志樂坐下來，順着木紋撫摸着木椅說，「大埔區第一個正式的火車站是『大埔站』，啟用日期是一九一零年十月一日，近大埔尾海邊，為的是接駁水路交通，村民從車站走三兩分鐘便可抵達碼頭。」

「我以為你熱愛文學和美食，原來還是鐵路迷。」

「我不是鐵路迷，這些事都是在《大埔故事》裏讀到的。二十世紀初大埔還是鄉村地區，卻因大埔滘是當時的交通樞紐，所以擁有兩個火車站。」

兩人繼續沿着路軌，在鐵路博物館裏散步。星期六下午，館裏有十多個來參觀的人，各自找到心儀的歷史車廂「打卡」。王莉踏上一九一一年製造，最富歷史的三零二號三等車卡，彷彿走進懷舊電影的世界裏。

「怎麼以前的車卡，座椅比現在的還多呢？」張志樂在兩排座椅之間窄窄的通道走過。

「現在的車卡為了讓更多的乘客塞進去，設計成站位多過座位。」

「那應該改叫站客，不是乘客。」

兩人在昔日的木製座位坐下，張志樂又談起了文學的故事：

「寫過這個車站和附近地方的，有崑南的小說〈夜之夜〉，小說一開始寫到：『最後的一班火車走過了。夜，在大埔墟開始寧靜下來。站長室的燈熄了，剩下那慘青青色的燈柱，高直地伴着不遠那棵大樹』。車站外有飯店和熟食檔，有趕不及火車，於是等巴士的人。從車站一直走，便會到達附近一條叫錦山村的村落。村裏有一座黃色的洋房，故事就在那裏發生。」

張志樂問王莉，最喜歡博物館哪個展品。王莉選了曾於沙頭角支線使用的蒸汽火車頭，覺得它笨重得來有點可愛。張志樂因此想起了王良和的詩〈鐵路博物館兩首〉，其中一首寫的是柴油火車。它曾經運轉、衝向天涯，但現在安置在博物館中，詩人「感覺它愈來愈沉重，不可移動」，「好像自身也感覺衰老，好像細味，塵世的聚散，和生死」。詩中也描述遊人，有在尋找失散的童年，有在拍照和閱讀火車的歷史的，彷彿預告他倆的到來。

張志樂讓王莉也讀另一首〈枕木〉。枕木就是鋪在鐵軌上的木條，他學詩人在上面行走，坐下，手掌按在上面。詩中說：「此刻它炙着雨後的陽光，更加焦黑，好像剛剛從烈火出來／卻這樣安靜，這樣鋪展，讓榕樹的落葉，輕輕讚嘆：飄零的終點，不是飄零」，路軌說的故事，詩人願意聽。

「你要不要學詩人躺下來，『隨時負重』？」王莉捉弄他似的問。

「不，我還要去下一站。」於是伸出手，讓王莉拉他起來。

下一站是富善街，只要從鐵路博物館大門回到崇德街，左邊第二條街就是了。這裏是大埔主要的露天市場，人氣極旺，要錯過也不易。鮮果的香氣從路口一檔賣水果的飄來，繼續深入，會嗅見參茸海味的鹹香氣。婦人挽着環保購物袋，或是拉着手推車，在不同的檔店前徘徊，查詢和格價。一條手臂般粗長的鹹魚被擱在一塊木砧板上，頭已切掉，尾巴綁着紅繩。

在這個露天街市，除了濕貨，也可以買到乾貨和家庭用品。藥行前的紙箱用紅紙寫上黑字，什麼雪耳湯、清補涼、脱水椎山、天麻湯。花花綠綠的衣服掛起來，多得把店內的人和環境遮蓋住。雜貨店掛的則是藤器和地拖，王莉真怕走進去時會被打到頭。這時，在雜物貨堆中，一雙靈動的黃珠子轉了起來，原來是一隻黑貓悠閒地躺在塑膠貨籃裏，一卷卷的高級保鮮袋變成了牠的牀。

「牠有點像你，全身黑色。」王莉掉下這話，便跑到黑貓前。

張志樂有點無奈地低下頭，今天的褲子明明是深藍色。

貓帶點警覺地豎起三角形耳朵，嗅嗅王莉的手，然後黏一黏嘴巴。王莉輕掃牠，想起了朋友的貓奶茶。臨走時，貓專心舐毛，大概是想重溫王莉的氣味。

走到富善街的尾段，在一間包餅店對面有一座文武廟，穿過寫着「永佑太和」的圓形拱門，便是一個小庭園，有竹樹，有石椅供人休息，黑瓦灰磚的文武廟外掛着兩個大燈籠，一個帶點駝背的老女人在廟裏燒香，祈求保佑。

張志樂走進廟內，看到一圈圈的塔香，飄散着白煙。木柱久歷歲月，早已發黑，隱約看到上面的對聯。跟其他廟宇一樣，設有鐘鼓讓善信敲打，通告神明，鼓上還寫有「大埔文武廟」的字樣，但想是被鼓棍拍打得多，紅色的「武」字早就脱落。

這時他才發現王莉不在廟內，原來她在小庭園裏找到一間小小的紙皮屋，上面貼有卡通貓貼紙。王莉看到他從廟裏步出來，連忙向他展示手機上的網頁。

「我在網上找到，原來大埔文武廟曾有兩隻貓，一隻叫文文，另一隻叫武武的，但武武被人偷走了。」

「廟宇的貓也敢偷？真大膽。」張志樂露出厭惡的表情，一雙眉變成短劍。

「是啊！文文曾被車撞到，那黑心的司機還把牠掉到垃圾筒，幸好有善心人把牠救回來。」

「這是文文的貓屋嗎？」

「我想是的。那貼紙上的貓跟文文一樣是虎紋貓，四腳踏雪。可是我在網上又看到，連文文也失蹤了。」

「那怎樣辦？」

「大埔的街坊在網上羣組廣發消息，但都沒有人知道牠的下落。牠到底去了哪裏呢？」

「願牠平平安安。」

「希望牠只是被其他人收養，會好好的照顧牠。」

「你喜歡貓，不妨讀〈我與肥妹的一段情〉。」

「誰是肥妹？」王莉忍不住笑。

「肥妹是一隻三色貓。潘國靈曾在錦山村居住，肥妹闖進了村屋的露台。本來是不想讓貓進到屋子裏的，但肥妹很有辦法，不但拍打玻璃窗，還送作者禮物：死鼠皮，加上求憐似的喵叫聲，最終還是突破防線，在作者家中自由出入，變得跟情婦一樣。」

「你怎麼説牠是情婦？不好。」

「那是潘國靈寫的啊。」張志樂大呼冤枉。

離開文武廟，穿過拱門時，王莉回頭看一眼文文的貓屋，剛好也看到拱門上的四字。

「我們不是在大埔嗎？為何這裏叫太和，寫着『永佑太和』？」

「你這問題真好，一邊走我一邊告訴你。」

他們沿富善街回到崇德街。張志樂説，大埔有兩個市集，即舊墟和新墟，它們的事蹟在葉靈鳳的〈大埔墟的今昔〉和孔慧怡的〈大埔墟第一街〉都有記述。舊墟位於現今舊墟直街一帶，是由大埔鄧氏早於清康熙十二年，即一六七三年建立的。新墟就是富善街一帶，又叫太和市。大埔泰亨村文氏在嘉慶年間也想於大埔墟內建舖做生意，但遭到鄧氏反對，還告上新安縣衙門，結果文氏敗訴，只許建屋，不可營商。

文氏於是聯結附近的鄉村，成立七約，要建立自己的墟市。到了光緒十八年即一八九二年，新安縣令再次判定只有鄧氏有權在大埔墟營商。文氏決定另起爐灶，請來司巡檢衙署的人到現場巡視，終於批准他們在林村河對岸成立新市集，這個新市集就取名「太和市」，有說是「泰亨」的諧音。為了搶生意，七約還集資建成廣福橋，現在才有了廣福邨、廣福道等地名。

雖說是搶生意，但文氏為此爭取了二百年，也不得不佩服他們的毅力。王莉心裏說，於是想到自己的工作，忽然又有種說不出的微痛，是疲累，是鞭策。

由南盛街走到寶鄉街，張志樂在等行人過路燈的路口處，發現了一間鮮炒乾果專門店，招牌上畫了一粒可愛的卡通栗子。店裏不但可買到陳皮、冬薑、話梅等傳統涼果，還有炒栗子和雪糕。

「天氣熱，我要來一杯雪糕。」張志樂說完便跑進店裏。

雪糕口味除了常見的焙茶、芒果或草莓，也提供栗子、話梅、生薑、陳皮等新奇的味道。王莉怕「中伏」，點了開心果味，令她頗感驚喜，因雪糕裏有滿滿的開心果仁，味道濃郁。張志樂選的是陳皮味，王莉吃了一口，同樣可吃到陳皮粒，甜中帶鹹，味蕾受到各種衝擊，加上雪糕的冷感，令人精神一振。

雖說要來一杯雪糕，但王莉沒猜錯，張志樂還買了不少涼果，什麼八仙果、甘草欖、山楂條，還有名字古怪的蛇膽陳皮。她逐一細看涼果的名字和功效，不知不覺走到店內的一角，發現介紹板上記載着店舖歷史，才知道此店最初在富善街上經營，近年才搬到寶鄉街來，是在新墟發跡的店。

在寶鄉街過馬路，很快便到達廣福里，連同環繞着名為「大明里廣場」的公園的幾條街，包括大光里、大榮里和大明里，構成一個熱鬧的小商圈。王莉看到比富善街更繁華的景象，想到或許新墟昔日的興盛已經讓路給別的地方。走到廣福里和廣福道交界的時候，一個模糊的景象忽然浮現。

「我認得這裏……在《紅VAN》電影裏看過。」王莉靠在紅色的路欄前，再轉身望向廣福里說，「電影講述主角們一行十多人在凌晨時分由旺角乘紅van回大埔，但過了獅子山隧道後除了他們，全香港的人都消失了。黃又南、徐天佑和文詠珊下車後，走到這裏，發現平常熱鬧到天亮的廣福里完全死寂，非常詭異。然後，黃又南和文詠珊一起沿這邊走？」

王莉指着通往林村河的廣福道說。

「對，這是電影版本。在小說版本裏，兩人則是走廣福里經南盛街前往廣福橋，過橋後便是他們住的太和邨。」

跟隨張志樂過廣福道，沿一條小徑走到同秀坊，然後是寶湖道和寶湖花園。這一帶多是四、五層高的唐樓，樓下雖有餐廳、商舖，但人流少，冷清得多。一棵木棉樹掉盡了樹葉，花也開過了，光禿着的枝幹上飄動着白棉，有些已堆在馬路邊上。

繞過寶湖花園，在東昌街社區會堂旁邊，可以找到大埔中心天橋，靠着它橫渡林村河，便到了大埔超級城，這邊還有大埔文娛中心和大埔藝術中心，可說是大埔新市鎮的核心地帶。

「我從前實習的學校就在這一區。」王莉低頭看着地磚，好像在撿拾往事說。

「我不清楚附近有哪些學校。不知道為什麼，我很少來大埔教寫作班。」

「今年去哪區比較多？」

「沙田和粉嶺，但偏偏略過了大埔，很奇怪。」

兩人走進商場，讓冷氣洗刷身上的積熱。商場這一區正好是一田百貨，不禁令張志樂想起它的前世今生。

「雖然近年不再來大埔教班，但記得從前來這裏，是一間叫吉之島的百貨公司。」

「我知道，英文名是JUSCO。我去過別的分店，不過這是舊名，現在都統稱AEON了。我比較喜歡叫吉之島，這個名字帶來島嶼的聯想，而且是一個吉祥、美好的島嶼。『我們去吉之島』感覺就像去一場旅行或探險。」

「可惜商場競爭激烈，百貨公司的輪替不斷上演。葉英傑有一首詩叫〈大埔吉之島的最後時光〉，顧名思義寫的是一田的前身吉之島。有一天詩人發現百貨公司即將要告別，『白色圍板已經豎起／我可以從容地／在旁邊的走道走過／我嘗試辨認／貨品原來的位置／大減價牌子的式樣』。」

「還以為師奶才會記住貨品原來的位置和大減價的牌子，原來詩人也一樣。」王莉覺得這幾句有點好笑。

「詩人有情。詩人說：『記得那些貨物／都努力保持自己的優雅』，但現實是它們經常被人抓起、翻來覆去，亂丟到別的位置。詩的結尾描述了孩子在玩具部玩爆旋陀螺，看到陀螺旋轉，『家長在孩子身後歡呼／店員一起忘形地笑。』，相信這就是吉之島百貨留給大埔居民的快樂回憶。這首詩發表於二零一一年，在二零一零年十二月，一田代替吉之島，在原址開業，直到現在。」

「我想起學生的作文，他們會描述商場和連鎖店冷冰冰，小店則有人情味，這可能是事實，但也可能是刻板的印象。以這首詩為例，孩子、家長和店員一起歡呼和笑，構成一個有情的畫面。我想重點是人，不管是商場、連鎖店或小店，同樣可以找到人與人的互動和情感，問題是所寫的是出自我們用心的觀察，還是只不過借用別人的觀察和結論。」

王莉說到這裏，不禁歎氣，「是我要求太高嗎？」

「你愛惜學生，才會對他們有要求。」

兩人離開大埔超級城，由安慈路步入昌運中心商場，這裏有麥當勞、大快活等快餐店，還有診所和酒樓，做的是街坊生意。王莉方才說到學生的作文，心裏壓抑着東西又湧上來，她想起了夏子文，想起他在走廊等候的身影，想起他的文章被自己放到「黑洞」裏，其實她讀過第一篇，只是她不知道怎去回應。

「我有一個學生……」在商場裏穿行，王莉說，「中四，其實我是他去年的中文老師，但是今年沒教他。」

張志樂聽着，不忘握着她的手臂，把她拉近自己，免得她撞上一個看似乞丐、掛着一身黑膠袋的男人。

「他先後給了我兩篇文章，想我讀完給他意見。我讀了第一篇，是小說，但其實我也不太懂小說要如何寫，不知道要跟他說什麼。」

「你認為他寫得好嗎？」張志樂直截了當說。

「好，但不是學校作文的好，如果是作文功課或考試，可能分數會很低。但他很用心寫，文筆也不錯。」

「你就告訴他這段話吧。」

「可以嗎？我猜他想要的是比較專業的、有關小說創作的意見。」

張志樂不接話，他猜到了王莉的意圖，於是側頭苦笑。

這個苦笑王莉也看見了，以為他笑自己，「笑什麼？我對自己沒有信心嘛。」

這時兩人穿出商場，話題暫且打住，經斑馬線橫過安祥路，來到安浩里，旁邊是大埔舊墟公立學校，王莉想起有關鄧氏與文氏競爭二百年的故事。

「剛才你不是說《紅 Van》裏有一場鐵路博物館的追逐戲嗎？其實追逐面具人的路線也有電影版和小說版之分。電影版由華輝小廚餐廳追到鐵路博物館，最後在大埔天后宮把面具人抓住。小說版同樣由華輝小廚餐廳開始，面具人沿着安祥路逃跑，然後跑進安浩里，最後在舊墟公園被逮住。」

說到這裏，王莉發現已經來到八號花園旁的一個公園，康文署的告示板上寫着「大埔舊墟遊樂場」。

「這個公園四通八達，既可沿寶鄉橋到大埔，也離太和很近，加上附近多學校，使用率頗高，平日相當熱鬧。公園裏最特別的是這個……」

在鋪了地磚的平地上有一個金屬雕塑品，高三四米，上尖下闊，頂部是直的，底部則帶點弧度，微凹進去；形狀像一隻從地面冒出來的角，又像鯊魚鰭，從正面看會發現它很薄。王莉覺得它好看，但一時間猜不到是什麼。直到她看見環繞着它的多塊石碑，碑上都刻有中文數字，由一到十二，便明白過來了。

「這是日晷，古代的計時器。」

「沒錯，這個設計實用、好看又特別。不過聽說大埔的小孩都愛爬上去玩。」

走出公園，過汀角路的時候，王莉看到大廈之間，突兀地出現一幢低矮的樓房，建築物是白色的，外圍是紅磚牆，上蓋中式黑瓦頂，分為三個房，一個比一個高，形成漸進的視覺效果。

「那座是什麼？」

「不知道。」張志樂的好奇心被勾起了。

在平安里找到矮房的入口，是一道紅磚牆上的月門，拉上了綠色的鐵閘。兩人正猶豫間，一個戴眼鏡的中年女人來到門前，說聲歡迎參觀，為他們拉開鐵閘。王莉遲疑了一下，心中想真的可以嗎，踏進去，是一條狹窄的通道，兩旁擺放了許多盆栽，紫紅色的繡球花正盛，小黃菊雖然低調，但還是給二人帶來歡迎的訊號。

那個女人很快便消失了，他們沿通道找到了正門，才知道此處叫「省躬草堂」，是一座道觀。穿過大門有一個天井，更多的花草與盆景，吸引着王莉與她的手機鏡頭。張志樂對草堂的內部更感興趣，先走到前座的廣成宮，看到廣成仙師的像。廣成仙師即廣成子，《莊子》講述三皇五帝中的黃帝曾問道於他；他也出現在《封神演義》中。後座則供奉着三清，指的是玉清之主元始天尊、上清之主靈寶天尊和太清之主道德天尊，在道教傳說中是創世之初的大神。

女人不知道從哪冒出來，隔着兩個鐵樹的盆栽把草堂的小冊子遞給王莉。張志樂也在啟靈堂遇上她，一問才知道啟靈堂是供奉往生弟子的地方。小冊子上介紹草堂的歷史和服務，他還想再問，抬頭卻不見那女人了，難道是神仙？

根據小冊子資料，省躬草堂一八九四年建於番禺，一九三二年在香港大埔舊墟建堂。一九九零年重建，並開設中、西醫務所，為貧弱者提供廉價，甚至免費的醫療服務。

「我不知道你對花草植物這麼有興趣的。」張志樂從後座回來，看到王莉還在為盆栽拍照。

「這裏的一些植物從沒見過，名字既特別又有趣，」她把手機舉到張志樂面前，「這棵叫『十大功勞』。」

張志樂發現手機太近看不清楚，只好後仰，瞇起眼睛。

「十大功勞我聽過，可以入藥，清熱補虛，止咳化痰。」

「這棵更奇怪，叫『稀有品種』。」她手指一滑，換成下一張照片。

「這也算是名字嗎……」張志樂感到好笑。

從月門出來，走到相鄰的大廈地舖，同樣古色古香，原來是省躬草堂的診所和藥局。兩人在汀角路轉入美新里，這邊多是餐廳和住宅大廈，環境清靜。在路口的 7-11 走入舊墟直街，街名保留了昔日大埔舊墟的歷史，雖然路上是一間接一間的餐廳，但大廈二樓的老人院，似乎訴說着繁華熱鬧離開此處，到了現今大埔墟港鐵站一帶的故事。

舊墟直街並不是完全筆直的，在轉彎的地方往右走，便會找到大埔天后宮。比起富善街的文武廟，天后宮規模更大，佔地更廣，正門向着天后宮風水廣場，全無遮擋。

在文學散步中遇到天后廟已不是第一次了，王莉認得這是二進三間的廟宇建築，正殿供奉天后，左側是供奉關帝的協天宮，而右側是供奉觀音的水月宮。探頭張看，內部與一般廟宇相似，王莉覺得古雅的外部更吸引她。正門有醒目的紅底金字對聯，又有八仙渡河和七仙女的壁畫。

「天后宮建於康熙三十年，即一六九一年，之後經歷數次重修，在道光十四年，即一八三四年的那一次，造了這個石匾額刻，用金漆寫上『天后宮』三字，很有氣派吧。」

王莉點點頭，對於有一塊將近二百年歷史的石匾額刻在頭上，感到有點驚訝。

「孔慧怡在〈大埔第一街〉一文中提到，新舊墟的盛衰，大概早在二十世紀初就成定局。一八九九年英國人統計了太和市的商店有七十多家，到了一九零五年，港英政府給倫敦的新界報告中，記錄了舊墟商店有三十八家，可見被太和市遠遠抛離。」

王莉又四周打量一次，雖説舊墟熱鬧不再，但仍有善信在廟裏上香、祈福。「根據葉靈鳳寫的〈大埔墟的今昔〉，『墟』是嶺南地方的方言。唐代詩人柳宗元的〈柳州峒氓〉，有詩句説：『青箬裹鹽歸峒客，綠荷包飯趁墟人』，『趁墟人』便是用了方言，等於北方人『趕集』的意思。」

見王莉不多話，張志樂便建議在離去的路上，找咖啡店坐下休息。他們選的咖啡店在舊墟直街後面的翠樂街，是一間全白裝修的日系小店，設有室內和露天座位，有人與狗狗同桌，提供寵物友善的空間。兩人決定在店內避暑，張志樂點椰子水黑咖啡，王莉選士多啤梨檸檬梳打。

在等飲料送來時，王莉因走得累了，閉上眼睛休息。傳入耳中的有咖啡店輕快的爵士樂，也有張志樂説的大埔鬼故事。

「……一個是關於新娘潭的，另一個在松仔園。朱少璋在〈大埔的春風與秋雨〉一文寫出了它們的淒美。在新娘潭，傳説一個新娘子不願嫁給某人，逃到潭畔跳潭自盡，此後每當有風雨的日子，潭中便會出現新娘子穿着紅裙褂的倒影。

不過旅遊書上卻有另一種說法：新娘潭之名是因瀑布下瀉時像婚紗拖罷。

「至於松仔園的故事則確切得多，松仔園位於吐露港邊，小白鷺餐廳後面。那是一九五五年，老師帶着數十名學生到該處旅行，天氣忽然轉壞，風雨大作，老師帶領學生到橋下避雨，不料山洪暴發，把師生全淹死了，自此，有了『猛鬼橋』這個橋名。政府事後為悼念死難者，在橋頭立碑記事，罹難者的名字都刻在碑上。不過畢竟『猛鬼橋』只是傳說，那座橋的名字其實是怒水橋，與波平如鏡的吐露港形成強烈的對比。」

飲品來了，紅色的士多啤梨檸檬梳打上有一片青翠的薄荷葉，感覺很清新。

「好喝嗎？」

王莉點點頭，之前因熱而泛紅的臉，回復正常的顏色。

「你那位學生的小說，我可以看嗎？」

「你想看？」

「你說他寫得好，令我有點在意。」

「真的嗎？」王莉掩不住高興的神色，「其實我想請你幫忙看的，但不知道怎樣開口。」

這是張志樂知道的，因為這樣他才主動提議。

「就是這兩篇。」他沒想到的是，王莉竟然把兩篇小說帶在身上。

張志樂在手上拈了一拈，見有十頁八頁，「我讀完把想法告訴你。」

「好啊，」王莉合十，「相信你的專業意見一定能幫到他。」

「要是他寫得不好，浪費我時間，我便怪罪於你。」張志樂裝作生氣說。

關我什麼事啊？王莉想要反擊，但怕他反口，只好忍了下去。

「無論如何，也要謝謝你。」

「不用。說不定會發掘一個明日之星。」

「我可以試一口嗎？這個。」王莉指一指椰子水黑咖啡說。

張志樂不禁笑起來，做了一個「請」的手勢。

杯子比想像中大，王莉捧着杯子湊到唇邊，嗅見濃厚的椰香，呷了一口，冰涼的黑咖啡傳來酸苦味，刺激舌頭，感覺真是太爽了，她不由得大呼一口氣，把體內的悶熱，還有壓在心裏的無形之物送走。

她知道，讓心變得輕盈的，不是咖啡，而是坐在面前的人。

文學作品列表：

王良和　〈波仔記〉，《女馬人與城堡》，香港：匯智出版社有限公司，2014年，頁25-37。

Mr.Pizza《那夜淩晨，我坐上了旺角開往大埔的紅VAN》，香港：有種文化，2012年。

孔慧怡　〈我的鐵路記憶〉，《香港文學》第445期（2022年1月），頁16-17。（參香港文學資料庫）

孔慧怡　〈九廣鐵路與大埔墟〉，《大埔故事》，香港：牛津大學出版社，2023年，頁165-175。

崑南　〈夜之夜〉，《文藝新潮》第1卷第8期（1957年1月），頁9-21。（參香港文學資料庫）

王良和　〈鐵路博物館兩首〉，《樹根頌》，香港：呼吸詩社，1997年，頁41-43。

潘國靈　〈我與肥妹的一段情〉，《貓地方誌》，香港：文藝復興工作室，2004年，頁116-118。

葉靈鳳　〈大埔墟的今昔〉，《香島滄桑錄》，香港：中華書局（香港）有限公司，2011年，頁190-194。

孔慧怡　〈大埔墟第一街〉，《香港文學》第424期（2020年1月），頁4-7。（參香港文學資料庫）

葉英傑　〈大埔吉之島的最後時光〉，《聲韻詩刊》創刊號（2011年8月），頁31。（參香港文學資料庫）

朱少璋　〈大埔的春風與秋雨〉，《灰闌記》，香港：匯智出版有限公司，2007年，頁110-113。

# 六　深水埗

大埔文學散步之後的星期一，王莉收到張志樂的短訊，內容是對夏子文寫的小說的評價。他足足寫了五百多字，對作品讚譽有加，還給了一些具體的建議，大至整體意念的深化和擴展、段落次序的更動，小至用詞和句式的建議。之後還有一句：

「他有潛質，不妨鼓勵他參加文學比賽。」

等到小息，王莉叫來了夏子文，跟他說：

「我有位教寫作的朋友讀了你的小說，覺得非常好，這些是他的意見，你可以參考。」

夏子文就站在走廊上把意見讀完，從表情看不出心裏是否高興，只見他有一刻皺眉，似乎在思考。

「謝謝老師。我會嘗試照着改的，但是這個和這個會保留，我認為這樣寫更符合原本我想表達的東西。」

「有自己的想法很好！」王莉打從心底這樣想。

當然只有張志樂的意見是不夠的，她也說了好些勉勵的話，同時打印了文學比賽的海報和章程交給夏子文。學生較常參加徵文比賽，那是因為有指定題目或主題、形式上接近學校作文功課；但文學比賽或文學獎，大多是自由題，在選材、創意、提煉主題和行文修辭上，對參賽者有更高的要求。夏子文大概也是第一次知道有這種比賽，側側頭，帶點困惑地走了。

課後，王莉在教員室改了一小時學生作文，便沖一杯花茶走進會議室。這次中文科會議主要討論兩個月後的試後活動，副校長也出席了，區芷晴早已坐在會議室的角落，向她做了一個「救命」的誇張表情。

首先是高中補課的人選和安排，這部分與王莉無關，雖然她曾爭取教高中，但蔡主任還是把這些工作留給她的愛將們。記得有一次，區芷晴和她一起下班離開學校，便向她大吐苦水：

「我在這裏第五年了，什麼時候才可以教高中啊？」

「教初中不愉快嗎？有時我覺得初中生跟小學生差不多，挺可愛的。」

「問題就在這裏！教初中生跟帶孩子一樣，他們什麼都不懂，不會主動去做。要是擔任班主任就更忙了，有時我覺得自己跟外傭沒分別。」

「想起來，初中特別多歷奇活動，常常佔用週六日，上班的日子也比教高中的同事多。」

「對吧？高中生較為成熟，容易溝通，面對文憑試壓力，學習和溫書都更主動，叫人不用太擔心。」

「我不覺得跟初中生溝通很難，但如果有機會，也想教高中，在新的崗位學習新事物。」

「所以說，幾時才輪到我們呢？」

接着是與其他科合辦的歷奇探知營，這次輪到王莉擔任帶隊老師之一，活動橫跨七月的週末，還要負責預約營地和旅遊巴。蔡主任交代工作細節，王莉知道自己的面色一定很難看，她壓抑着情緒，低頭抄寫筆記，沒看到區芷晴向她做了一個「真可憐」的表情。

下一項工作是四日三夜的內地交流團，「中槍」的是區芷晴，王莉看到她低着頭，好像死了一樣。這時，放在會議桌上的手機熒幕亮起，顯示出區芷晴發的連串訊息：

「為什麼是我！」

「我不想去！」

「今年視藝科去意大利，英文科去英國，中文科只能去內地交流。為什麼？」

「我也想去歐洲！」

雖是無聲的短訊，但王莉彷彿聽到她聲嘶力竭，心裏不禁同情起來。中文科去歐洲交流？到底是否可行呢？她想起蔡元培曾留學德國，而徐志摩、錢鍾書和季羨林等作家也在歐洲學習過，現今歐洲的華文文學是什麼面貌呢，如果有學校的中文科辦歐洲交流團，想必是史無前例，學生定會大有得着。蔡主任繼續説着內地交流團的事，她的思緒卻在歐洲，一下子把區芷晴忘了。

後來話題轉到文學散步上，這活動過去三年都曾舉辦，初中生和高中生可以一起參加。

「今年要由我們內部的人帶團，誰可以幫忙？」蔡主任説。

在座的老師們你看我，我看你，就是沒有一個人答應。王莉知道，看似簡單的活動，其實背後要預備的不少：挑選篇章、擬定路線、構想活動、做工作紙，就連到哪裏拍大合照交差，雨程要如何安排，也是要事前考慮的；更不要説現場照顧學生，以及日曬雨淋了。

「地點是哪裏呢？」譚尚琪老師問。

「這個可以交由大家提議。」

「過往是由張志樂帶團的，為什麼不找他？」王莉終於忍不住開口。

「我問過了，但他說不行。誰有興趣嘗試？」

是太忙嗎？還是七月要去外地旅行？都沒聽他提起過。王莉心裏說。

儘管副校長的目光掃過時帶來不小的壓力，但到會議結束，還是沒有人答應。蔡主任就說，可能大家需要時間考慮，等下次開會再談。會議後，區芷晴拉着王莉到小食部，二話不說點了咖喱魚蛋、芝士熱狗棒和一口泡芙來發洩。

那天晚上，王莉改作文改到十一時，翻開課本備課，忽然想起文學散步的事，便發短訊給張志樂說：

「蔡主任說你今年不會主持試後活動的文學散步團，是嗎？」

「是啊。她上星期問過我。」兩分鐘後收到回覆。

「為什麼？」

「見面說比較好。我打算去一個年輕的老區文學散步，你有時間嗎？」

年輕的老區？王莉放下手機，想像「年輕」和「老」兩個矛盾的形容詞浮在自己眼前，像兩顆小行星撞擊在一起。

星期六正午，王莉來到約定的長沙灣港鐵站。她對長沙灣認識不深，對於它到底屬於年輕還是年老的社區，一點概念也沒有。兩分鐘後張志樂也來了，穿着藍色襯衣，黑色牛仔褲，肩膀掛一個「見字飲水」的布袋，再配深藍色膠框眼鏡。兩人互打招呼後，王莉便拋出心裏的問題：

「長沙灣是年輕的老區嗎？」

「其實今天的目的地是深水埗。」

「深水埗區算是老區吧。」這是王莉對深水埗的印象。

「不如親自去看看。」

第一站是A2出口的中華基督教會協和小學（長沙灣），校舍簇新，連接大樓的天橋通道為笨重的建築物帶來一份輕盈感。對面路的元州邨可能曾翻新或髹油，也不見破舊，與王莉心中的老區印象不大一樣，難道這就是年輕之意？

「這個地方的前身是長沙灣工業大廈。」張志樂説，「分為六座，包括第一至五座，和一個叫第1A座的平房，位於第一和第二座之間。」

張志樂帶來平板電腦，可以更清楚地看到照片裏的長沙灣工業大廈。照片是二零零三年拍的，第一座已被清拆，變成空地。第二、三座和第四、五座採用不同的設計，前者是H型，跟從前的徙置大廈相似，而後者則屬I型大廈，與現時的大廈相似，但較長和矮。

「香港工業的黃金年代是七、八十年代？」

「是，不過長沙灣工業大廈落成於一九五七至六五年，曾是這區的地標。直到二零零六年徹底清拆後，重建成元州邨第五期和兩間學校，就是我們眼前的中華基督教會協和小學（長沙灣）和旁邊的聖公會多馬小學。」

王莉細看照片，嘗試與現時的位置和景物對照。

「我明白了，對面元州邨的幾幢大廈原是第一和第二座，而這邊的學校區則是第三、四和第五座。」

「沒錯，除了第一座因結構問題在一九九一年拆卸外，其餘四座由收回單位到清拆，曾丟空四年，有市民來悼念，也有詩人為它們寫過輓歌。」

「我知道，是鄒文律的詩〈年老巨獸的輓歌——致長沙灣工廠大廈〉。我昨晚讀過，詩中提到這裏是他放學歸途的地標，也見證他與初戀情人的約誓。讀的時候沒多大感覺，但來到現場，發現一切都變了，多少能體會詩人的心情。」

「詩人為工廈賦予巨獸的形象：『明渠兩旁垂老而沉默的巨獸們／跪坐的四肢因為長期摺疊而折斷／匍匐的地方長出鐵絲慢慢纏成圍網』，於是，清拆便變成行刑，詩中說：『行刑前夕我再次聽見焊槍的尖叫／揉着惺忪的睡眼，目送巨獸被棕紅色鋼鐵支架綑縛／覆上綠色尼龍網編成的喪服』，死亡的意象來到高潮。」

「不論是新建或改建的建築物，都會用上鐵絲網、鋼架和綠色尼龍網，這些事物在香港隨處可見，但在詩中竟成了長沙灣工業大廈這頭巨獸的牢籠和刑場，為常見的事物賦予獨特的情感色彩。」

「詩中刻意重現工業時期的記憶，描述了不少工廈事物，例如原子粒收音機、音圈、焊槍和車牀等，也值得留意。」

在聖公會多馬小學旁，是另一所學校，王莉看到校名——九龍工業學校，記得在朱少璋的作品裏提及過，那篇散文叫〈老區風景〉。

「難怪你說今天的主題是『年輕的老區』，原來是呼應〈老區風景〉。」

「他寫了好幾個深水埗的地方，我們主要跟着文章寫的來散步。」

「比起剛才兩間學校，九龍工業學校看來較殘舊。」王莉打量學校的結構和外牆說。

「它創立於一九六一年，以在學人數計，曾是香港最大的中學。有人看到校名，以為這是職業訓練學校，其實它是文法中學，一九九七年教育署曾建議改名『九龍官立中學』，但受到校友反對，最後把名字保留下來。」

「在〈老區風景〉中，作者留意到街上有燒焊、裁鐵的店子。文中提到九龍工業學校，形容它『外貌卻沒多大的改變，操場上的籃球架有點殘破，籃板的漆油也有剝落的痕跡，但鮮明而雅潔的外牆則分明是新髹的，它跟隔鄰的電力公司大樓相映成趣，象徵着年青與力量』。現在還有電力公司嗎？」

「有，就在前面。」

星期六，九龍工業學校裏不見有人，但王莉也在學校工作，看到籃球場，不難想像上課天學生運球、射籃的身影。拍打籃球和撞擊籃板的聲音，彷彿在耳邊響起，混入長沙灣道的車聲。

走到九龍工業學校旁的營盤街，王莉好奇張看，看似狹小的街道原來也頗長的，看不見盡頭。

「營盤街從前真的有營盤嗎？」

「你觀察力真好！」張志樂走到營盤街的路牌下說，「一八九八年，英國與清政府簽署《展拓香港界址專條》後，長沙灣和深水埗等地納入英國的管治範圍，英軍當時就在這街附近設立軍營，所以有了這個街名。二零一六年建築署在營盤街和福榮街交界的地下，還挖出了百多顆舊式子彈。」

經過營盤街和旁邊的深水埗電話機房，終於來到〈老區風景〉一文所寫的電力公司大樓，它真正的名字是中華電力有限公司深水埗中心。王莉看見淺灰色的外牆、直線為主的立面，感到冰冷和沉實；大樓開着許多大小不一的長方形窗子，藍色的門和氣窗，整座大樓就像一台電腦主機的樣子。朱少璋寫的沒錯，它真的與九龍工業學校相映成趣，學校籃球場令人聯想到活力，而象徵力量的電力公司大樓，竟如此低調。平日誰會想到，城市運作背後的能量來自這樣的地方？

轉入九江街，沿路是唐樓、舊樓，還有各種小店，汽車公司、琴行、髮型屋、麻雀館，寧靜中帶點平淡。但與之交接的，卻是深水埗幾條著名的街道，包括福華街、福榮街和元州街，只是靠近長沙灣的一段較為冷清。

轉右走進福榮街交界，發現德貞幼稚園，同樣擁有簇新的校舍。水泥外牆配上色彩繽紛的飾面，帶來溫暖、親切的感覺。王莉特別欣賞正門上的壁畫，由下至上繪畫出由伊甸園、方舟、馬槽出生、東方三賢者和耶穌升天等《聖經》故事，色彩豐富，充滿童趣。

「你知道黃霑嗎？」張志樂在幼稚園門外問。

「知道，他與金庸、倪匡和蔡瀾齊名，是香港著名的文化人，作曲、填詞，同時也是作家，參與電台、電視和電影等演出。」

「他們一家於一九四九年從中國大陸來到香港，落戶深水埗，住在大埔道和巴域街交界的一幢唐樓。他親眼目睹一九五三年石硤尾大火。另外，他唸的小學名叫『寶血會德貞女子中學附屬小學』，原址就是這裏。」

王莉記憶中的黃霑是一位老先生，戴着膠框眼鏡，笑聲豪邁響亮，很難與眼前的幼稚園聯想在一起。近年來，深水埗是老區、貧窮、治安差的同義詞，沒想到是香港流行文化巨匠成長的地方。

張志樂又帶她走到九江街與元州街交界，那裏有德貞幼稚園的舊校舍，雖然外觀老舊，設計又不及新校舍的新潮、富活力，但也有見心思的地方，例如外牆用淡黃色筆桿的水彩筆裝飾，正門左右則有兩枝筆頭向下的鉛筆，又圓又粗的煞是可愛，滿符合幼稚園的形象。王莉想，小朋友在這裏唸書，每天看到這麼有趣的校舍，一定會很快樂。

穿過欽州街，很快便找到黃金電腦商場，同時進入了深水埗最繁華、熱鬧的地帶。這個商場的名字聽得多了，但王莉是第一次來，首先看到的是商場外牆一面壁畫，由面向福榮街和桂林街兩個立面組成，跟意大利國旗一樣用上紅、白、綠三色，但由於太過抽象，看了一兩分鐘，也看不出所以來。

「看來你對這幅壁畫很感興趣。」張志樂說。

「它的顏色令我想起意大利國旗，有點像街頭塗鴉。」

「你看得出意大利國旗的顏色已經很厲害了。這幅壁畫是二零一六年的作品，創作者 Peeta 在威尼斯居住，是著名的街頭藝術家。」

「我在想，畫這幅壁畫的位置，是不是從前電影院的廣告板。」

「沒錯。你讀過朱少璋的〈老區風景〉就會知道。」

「他在文中說『黃金商場從前是一間電影院……現在給附近的高登商場同化了，一同走進了電腦的世界』。又高登又黃金，到底是什麼意思？」

「讓我來給你解釋。首先是七十年代，黃金大廈建成，這座住宅大廈與兩座商場相連，一個是黃金商場，另一個是高登商場。高登商場位於一樓，原來設計是用作酒樓和戲院的；而黃金商場則位於地面和地庫，兩個商場並不互通。開業初期，店家做的多是時裝批發生意，隨着電子業發達，鴨寮街成了電子貨品的集中地，高登商場首先轉型，在一九八零年代改建成高登電腦中心，而黃金商場要到了九十年代才轉型售賣電腦產品，所以朱少璋說黃金被高登同化了。當時設於商場內的戲院名叫『新樂戲院』，一九九六年結業，文中說『新樂戲院還在』，從此可以推算作品寫於九六年前。」

他們走到福榮街，便看到經典的黃金電腦商場招牌，藍底黃字，另外在商場的入口上，則是寫有商場中英文名字的霓虹燈箱，同樣是藍底黃字，還造出了桌面電腦和手提電腦的圖案來裝飾。

「看到這個招牌，不禁想起唸中學時買電腦都會來這地方。」

「現在不會嗎？」王莉不大了解男生買電腦的事。她的電腦都是在大型電器店買的，而現在用的是學校提供的手提電腦。

「現在多是網購，整台電腦直接送上門，省時省力。」

「我的一些學生連電腦也沒有，只用手機或平板。」

「只是電腦的型態改變了。」

走入電腦商場前，王莉想像商場裏全是男人，還有古怪莫名的機器，不禁有點緊張。但她很快便發現，場內也有不少女生，有的在顧店，有的在選購手機配件和遊戲產品。

他們在商場地面的一層走了一圈，正如〈老區風景〉所描述：「商場內永遠人頭湧湧」。手提電腦、顯示屏、滑鼠、鍵盤都是熟悉的，遊戲機傳來趣怪或恐怖的音效，吸引人們的注視。

「最近香港經濟不是很好，出現了不少死場。有人說黃金電腦商場會成為下一個死場。」張志樂低聲說。

「是有一些出租的商店，但不是很多。」

「欸，你看這個。」張志樂停在一家店前，從紙箱裏拿起一個綠色的物體。

「手榴彈？」王莉接過，一捏，竟然是軟的，原來內裏是空心。

「是強力吹塵球。用來吹走電腦或相機鏡頭的塵埃。」

王莉感到被捉弄，把「手榴彈」塞向張志樂的臉，但他卻避開了。

從黃金商場出來，找到位於桂林街的高登電腦中心入口。這裏同樣有好些她不認識的線材、機器，張志樂便介紹說：這是轉接器。這是路由器。這些是顯示卡。上萬元的顯示卡看得她目瞪口呆。

「我們可以在這裏讀鍾國強的詩——〈高登電腦商場的關羽〉。」

「我讀的時候，覺得詩題和內容都很特別。」

「這是由於詩人的功力和奇特的想像。加上關羽本身有獨特的形象，又是豐富的人物、神明和象徵。關羽作為神明，得到黑白兩道的膜拜，詩的第一段『你手中的青龍偃月／是否昨夜巷口廝殺的／那張快刀／鎮住整個商場的秩序』，寫的是黑道打鬥、爭奪商場內的生意。」

「第二段寫海關來掃蕩，但關羽『懾人的威儀／常令撲空的關員／以為誤闖警署的大堂』，則是強調關羽在白道、海關關員和警察心中的地位。」

「海關要掃蕩的是什麼，詩中沒有寫明，但第三段提到知識產權，所以應是有關九十年代黃金和高登商場售賣翻版光碟的情況。詩中說『千百年來／孔丘未投訴過你／不加保護／他的知識產權』，記錄了那個翻版猖獗的年代。」

「詩的結尾說關羽也沒追究羅貫中在《三國演義》裏把他改頭換面，是因為這個關羽其實也不過是複製了一億零一次的版本。用翻版的關羽來保佑翻版生意，詩人的幽默太厲害了。」

離開電腦的聲色世界，對於「年輕的老區」王莉有了一點概念。深水埗雖是舊區，但又是年輕人最愛的電腦和電子遊戲產品集中地。四十年歷史的商場販賣着最新的電子遊戲，變幻的畫面和跳升的分數突顯年輕的活力。

張志樂帶王莉到黃金商場對面吃文記車仔麪。不料店外排着長長的人龍。她看見對面街還有不少食檔，心想不如隨便找一間吃，但張志樂示意她繼續往前走，原來前面不遠就有文記的分店，連同總店一共四間。總店的裝修較為傳統，其餘三間分店則像日本拉麪店。

「食物是一樣的，除了酸辣粉，只有本店才有。」張志樂先讓王莉坐下，自己再坐下來説。

「我不吃酸辣粉，會胃痛。」

「那吃車仔麪吧。」説完，用手機掃QR碼點餐。

張志樂很快便點完，輪到王莉。選擇困難症發作，麪食和湯底有好幾款，配菜選擇更多，感到眼花撩亂，幸好牆上寫有十大必食推介，她便按照這個名單點了蘿蔔、酸齋和瑞士雞中翼。

店內有人用普通話聊天，有小孩嚷着要喝汽水，有人忽然歡呼，原來是她點的車仔麪用桌子上的輸送帶送來了，比人臉還大的一碗麪在輸送帶上穩穩地行進，停在正確位置上，比迴轉壽司更賞心悅目和震撼。

「點菜的方式見證時代的轉變，從前要叫侍應來點菜，後來演變成在點菜紙上打剔或打圈，現在則用手機掃 QR 碼。我媽看到要掃碼的餐廳都不想光顧，覺得很麻煩。」王莉看着掛在面前、印有店名和 QR 碼的木牌子說。

「叫侍應來點菜並不是吃車仔麵最原初的方法，李波在〈車仔麵之味〉記述他當年吃的車仔麵真的有『車仔』，就是小販的手推車。顧客可以自己動手挑麵餅，交給小販，小販便把麵下鍋。等到麵煮開，他便把麵撈起放到粗碗裏，而這正是顧客加菜的時機，例如一毫牛腩、一毫豬皮、兩毫兩樣等等，要是有人不點菜，小販便會為他加點肉汁，還會附送一兩塊小牛腩或豬皮，不至於要吃『齋麵』。」

「什麼叫兩毫兩樣？」

「牛腩和豬皮兩樣都要的意思。每樣一毫，兩樣都要便是兩毫了。」

「現在一樣配菜要十多元，而且菜式愈來愈豐富，點菜變得既有樂趣又叫人煩惱。」

「不想煩惱的話可以點一碗 set 定好的車仔麵。」

「有這樣的車仔麵嗎？」王莉眼珠一轉，感到不可置信。

「這碗不可思議的車仔麪，出現在殷培基一首叫〈車仔麪二首．套餐篇〉的詩裏。詩人說：『別企圖在麪上加料／煮麪之前已選好材料你沒有其他選擇／老闆包保好味／咖哩魚蛋有魚味又有咖哩味／蘿蔔隔好渣漁蛋夠彈牙豬皮超有咬口／連豬腸都洗乾淨了沒屎（老闆說）／老闆說好味就是最好味／你別硬要加上雞中翼／攪亂和諧搭配』，下一段繼續強調單一的口味：『即使口味不同你也別說不好味／進來吃麪的只可說好吃好吃／老闆一手調的味也是SET定了／同一條生產線，同一口味同樣的讚美』。」

「老闆很是專制。」

「不知現實裏有沒有這樣的車仔麪店。」

「怎麼沒有？現在愈來愈多使用預製菜的餐廳，他們不過把預製的食品翻熱給客人，結果每間味道也一樣，口味也變得單一。」

「看看這家店是不是你說的那樣。」

冒着白煙的車仔麪從輸送帶送來，王莉選了米粉，湯底是腩汁，吃前加一點炸蒜和少見的荔枝醋汁，令味道的層次更豐富，蘿蔔清甜，酸齋沒有過酸，鮮艷的顏色刺激食慾，瑞士雞中翼甜度適中，有點像豉油雞翼，令她想起母親會在家裏做這道菜，一種家庭的味道。

張志樂夾了她的一件蘿蔔吃，然後發表偉論似的說：「蘿蔔要揀表皮光滑重手的，這樣才嫩滑無渣，要用兩粒冰糖煲腍才好吃。豬腸用新鮮的，別人貪圖方便用雪藏貨，橡膠一樣，怎會好食呢？」說到這裏，夾起了碗中的豬腸，鑑賞藝術品般看着。

「沒想到你還會煮車仔麪。」王莉把垂下來的頭髮繞到背後，低頭吃麪。

「我不會煮。我說的其實出自冼冰燕的小說〈車仔麪〉。女主角雅文與丈夫生意失敗，搬到上水與嫲嫲同住，失業下只好接手別人的車仔麪檔來做。嫲嫲年輕時也是推木頭車的小販，雅文從零開始，一邊賣車仔麪，一邊堅持寫作和做作家的夢。」

「是幸福快樂的結局嗎？」

「雅文達成了作家的夢想，但她丈夫始終接受不了車仔麪，愛的是半島酒店的咖啡室，兩人離婚收場。車仔麪檔和半島酒店有價錢之別，但套用小說中嫲嫲的話：『用心做，什麼都是生意』，雅文於是也學嫲嫲一樣自己去街市揀貨。」

「嫲嫲說的對，不要用預製菜，要自己揀貨和做菜才有意思。」

吃完麪，沿桂林街走，穿過大埔道到巴域街，上一個小斜坡，便到美荷樓。她並不是第一次來，知道它本來是五十年代建成、最早期的H型六層徙置大廈，二零一三年改建後變成博物館和青年旅舍。

「我曾經帶過學生來參觀。」

「我也是，這是值得一看的二級歷史建築。」

「學生和我都很喜歡生活館裏的展覽。」

美荷樓生活館就在入口不遠處的右邊，展示了五、六十年代的徙置房屋生活。展板講述香港公屋的由來，是因一九五三年一場大火奪去數萬人的家園，政府決定發展公營房屋（早期稱為徙置房屋），安置無家可歸的災民。

張志樂預備的文章之一，是珍今寫的〈說不盡的故事——美荷樓〉，文中簡述五三年石硤尾大火，以及五四年建成八座H型徙置大廈的經過。以保育與創新如何平衡作為切入點，介紹這座活化的建築，以及一本叫《美荷樓記》的書。王莉讀過這篇文章，才知道電影導演吳宇森是在徙置大廈裏長大的。

館內分成兩層，地下重現舊時的白鐵信箱、海報，還有大牌檔、街市、戲院等不同商店的實物與模型。喜歡吃的張志樂欣賞復刻的大牌檔，掛起來的燒鵝和叉燒模型栩栩如生。展板上有大牌檔的術語，例如下火代表皮蛋瘦肉粥，其中細蓉和大蓉與唐詩有關。唐代詩人白居易的〈長恨歌〉有一句「芙蓉如面柳如眉」，文人借此形容廣東的鹼水麵散在湯中的形態，加上「面」與「麵」同音，便叫麵做「芙蓉」，簡稱「蓉」，所以細蓉和大蓉分別代表細碗和大碗雲吞麵。

王莉感興趣的是飛髮舖，紅白藍三色燈柱很懷舊，但延續到今天仍在使用。現時流行速剪店，原來五、六十年代也有類似的東西，就是設於巷尾的廉價理髮店或流動理髮師，同樣是服務男士和小孩為主，不同的是從前理髮店會有連環圖供小孩閱讀，現在由手機代勞了。

二樓有美荷樓改建前的模型，展板上記載大火的救濟和重建工作，還重現了昔日單位內的環境，所謂廚房其實設於走廊，只是木櫃上放一個火水爐，模型裏也有灶君的神位，被大火奪去家園的他們一定很怕火。照片中可以看到小孩在炒菜，王莉想起西營盤家裏的廚房，明明比這個大，設備也更好，卻因太忙很少使用。

那時候的學校都設在徙置大廈的天台，張志樂在天台的場景中玩互動遊戲，跟着遊戲中老師的動作做體操，但姿勢太滑稽，叫王莉笑彎了腰。

「除了珍今的〈說不盡的故事——美荷樓〉，寫到這個地方的還有潘步釗的〈惆悵此情難寄——公屋的故事〉。」張志樂為了避免她笑下去，把話題一轉。

「我讀了，作者本以為屋邨都是老去的社區，年輕一輩搬走，餘下老人圍坐，男的下象棋，女的玩紙牌。環境幽暗，老態畢現。但是因病休養的日子，他與妻子午後在屋邨附近散步，看到卻是動人的現實色相，例如互相攙扶的公公婆婆、擠在小學門前接放學的家長，還有馬路旁的老榕樹，給作者一抹晚涼。」

「作者曾是公屋住戶，對於能夠入住，一直心懷感激。在資源匱乏的年代，他和他的同代人，努力創造自己的未來。例如文中記述『家中嘈吵，我們天未亮到自修室門口排隊；沒有補習老師，自己多加把勁』，才不介意什麼『輸在起跑線』，他希望現今的年輕人也有這樣的鐵骨，不要只會抱怨，奮身追求。」

參觀完二樓的展館，推門離開前，遇到一個關上門的房間，還懸掛一塊木牌，寫着「請勿內進」，不禁叫王莉想起潘步釗文中另一個情景。

「作者跟我們一樣參觀過這個地方，但成長經歷不同，感受也不一樣。文中說：『除了十四吋按鈕式電視機、百葉玻璃窗、半身高杯櫃、火水爐、帆布牀……，應該還有很多很多。想了半天，氣味和聲音有什麼不對？』，原來在作者的記憶中，這一切應是動態的。放學回家經過鄰居的鐵閘，會聽到車衣運作的聲音，鄰居會與他交談，還有晚上圍坐在飯桌前的家庭笑語。但在這裏卻有『請勿內進』的木牌，令他無法踏上那鋪滿紙皮石的公屋客廳地板。」

「『請勿內進』的何只空間，還有那個回不去的年代。」

王莉記得美荷樓曾有一家雜貨店和咖啡店，在雜貨店可以買到從前的零食和玩具，咖啡店裏則有老香港的擺設。結果卻發現兩家店都結業了，美荷樓經過活化，保留了昔日公共房屋的面貌，但它本身也經歷着轉變，她寄望將來會有新店經營，延續這個地方的故事。

離開美荷樓，張志樂説要去元州街和福榮街看玩具。剛才路經時，王莉已留意到一些玩具店，但等到走在這兩條街上，才感到震撼。玩具店一家接一家，充氣玩具和沙灘玩具掛滿街道的兩旁，色彩繽紛，除了街舖，還有攤檔，同樣陳列各種玩偶、模型、泡泡棒，不單是孩子們，大人也徘徊不願離去，令人有一種置身嘉年華會的錯覺。

「我對玩具不大熟悉，」張志樂停在一家玩具店前，「但在這裏，一定有你和我認識的名字，例如芭比、龍珠、高達、米奇、比卡超、鐵甲奇俠、湯瑪士火車、Hello Kitty……叫不出名字的就更多了。」

「種類同樣豐富，有傳統的毽子、棋類、卡牌、遙控車、塗顏色書，也有適合大人的手辦、扭蛋……看，還有純白地獄拼圖。曾經有朋友送我一千塊的，但我可能太蠢，砌了三分一便放棄了。」

「你怎會蠢呢？我想耐性才是關鍵。」

「你是說我沒耐性嗎？」王莉隨手拿起玩具刀，裝模作樣要打他。

「不，你是教師，一定有耐性。」

「我覺得還不夠，」王莉把玩具刀放回原處，聳聳肩說，「仍要學習。」

「要學習的事多着呢。例如分辨哪些玩具是真貨，哪些是假貨。」

兩人繼續逛玩具店，同時談起麥樹堅的散文〈孩之寶〉。關於深水埗的玩具店，文中這樣描述：「有開業近四十年的老字號，也有由網店起家的新秀；有專業級數的模型舖，有隨便堆疊蟹貨、次貨的散賣場；有走大眾化、薄利多銷路線的，也有將中古品束之高閣、待價而沽的」。

作者身為父親，記述了帶孩子到深水埗買玩具的路線，從南昌街下車，進入元州街和福榮街的玩具地帶，買過沙灘玩具、充氣燈籠、地縛貓、擴充列車模型路線的路軌補充套裝……

「文中提到仿冒玩具充斥市面，作者遇到一對父子，從不對勁的商標，知道那小孩抱住的積木套裝是假貨。雖説仿冒正品説不過去，但它們確是成行成市。這些山寨玩具讓孩子高興、父親省錢、爺爺感受當長輩的身分，得着無價的回憶。」張志樂説。

「我不在乎玩具的假，更在意情感的真。文中最後説孩子的玩具，都變成了作者的玩具，歸他所有，『重新分派到生活不同的位置：書架的知識守護神、窗台的紙鎮、櫃頂的裝飾等等』，世間玩具流轉、延續，同時也是爺、父、子輩血脈與感情的延續和流轉。」

「來，請你吃荳花。」

「是老字號公和荳品嗎？」

張志樂點頭，由福榮街轉入北河街，很快便在左邊找到公和荳品廠本店，旁邊的舖位則是新店，裝飾新派，但吃的東西都一樣。張志樂今次選了本店的懷舊環境，甫進店內便嗅見豆品的香氣，店員安排他們併桌，坐在一位戴眼鏡、纖弱的老婦人旁邊，然後很忙似的走開了，不時在本店和新店之間往來。

明明說過請吃荳花，王莉卻點煎豆腐，理由是不能吃太多甜的東西。不過，她還是舀了兩匙張志樂點的荳花來吃，不加黃糖，吃到的盡是豆的原味和清香。煎豆腐由店裏的「姐姐」現場即煎，表面釀有薄魚肉，新鮮熱辣。

王莉更欣賞店內的環境，懷舊時鐘、木製廚櫃、吊扇、白、綠色的牆磚拼出波浪，地磚又是別樣的花紋。張志樂見她入神地看着店內的公和招牌，便告訴她，這是書法名家區建公所題的北魏體，六十年代很多做生意的人會找書法家寫兩套招牌字，分別放在門口和店內；公和的店外招牌已捐贈香港歷史博物館，餘下店內的這個，比現時的電腦字體更見個性。

吃過荳花，張志樂談起鄒文律一篇名為〈重逢〉的小說。故事描述 Iris 和朗分隔兩地，身在美國的朗惦念深水埗和深水埗區的美食，每年都會給 Iris 寫明信片，重溫兩人昔日在深水埗尋找美食的回憶。一天，朗回香港，更邀約 Iris 到銀瑚茶餐廳敍舊。

「小說有一個段落，記述兩人在這裏吃熱荳花，朗跟 Iris 說『我可能在這裏買外賣時見過妳』，Iris 回答現在的自己跟唸中學時是兩個樣子，質疑他怎能認得，朗便嚷着要看她的舊照。」

「我也記得這個段落，雖然寫得淡淡的，但可以看出他們當時的感情很好。」王莉用竹籤挑起最後一塊釀豆腐説，「那時他們在港大求學，時常結伴在深水埗找吃的，除了這裏，還吃過劉森記蝦子麪、維記咖啡咖央多士、坤記鉢仔糕。」

「可惜坤記沒有了，我從前帶過學生去幫襯。」

「銀瑚茶餐廳在石硤尾巴域街五十二號，同樣結業了。」想到跟熟悉的味道重逢，可能比跟一個人重逢更難，她心裏一沉，便默默地把釀豆腐吃完了。

回到街上，張志樂繼續談吃，那是因為鍾國強有一首叫〈福華街茶餐廳〉的詩。公和荳品廠門口轉左，便是福華街，除了跟福榮街一樣有玩具店，還有賣時裝、雜貨的攤檔，它們擋住行人的視界，把時裝批發、找換店、茶餐廳、印尼食品店等街舖隱藏起來。

「鍾國強曾在其中一間茶餐廳裏用餐，那是一九九六年，但茶餐廳裏的世界與今天似乎沒有兩樣。卡位、午餐肉、煎蛋、凍奶茶，還有牙籤、咖啡和抽油煙機。」

「我喜歡的詩句是：『地拖橫掃時，零星的腳都習慣抬起／重回地面，還有一種踏實的感覺嗎？』。詩的開首提到『一個慵慵的下午／工作在遠方喊着寂寞』，就像你和我的週末，暫時抬起雙腳，遠離工作，想像生活可以飛升，但離開茶餐廳時又要回到『那麼真實，那麼瑣碎的世界』。」

「除了詩名，詩人描述的茶餐廳沒有其他關於福華街的線索和特色，它不但是福華街茶餐廳，也可以是任何一間茶餐廳。可以說，作者個人的故事變成每一個人的故事。」

「還有他二零零六年的短詩〈RAM〉，一開始便說：『重訪福華街尋覓／當年寫過的茶餐廳』，兩首詩一先一後，卻相隔十年，好像寫續集。」

「可是他沒找到，因為詩裏說『如在黃金商場／找一塊過時的RAM』，RAM是指電腦用的記憶體，一塊過時的記憶體，在詩中象徵人的記憶；作者記憶中的茶餐廳只屬於過去，福華街人事全非。詩的結尾也是同樣的意思：『我走不進明燦的堂室／如買下的RAM／回家發覺不兼容』，現實改變太快太大，作者的記憶與現實出現不兼容的情況。」

「兩首詩對讀，讀到的不只是一間茶餐廳結業，還是一個人記憶的憑據消失，有點傷感。」

他們從福華街走進港鐵站 B2 出口，再從 A2 出口來到鴨寮街。這是另一條深水埗的著名街道，星期六午後，人滿為患，要是誰在港鐵站出口停下來，都會被推擠到兩邊去。兩邊是以銷售電子用品為主的攤檔，感覺似是黃金商場的延伸，但當兩人並肩走了一段，發現賣的產品又有不同，可說是集深水埗之大成。這裏可以找到黃金商場裏有的電腦配件、手機殼和保護貼，跟福榮街一樣賣玩具的攤檔，另外還有賣 LED 燈、監視鏡頭、鎖匙扣的。他們還發現一些特別的小攤，例如有一檔專賣磁石，一檔專賣電鑽，一檔專賣懷舊唱片和卡式帶。王莉覺得鴨寮街的特色是它的雜亂無章。

這個想法換來張志樂的讚賞：

「你的想法跟胡燕青的一樣。她有一篇寫深水埗的散文，叫〈春江水暖鴨先知〉，便是由鴨寮街寫起。文中描述她當年認識的鴨寮街『像一塊褐色刺繡的底部，刺着密集的針步，整個圖案凌亂得教人暈眩』。」

「我記得『春江水暖鴨先知』出自蘇軾的〈惠崇春江晚景〉，意思是身處某一個環境，會預先感受到環境變化的徵兆。全詩是『竹外桃花三兩枝，春江水暖鴨先知。蔞蒿滿地蘆芽短，正是河豚欲上時。』」低聲唸完，王莉才意識到這首詩與堆滿電子產品的鴨寮街，以及現代社會的距離，不禁一怔。

幸好張志樂接下來的話，緩解了這份錯愕的感覺：「這個街名與鴨有關，是因為十九世紀，這一帶都是農田和漁塘，也曾經有過養鴨的寮棚。」

「不知道有沒有河豚？」

「有的，記得新聞曾報導香港有人捕獲河豚，進食後中毒入院。」張志樂頓了一頓，繼續說到胡燕青的文章，「胡燕青的父親在鴨寮街上有一個小攤子，賣無線電收音機，所以作者小時候經常來到這裏，看到攤檔上千奇百怪的貨品，當時有收音機零件、男裝原子襪、專門給懷孕女人看的嬰孩相片，她覺得『組成一種夢一樣的雜亂無章的召喚』。」

「可能有着親身的觀察和體會，作者描寫攤檔的工作者特別真切。文中說『回到小攤，父親坐在一張木凳上，拿着抹布不停擦拭那些五顏六色的塑料機殼』，有時父親會跟客人聊天，『不過更多時他只會看對方一眼，看那男人把手從袋裏抽出來，換一個姿勢，又繼續他站的工夫』。來到這裏的人，包括我自己，留心看的多會是貨品，很少會專注細看擺攤的人呢。」

「我倒是喜歡看人，也會鼓勵學生多觀察人。」

「那是因為你八卦。」王莉嗤的笑一聲說。

張志樂反一反白眼，「作者唸初中時，遇到一個醉酒的叔叔，是父親一位朋友，被他抱了一下，作者掙脫，從此便想要離開深水埗這個『混濁』的地方。」

「我記得她住過西營盤的西邊街。」

「對，不過文章結尾說住在深水埗的人老是想逃，但總會發現自己原來不習慣水清無魚的寡淡。作者認定深水埗是她的故鄉，多次搬家，最終還是落戶離深水埗不遠的美孚。」

沿北河街繼續走，在基隆街和大南街之間，王莉嗅見黃糖、芝麻的香氣，張志樂則似乎早有準備，把布袋移到胸前，問她想要買什麼。在她面前，是一間老舊、不起眼的傳統糕點店——生隆餅家。陳列櫃裏有各種蒸糕，例如馬蹄糕、黃糖糕、雞屎藤，另一邊則是用膠袋包裝好的光酥餅、香蕉糕、雞仔餅等，三個大的玻璃瓶裏分別放滿南乳、魚皮和蝦子口味的花生。

「這是十多年的老字號，在深水埗無人不曉。可惜未到中秋節，不然一定要試他們的陳皮紅豆月餅。」張志樂說着，拿起一包雞仔餅交給女店員。

「我不大吃中式糕點……」她喜歡西式的蛋糕、泡芙。

「買給媽媽，她應該會喜歡。」

王莉還在考慮，已有兩個婦人來「掃貨」，張志樂搶先一步，買下了最後兩件芝麻糕。

記得母親也買過這些糕餅，說不定她會想吃的。王莉覺得他的話有理，於是買下牛耳和棋子餅，也給自己買了一盒鉢仔糕，透明盒子裏有一個黃的，一個白的，都切成了四件，變成一口鉢仔糕。

張志樂的布袋變得滿滿的，但走路還是輕鬆、飛快。王莉懷疑他平日背着手提電腦、水瓶、教材和學生的作文，四處教班，早已習慣了。橫過荔枝角道，來到醫局街和北河街的交界，只見他停下來，眼光掃過這十字路的街景說：

「公廁不見了。」

這裏有酒莊、冰室、地產店、美容店和垃圾收集站，卻沒有什麼公廁。

「你說的是李金鳳的〈重回深水埗〉一文，」王莉沒好氣地說，「她說公廁在醫局街的角落。那是一座單層公廁、建築雖小，卻佔盡整個街角。外面是市政署收垃圾的廣場，清道夫會囤掃帚和鐵鏟。」

「沒想到公廁消失，整個街角變成了垃圾站。」

「作者還寫到自己常發白日夢，走到男界，赫然見到成列面壁的男人，才大夢初醒。我讀的時候忍不住笑。」

「文中記述六十年代的深水埗，除了公廁，許多事物也見不到了。例如大笪地，就在公廁所在的空地上，日夜有人表演噴火、吞劍、猴子戲，也有人賣藥和賣欖。還有軍營，當年通州街在海邊，近深水埗的這頭還可以找到些竹貨舖和山貨舖，但近長沙灣那邊都沒有店舖，最多走到欽州街就進入軍營禁區，那裏有差館，有兵房，把深水埗和長沙灣隔開，名字雖叫通州，卻不讓人通過。」

「我記得還有碼頭、夜市……邊讀邊感到自己回到了那個年代。」

「我可不想回去。作者說當年果攤賣的水果，橙是小而硬，又青又黃的；蘋果也很小，外皮都有一層微細的灰塵。」

「你要求真多。要知道六十年代經濟未發展，生活水平不高。」

一個路口外，在醫局街和桂林街交界，有一個不起眼的小花園，是某座豪宅的一部分。王莉沒想到張志樂會走進去，休閒椅、修剪整齊的花草，跟平時的小公園分別不大，除了那寫滿中文字的黑色外牆和石碑。

「咦，石碑上寫着新亞舊址。」王莉拍一拍張志樂的肩膀說。

「記得我們去中大時，曾到新亞書院嗎？這裏是它的舊址，後來搬到土瓜灣農圃道，還有之後的香港中文大學。你都知道。」

「我以為最初是在土瓜灣的。」

「不是，新亞書院原本叫亞洲文商學院，由錢穆、唐君毅、張丕介等學者創辦。他們最初租用佐敦華南中學校的三個課室，後來得到資助搬來這裏。不過辦學還是很艱苦，資助一度中斷，幾位老師只得四出募捐、勤於寫稿，以稿費補助書院，苦苦堅持。那段期間，教師們月薪只有八十到一百元。」

「沒想到變成豪宅。你看，花園裏還印有新亞校歌、校徽和簡介，這些外牆都用『新亞』二字來裝飾。」

「不知道為什麼，看着覺得寂寥。」張志樂似乎不忍細看，把目光移到花園裏的枯樹上。

二人匆匆離開，沿醫局街走到欽州街，轉右停在荔枝角道前，可以看到深水埗警署。那是一座樓高三層的建築物，從前的陽台已加設窗子和鐵網，顯得守衛森嚴。面向欽州街和荔枝角道的兩個立面設有圓柱門廊，不但遮陽，還有一份懷舊的風情。

「這座警署建於一九二五年，已有百年歷史。採用新古典主義建築，屋頂上有中式瓦片、突出來的煙囪，保留了殖民地時期的面貌。〈老區風景〉一文有一個有趣的描述……」

「我記得，朱少璋說粉牆上掛滿通緝罪犯的照片，把整條街弄得殺氣騰騰。」

「可惜現在牆上的照片都沒有了……這應該是好事吧。」

儘管巴士和大型貨車不時駛過，但仍不阻王莉發現荔枝角道的路牌，顏色跟警署的外牆幾乎一樣，非常低調地掛在那裏。

「這個是T字路牌吧，我們從前也見過。」

「對，深水埗作為舊區，本來有不少這種舊路牌，但近年很多已被拆除，有人說是當局收起，也有人說是被偷走了。」

「什麼人會偷路牌？」王莉感到難以置信。

「我不敢亂猜。看過一些訪問，深水埗居民平時不會為意，但從小看到大，多少有點感情，一旦發現路牌不見了，都感到可惜。」

張志樂不忘告訴她，兩人所站的街角，是從前的欽州街小販市場，專賣布匹，俗稱「棚仔」，是香港不少時裝設計師的搖籃。由於有小販反對搬遷，清拆過程經歷十多年，不少市民和藝術家參與保留「棚仔」的運動。但最終還是於二零二三年初徹底清拆，新的布藝市場搬到通州街，而這裏將會興建住宅。

走在深水埗警署的門廊下，王莉感覺穿越到百年前，但這份感覺很快便消失，因為來到了一個大型商場——西九龍中心。住在沙田的她只來過一兩次，記得商場以飛龍為標誌，除了玻璃外牆頂部有一個圓形的飛龍徽章，九樓還有一座飛龍過山車。

「西九龍中心原址是深水埗軍營，分為南京軍營和銀禧軍營兩部分，一九二七年開始使用，五十年後南京軍營改建成麗閣邨和深水埗公園，銀禧軍營則用作收容越南船民。到了一九八九年難民營關閉，土地分別建成了麗安邨和西九龍中心，它的開幕年份是一九九四年。」張志樂說。

「是李金鳳在〈重回深水埗〉裏寫過的軍營。」

「不錯。朱少璋在〈老區風景〉也提到這裏，他說『一片片玻璃幕牆內，是一道道交錯的扶手電梯，顧客如鯽，來往不絕。在這裏，你會見到最多年青人，在那裏調笑、吃喝、抽煙。任你的腳步多快，走到這裏，也得暫時放緩一下，眾多的行人會把你的步伐拖慢』。現在商場內已經禁煙了。」

再次回到〈老區風景〉一文寫到的地方，果然今天主要跟着這篇文章來散步。王莉心裏説。

雖然禁煙了，但商場中庭還是聚集了調笑、吃喝的年輕人。王莉覺得環境與記憶中的改變不大，巨型的升降機、玻璃外牆引入的天然光、大型連鎖店、具個性的小店、掛滿貨品的車仔檔，路人走過鏡面圓柱的倒影。站在中庭抬頭看，可以看見九樓的過山車路軌，像一條黃龍盤結在半空。

「樓上的過山車有開放嗎？我沒玩過。」

「沒有了。它在二零零三年停運，原因是美國發生過室內過山車意外，商場高層為安全起見便關閉了，其實它運作了九年都是零意外。」

「那真可惜。」王莉説，「這裏的氣氛感覺與一般購物商場不一樣。」

「那可能是因為這裏是香港唯二的純商場建築，另一座是九龍城廣場。」張志樂停下來尋索合理的解釋，「還有它的內外裝修風格和商店與開幕時改變不大，保留了九十年代的風貌，加上首設『車仔檔』，是香港少見的平民化商場。」

「商場的面貌雖然跟九十年代時差不多，但還是吸引着許多年輕人。你説深水埗是『年輕的老區』，我想除了年輕人外，這裏的街道、商店、居民都充滿活力，給我一種不老的印象。」

離開前，張志樂帶她到一樓買燒章魚丸，其實商場裏還有很多小吃店，雞蛋仔、夾餅、魚蛋、燒賣少不了，八樓還有美食廣場，可以買到雪糕、台式飲品、蝦多士。不過，吃完第一粒後，發現真有驚喜，不但新鮮熱辣，店家用料十足，每粒丸子裏至少有兩粒章魚肉，他們點了雙併口味：大阪風和明太子，正是店裏人氣冠、亞軍。

「想起有一件事要問你。」王莉用竹籤挑起一粒燒章魚丸説，「蔡主任是不是找過你？」

「有啊，她找我帶試後活動的文學散步團。」

「她説你不行，拒絕了。」

「是，其實我也想跟你説，只是一時不知怎樣開口。」

王莉早有預感，「離開香港？」

「是，去加拿大。」

「記得你説過。」

兩人一時無話，王莉低頭看着竹籤上的燒章魚丸。她不知道張志樂是否也一樣，還是正看着她？

過了一會，她回過神來說：「什麼時候走？」

「六、七月吧，打算教完這個學年的寫作班便走。」

「在那邊會有工作嗎？」

「去到那邊再找。」

「一定順利的，祝你好運。」王莉把手垂下，燒章魚丸滑落到紙盒裏。

明明走了很多路，身心俱疲，但那天晚上，王莉睡不着。她從牀上坐起來，聽了一會半夜的車聲，然後走到只有街燈照進來的客廳，打開小盒子，白色的鉢仔糕在昏暗中變成淡藍色，她默默地吃起來。

不知道為什麼，吃到彷彿是荳花的味道。

文學作品列表：

鄒文律　〈年老巨獸的輓歌——致長沙灣工廠大廈〉，《刺繡鳥》，香港：匯智出版有限公司，2008年，頁113-116。

朱少璋　〈老區風景〉，《焦尾傳奇》，香港：中華書局（香港）有限公司，2018年，頁37-40。

鍾國強　〈高登電腦商場的關羽〉，《路上風景》，香港：青文書屋，1998年，頁60-62。

李波　〈車仔麵之味〉，《文學世紀》第二卷，第十期總第19期（2002年10月），頁73。（參香港文學資料庫）

殷培基　〈車仔麵二首．套餐篇〉，《新少年雙月刊》第十七期（2014年4月），頁37。（參香港文學資料庫）

冼冰燕　〈車仔麵〉，《香港文學》第455期（2022年11月），頁95-97。（參香港文學資料庫）

珍今　〈說不盡的故事——美荷樓〉，《香港中學生文藝月刊》第44期（2014年9月），頁70-72。（參香港文學資料庫）

潘步釗　〈惆悵此情難寄——公屋的故事〉，《傳家之寶》，香港：匯智出版有限公司，2017年，頁89-96。

麥樹堅〈孩之寶〉，《親愛的流光與城市》，香港：香港中文大學學習科學與科技中心，2022年，頁19-23。

鄒文律〈重逢〉，《香港中學生文藝月刊》第51期（2015年4月），頁58-61。（參香港文學資料庫）

鍾國強〈福華街茶餐廳〉，《路上風景》，香港：青文書屋，1998年，頁58-59。

鍾國強〈RAM〉，《只道尋常》，香港：川漓社，2013年，頁44。

胡燕青〈春江水暖鴨先知〉，《更暖的地方》，香港：牛津大學出版社，2006年，頁14-18。

李金鳳〈重回深水埗〉，《環頭環尾私檔案》，香港：進一步多媒體有限公司，1997年，頁48-64。

# 七　荃灣

上課時間的教員室裏，只有兩三位沒課的教師，王莉坐在臨時座位批改作業，旁邊的影印機剛運作了一輪，吐出不知道是哪科的工作紙，機器還隱隱散發出熱氣，令她不很舒服。

她聽到中文科主任蔡老師進來，跟某人說了幾句話，便把握時機起來。她的座位和中文科其他老師的座位，分隔教員室的頭尾，使她和區芷晴兩位助理教師，老是被人遺忘，甚至不屬於中文科一員似的。但她知道這是短時間內改變不了的，唯有告訴自己現時清理工作，教好學生才是要緊的事。

「蔡主任……」她走到蔡老師的座位旁，中文科其他老師都不在。

「王老師，我正要沖茶，你要嗎？」蔡老師把頭髮翹到耳後，斜眼看她說。

「不用了。」

「有什麼事？」

「試後活動的那一場文學散步，我想自薦。」

蔡老師拿着茶包的手懸在半空，「真的？你打算帶學生去哪裏參觀？」茶包裏散發出一股令人難耐的草藥氣味。

「我住在西營盤，對那邊比較熟悉。」

這並非真話，她除了往返學校的路，就很少去別的地方。不過張志樂曾帶她走過西營盤的文學路線，她手上有一些文學篇章。

「我們學校也在西營盤，太近了，學生不會感興趣的。」蔡老師皺着眉，好像正痛苦地思考着，「可以去另一區嗎？」

「……中環？」這也是她和張志樂去過文學散步的地方。

「中環好啊……不，去年有學生去過大館你忘了嗎？不如選上環吧。」

「上環……」雖然上環跟西營盤很近，但她卻毫無概念。

「我們就這樣定了。我正苦惱找不到人，謝謝你，王老師。」

「好的……」她本打算帶學生去西營盤或中環，畢竟從前去過，這樣會有信心一點，沒想到竟被蔡老師殺一個措手不及，現在要反悔也太遲了。

「我剛好有事想問你。本來打算喝完茶才說的。」

「是什麼事？」王莉心裏有不祥的預感。

蔡老師從書立裏抽出一個文件夾，再從裏面拿出兩張海報，一張關於問答比賽，另一張則是兩日一夜的領袖營，都是給初中生參加的。王莉沒想到又跳出跟中文科無關的事情，心裏不由自主地一沉。

「你和區老師一人負責一項活動，不如你先選吧？」

「我……還是跟芷晴商量比較好。你可以把資料傳給我嗎？」

蔡老師說了一聲可以，把兩張海報塞給她，逕自往茶水間走去了。王莉忽然想起區芷晴的話：還是教高中好。她用手機拍下兩張海報，將照片連同蔡老師的話，一併發給區芷晴。

「為什麼好事總是留給她的愛將，而你和我就要負責這些吃力不討好的事？」課後，在校園的一角，區芷晴向王莉低吼着說。

「那有什麼辦法？即使轉做正式教師，我想情況也會一樣。」

「她以為我不敢辭職轉校？我就做給她看。」區芷晴跺腳說。

「不要衝動。」

「你說得對，」區芷晴掩着臉，嗚地叫了一聲，「我還要幫家人供樓。」

「我讓你先選，你想負責哪一個活動？」

「我不知道。問答比賽要跟學生練習，而且你看有初賽、複賽、決賽，多花時間。領袖營只需兩日一夜，但相信有攀岩、繩網等體力活動，而且要一整天帶着學生真累人。這真是殘酷二選一啊。」

「你可以待在冷氣房裏。」

「你都知道現實和理想的距離。公平一點，我們抽籤。」

王莉無奈地接受了這個建議。結果區芷晴抽到領袖營，離開學校前，說了好幾次要去買防曬油和驅蚊劑。王莉見塵埃落定，便仔細再看海報一次，發現問答比賽的主題是「香港非文質文化遺產」，這個名字雖然聽過，但到底包括什麼東西，她卻說不上來。

晚上，跟張志樂發短訊時，王莉不忘向他求救。張志樂才知道她答應來一場上環文學散步，有點意外，但同時佩服她有勇氣和自信。

「沒問題，我整理一些有關上環的文學作品給你。」

「你帶學生去過多少次？」

「兩、三次。」

「沿途有好吃的東西嗎？」

「當然有，上環的美食可多了。說起美食，給你看一張照片。」

訊息串裏冒出一張食物照，茶餐廳的桌子上有一碟鹹牛肉炒蛋三文治，鮮黃色的炒蛋比兩個指頭還要厚，多得快要掉出來似的，單看照片，便令人聯想到它在嘴裏融化的滋味。

「看來很棒，你在哪裏吃過？」

「在網上看到而已。打算去荃灣一試。」

「鹹牛肉炒蛋三文治其他地方也有吧。」

「我年初答應了一個機構辦荃灣文學散步，得去預先走一趟，順便去吃。」

「去加拿大前最後一場文學散步？」

「是。三棟屋、河背街什麼的，我都沒去過。」

「三棟屋是什麼？」

「那是一條客家圍村，現在是博物館和香港非物質文化遺產中心。」

「非物質文化遺產中心！你怎麼不早說？」

「談到荃灣才記起來。」

「我要去！」

「你主動報名，我很歡迎。」句尾是一個笑到流眼淚的表情符號。

去荃灣那天，王莉上午留在家裏處理文件工作，到荃灣港鐵站已是下午二點十分。張志樂站在車站內的街道圖旁邊，專心地讀漫畫。

「很好。來，我們先去三棟屋博物館。」

「吃過了。乘車時匆匆看過你傳來的文章。」

「沒問題。吃過東西嗎？」他把漫畫書合上說。

「我遲到，對不起。」

張志樂還說，要是在月台上，可以從E出口經西樓角路到三棟屋；但既然已來到車站大堂，則可以從B3出口找到行人天橋，用升降機或樓梯到地面，同樣經西樓角路，過了古屋里便到了。

走出車站，王莉因行人天橋而一陣目眩，連接着荃灣站的行人天橋是那麼多，款式也多樣，似乎是隨年代不斷地擴建，把路人帶到不同的地方；有的通往附近商場、民政事務處等政府機關，也有的長得看不到盡頭，像輸送氧氣和養份的血管伸入荃灣的深處。她記得有網民形容荃灣是「天空之城」。

三棟屋在荃灣車廠旁，在高聳的綠楊新邨大廈前，只不過是一列矮小的建築物，毫不起眼。加上門前幾棵榕樹，屏風一般把博物館藏在背後，令灰黑色的瓦頂和粉白的外牆更顯低調、神秘。正式踏入博物館前，張志樂不忘介紹有關這個地方的文學作品：

「住在附近的作家不少，黃南翔可能是最早的一位。他於一九七六年在石圍角邨西陲租住一間石屋，寫有〈住石屋的日子〉。他喜歡荃灣這個地方，因為當年綠楊新邨對上是一片山野，附近都是木屋、石屋和菜田，也包括三棟屋這些小村落。後來他還把石屋買下，四周的田園氣味和山水氣息，常帶給他心靈的怡悅。夜裏只有犬叫蛙鳴，給他閱讀和寫作上的滿足。他最愛屋角一棵龍眼樹。他與家人在石屋住了十一年，直到地鐵伸延到荃灣，象山邨、石圍角邨和綠楊新邨等大型屋邨拔地而起，田園景象不再，那棵龍眼樹可能因此受到影響也變得枯黃。終於他們在一九八六年搬到大埔去了。」

「記得作者當時在清水灣工作，寧花三小時車程上班也不搬走，可見他多喜歡荃灣。」

「另外阿濃也曾住在旁邊的惠荃里，寫過一篇叫〈三棟屋旁〉的散文。文中說的惠荃里，不是一條路，而『是一系列兩層高的簡陋住宅，兩列相對，各有八個單位，樓上四個，樓下四個』，他與父母就住在樓上近樓梯的第一個單位。不過惠荃里已清拆，剩下一條惠荃路作記念。」

「這篇我讀了，」王莉說，「他上班的學校也在附近，那時荃灣是真正的郊區，他的同事們都住在宿舍，包括突破機構創辦人之一的蘇恩佩。有一次三棟屋附近發生小火，他的同事知道後，趕來幫忙他搬東西。他的同事多好，為什麼我在學校裏沒有這樣的同事。」

「記得你也有一位好同事。」

「她叫區芷晴，我們共同進退。」

「阿濃曾帶過外地朋友來這裏參觀。三棟屋是由陳氏於清乾隆五十一年建立的客家圍村，即西元一七八六年，距今二百多年。」張志樂停在樹蔭下，細碎的樹影撒滿他的臉，「一九八一年列為法定古蹟，等到一九八七年改建成博物館。到了二零一六年更設立了『香港非物質文化遺產中心』，並有相關展覽。」

王莉看到大門上「陳氏家祠」的石匾、兩邊的對聯，磚牆、彩繪，雖說經過翻新重建，但保存得這麼好，實在令人難以置信。

「客家圍屋是方形的，四周以橫屋排列，構成圍牆。」張志樂站在大門前說，「由大門進入主要部分，沿着中軸分為前、中、後三廳。三個廳的左右設有房舍，是陳氏四位兒子的故居。後來他們還在房舍兩側和後方加建房屋，給其他子孫居住，全部加起來一共有二十個房子。」

前廳用來安放雜物，現時改為博物館的接待處，有工作人員的座位，左右兩個房子都變了展廳，是館裏唯一有冷氣開放的空間。走過天井便是從前村民聚會、議事的中廳，正中有一道屏門遮擋着祖堂的祖龕，天花板吊着五盞宮燈，一大四小，最大的一盞上，有龍、蓮和各種的人物和圖畫，非常精美。王莉看見展板，才知道這些宮燈原是節慶用的，用人手紮成，是「非物質文化遺產」之一。

「文學和非遺，今天我們各自做資料搜集。」張志樂看完展板上介紹說。

「我們都變回了要交功課的學生。」

王莉本不知道為何會有「三棟屋」這個名字，幸好答案也在展板上。原來陳氏家祠為三進格局，每進裏最高的脊桁稱為「棟」，那前、中、後廳三進加起來便有三棟，因此得名。

繞過屏門，穿過天井，便是後廳，這是祖龕所在的地方，特別的莊嚴、肅目。天花板上掛着八角形的丁燈，令王莉想起電視劇裏，有男嬰出生，村民在祠堂裏點燈的情景。

沿着走廊可以找到其他的住房，展示昔日客家村民的生活起居，例如有廚房、儲物室、寢室等等。看到掛在牆上的簑衣，王莉想起蘇軾的名句：「一蓑煙雨任平生」。農民慣於風雨，狼狽的總是城市人，她還在學習面對。

張志樂感興趣的是客家圍屋的建材，例如屋頂的構件：板瓦、青瓦和筒瓦，經常出現在一些舊屋和圖片上，在博物館裏還摸得着。其中一個互動遊戲，讓參觀者用這三個構件來砌屋頂，一個由母親帶來的小男孩，正努力地嘗試，首先把呈凹狀的紅褐色板瓦一行行地疊起來，再在兩列板瓦之間的空隙蓋上青瓦，最後在近屋簷的部分用筒瓦收口。可能因為男孩砌的數量或角度不對，瓦片常常滑下來，發生磨擦和碰撞的輕聲。

屬於「非遺」的展品，主要位於後排房屋改建的展覽廳。既有精細華麗的粵劇旦角疏片反宮裝、還有木雕神像、丁燈上的燈帶、舞麒麟、神功戲等等。從聲音、器具、情景多個角度，圖文並茂，輔以影片、錄音和實物模型，記錄非遺的種種。除了用手機拍照，王莉還帶備小本子抄寫筆記。在張志樂眼中，還真像一位用功的學生。

兩人走在小巷裏，經過一道又一道門眉貼着「出入平安」的小拱門，不禁失去方向，有種走在迷宮的感覺。不過他們明白，這是散步的一種樂趣。

另一些「非遺」的展品，散佈在中軸兩旁的其他房子中。展覽強調「非遺」

的「非常」與「日常」。「非常」是指在節日裏才會出現，涉及豐富的禮俗、儀式、表演和技藝，當中包括手扎木偶粵劇、八音、潮州糖塔、廣彩瓷器、花牌製作和謎語。

「我還是第一次聽到八音和潮州糖塔。」張志樂説。

「我也是。原來八音是一種廣東傳統民間吹打樂，會用上嗩吶、鑼、鼓、鈸和吹管等樂器。除了粵劇伴奏，還會在殯儀和打醮等場合演奏。」

「可能我們聽過，卻不知道那是八音。而糖塔用於祭祀，用白糖和水注模，做出仿潮州風水塔的外形。酬神祭祀後，潮州人還會煮成糖水分來吃。」

「看到糖塔這個名字，想起三層的英式下午茶。會不會很港女？」王莉笑説。

「怎會呢？我也常常想到吃的。」

至於「非遺」的「日常」都是香港人熟悉的事物，包括麻雀牌、雨傘、白鐵器具和點心蒸籠的製作技藝，還有以《通勝》為代表的傳統曆法。王莉倒沒想到，跟母親去酒樓飲茶，餐桌上的蒸籠也是非物質文化遺產之一。

最後兩人坐在前廳旁邊唯一有冷氣開放的展覽廳休息，並觀看有關「非遺」的介紹影片。

「博物館比想像的大，我們花了一個多小時參觀。」影片播完後，張志樂靠在用板瓦花紋裝飾的白牆上說。

「但收穫豐富。」王莉搖一搖手上的小本子，「館內展品眾多，在保持原貌方面我想也是做到的。這一個多小時，我渾忘了圍牆外的世界。」

「麥樹堅卻有別的看法，在〈從外緣到外緣〉一文裏，他從外公的口述知道荃灣過去的面貌，這一帶從前是樹、菜田、泥濘路，是市區的外緣。但隨着城市發展，建起了高樓廣廈，作者說：『只有三棟屋以特殊的姿態存留下來，倖存於淘汰的定律之中。陽光穿越四十年的界限令石屋裸裎皚白的軀體，剝落斑駁的外牆、薰黑的土埒，忽爾顯得平和不爭』。」

「我認為以博物館的姿態存留是好事，可以保留客家人的傳統和記憶。」

「麥樹堅卻有相反的想法。文中描述『三棟屋的圍牆潔白得過分虛幻，企圖掩飾一些人為的錯失。內堂裝飾得像小商店，櫥窗放着一些昂貴的舶來品，卻與這兒拉不上什麼關係。窗子開得太小了，容納不下迅速轉變的天空和土地，幾條偽裝的鐵枝囚禁往日的風景：昔日寥闊得可以站一個小孩，現在只能在展覽的相片上襯起瓦頂年輕的顏色，放風的故事已沒法悠然實行』，他顯然也來過參觀。」

「我剛才也留意到，館裏一些東西只是仿製品，不是真品。如果說圍牆潔白得虛幻，說不定記憶也是虛幻，既不能靠前人口述，也難以用文字或博物館裏的展品來還原。」

離開三棟屋博物館，回到行人天橋上，橫過青山公路荃灣段，熱鬧的千色店百貨公司在左邊，但他們的目標是右邊的眾安街。王莉記得有一篇同名作品，作者是布政峰。

「眾安街跟三棟屋有關，陳氏的鄉民在一九三零年代曾開設『大眾茶樓』和『平安藥局』，後來成為了這條街的名字：眾安。」張志樂在等行人過路燈的時候說。

在王莉眼中，眾安街筆直，深長，而且熱鬧。兩旁的建築物高低有致，既有較新的、以玻璃為外牆的商業大廈；也有舊式、幾層高的唐樓。

在眾安街和兆和街交界前，她看唐二樓的美容店、水療店和理髮店，張志樂則查看建築物的門牌號碼。

「有看到眾安街七號嗎？」

「是不是這裏？寫着眾安街七至九號。」王莉發現的門牌號碼，是屬於一間已結業的茶餐廳。

餐廳旁邊的大廈沒有名字，只有一條樓梯通往樓上的水療店和美容店，青綠色的格子磁磚、凌亂的電線，給人一種殘破的印象。張志樂又換了幾個角度察看這座位於眾安街七至九號的大廈，臉上的困惑顯然易見。

「有什麼不妥嗎？」

「布政峰小說〈眾安街〉的主角叫查小濃，住在眾安街七號。」

「那就是這裏了。」王莉隔着玻璃窗探看茶餐廳昏暗的內部。

「不過小說裏提到眾安街七號有一座祥華樓，並這樣形容：『祥華樓樓高四層，算天台在內，才五層高』。」張志樂退後一步，抬頭張看，「這裏怎樣看也沒有四層高。」

「他寫從前的事吧？」

「小說是二零零八年發表的。有辦法！」

張志樂用手機打開谷歌地圖，使用街景服務，再把日期調到過去，找到最早的紀錄是二零零九年四月。那時候的大廈跟今天的一樣高度，不同的是街上的店舖變了，再找不到從前的麪包店、涼茶舖和荃灣商會。

「我用搜尋引擎也找不到荃灣有祥華樓。」王莉說。

「那只有兩個可能，一個是過去在這裏曾有祥華樓，但清拆或改建了。另一個是眾安街七號祥華樓是作者的杜撰。」

「他為什麼寫一條真實的街道，卻虛構出一座不存在的大廈？」

「我不知道，」張志樂說，「不過眾安街的名字，似乎與查小濃的遭遇形成反差。小說裏描述：『街市其中一個門口也在這兒，整區的太太菲傭都來買菜，人真多阿，車子就開得不快了，所以從來不會發生交通意外，真是眾安』。作者藉着街名，描述一個眾人平安、相安無事的社區。文中的街市很可能就是前面的荃灣街市。」

「那反差是指什麼呢？」

「查小濃表面上也很平靜，跟小說的敍述語調一樣。一開始他在煮飯做菜，吃飯後穿上人字拖鞋，走在眾安街上，在一個嚷着要買麥當勞冰淇淋的孩子面前，故意買了一杯冰淇淋，小孩看見了便更起勁地拉着母親，結果得償所願，查小濃看見也非常快樂。但是下一段我們便知道，原來他在找理想的跳樓地點，並計劃多時，精心計算下墜的角度和速度。最後他決定回到祥華樓，從天台跳下去，他的頭摔破了，一塊留在他臉前，他覺得它是盛着快樂的，另一塊載走了悲傷，鑽過黑色的生鐵溝渠蓋走了。」

「太可憐了！他為什麼要這樣做？」

「小說沒有交代原因，唯一的線索是他一半的腦子載着悲傷。」

「無緣無故的悲傷也是有的。他的死不但與『眾安』一名形成反差，我想簡直是反諷了，在眾人安居樂業的街上，竟沒有人留意或在意過主角的悲傷和死亡。」

兩人沿着眾安街走下去，經過兆和街、荃灣街市街，在下一個街口轉入海壩街。這裏有小巴站，人們在等綠色專線小巴和紅色公共小巴；沿街是藥房、餐廳、地產舖和家庭用品店。王莉對大廈外牆的招牌更感興趣，既有胡XX國術同學會，又有金玉滿堂和新富貴足（兩個招牌上都畫有一個腳板的圖案）。一座大廈一樓（還是二樓）的窗子畫了一隻小魔鬼，身體是一個紅色圓球，有黑色的蝙蝠翅膀、尖銳的門牙，戴着黑色的拳套，相信那裏有的是一間拳館。

張志樂仍放不下眾安街七號的祥華樓，一路走來還是握着手機，繼續用谷歌地圖對照今昔的街景。

「欸？這地方的描述更接近〈眾安街〉上所寫的。」

「怎麼說？」王莉走過來看。

他們站在川龍街和海壩街交界的一間參茸行前，向着一幢淡黃配綠色條子外牆的大廈。整座大廈除了地舖，還有五層窗子，幾個婦人正在菜檔裏揀菜。

「這座大廈叫華祥樓，跟布政峰小說寫的祥華樓相似。」

「只是名字上的巧合？」

「小說對祥華樓的描述還包括對面是街市、街市其中一個門口也在這兒、樓高四層算天台在內才五層高、樓下轉左有一間麥當勞雪糕店。你看，這座華祥樓就在荃灣街市對面，左邊有一間 McCafé，如果用谷歌地圖回看二零零九年的街景，那裏從前是麥當勞雪糕店。這些都跟小說描述的吻合。」

「你的意思是作者把現實裏的華祥樓改名，同時把所在街道改到眾安街？」

「如果是這樣，祥華樓就不是純粹虛構，而是以海壩街的華祥樓為藍本的改寫了。不過一切都只是我的猜測。」

張志樂死心不息地繼續對照街景，王莉卻聽到背後傳來一個女人的聲音，說

「開飯囉！」，然後是細微的「卡」一聲，幾乎被街上的市聲掩蓋，但她還是聽到了，並且認出是開罐頭的聲音。

「你看！」她拍一拍張志樂的背包，興奮地說，「參茸行裏有貓。」

一隻深褐色、有黑紋的虎紋貓在櫃台上，弓着背吃罐頭。牠黑色的尾巴垂在疊成兩層的瓶裝油浸梅香馬鮫魚乾旁邊，好像廣告的指示箭頭，向路人推薦這款產品。

王莉對什麼馬鮫魚、花旗參零興趣，只顧為貓不停拍照。貓忙着吃飯，也不走開，只用黃色的眼珠監看着她。參茸行的老店員向客人介紹產品，不時朝她看看。他們大概也習慣了，明白到貓除了驅鼠，也能招徠客人。

「牠愛吃海味和藥材嗎？」王莉問在收拾貨品的女店員說。

「牠愛吃蝦乾和魷魚乾。」

「難怪魷魚乾都封在膠袋裏。」張志樂拿起一包端看說。

「我突然很想念奶茶。」王莉說。

「奶茶？」

「上次我替朋友照顧的那隻貓。」

跟虎紋貓說再見後，走到海壩街盡頭，便轉入了鱟地坊。這邊不少地舖均拉上鐵閘，但有兩間水族店在營業。一間在門外掛滿包裝鮮艷多彩的飼料，另一間像旺角金魚街上的店，在鐵網架上掛起透明膠袋，築起一道金魚牆。

「中文科老師，這個字怎樣唸？」張志樂指着路牌上的「鱟」字問。

「同學，這麼簡單的字也不會唸嗎？」王莉叉着腰說，「唸『后』，罰抄一百次。」

「那你知道鱟是什麼嗎？」

這次卻考起她了，「是一種蟹？有些人叫牠馬蹄蟹。」

「鱟是蜘蛛和蠍子的親屬，四億七千萬年前就存在，由於至今變化不大，所以人們又叫牠『活化石』。」

「難道這個地方曾發掘出牠們的化石，所以叫鱟地坊？」

張志樂忍不住笑起來，「你想像力真好！」

「你不要笑，快告訴我原因。」

「要解答這個問題並不容易。」

張志樂說着，在手機裏打開麥樹堅的另一篇散文〈鱟、鱟地和鱟地坊〉，這篇作品對鬣地坊的歷史作出梳理，作者藉着老照片、黃佩佳的文章、荃灣天后廟裏的碑石，追溯此一地名的由來。約在一九五九年前，這裏仍是河口，有蒲葵似的灘頭，那鬣地坊之名是由於當年有幼鬣在淺灘聚集嗎？

黃佩佳的一篇文章，提到荃灣青山道旁，有一處蚌地，形如鬣，故名。同時又有村西之柴灣甫（這指荃灣的柴灣角）有鱉地（一名蛙地），為新界著名風水地。麥樹堅估計是當年植字時出錯，把「角」印成「甫」、「蚌」、「蛙」難分，同時把「鬣」與「鱉」搞錯了。

「作者又以為，鬣地這個名字來自地形，例如屯門的虎地。他找到法國工程師 Michel Peterlin 拍的照片，看到五十年代的民居和工廠，而鬣地的最高點傾向蓮花山，仿若從淺灘登陸。不過作者知道地方的命名還有一種追封的手段，例如河背街是弔唁一條已消失的河背村，但河背村並不在現時河背街的地理位置上。故此還有一種可能，鬣地本來在另一個地方，卻用鬣地坊這條街道來弔唁它。作者在文末表示，鬣地坊一名的由來還是似明不明，沒有確實的説法。」

「這太複雜了，」王莉説，「我較喜歡文中有關作者自身記憶的部分，例如他三歲時，初嚐薯條，用油膩、黏附鹽粒的手拖住阿爸，走到海壩街和川龍街相接的街角，去一間叫星星玩具的店子。」

「那不就是我發現華祥樓的地方？」

「然後阿媽則拉着他沿川龍街前行，右轉入小販市場，買了針線和幾碼闊邊橡筋。咦，原來小販市場還在。」

不知不覺間，他們走到了鱟地坊小販市場。這個地方被附近街道上滋長的舊式大廈包圍，唯獨它屬於低矮的建築物，讓出大片天空。王莉想，即使附近居民不會走進去買東西，還是會感謝它不曾遮擋視線，造就出遼闊的風景。

看到市場外掛着幾個水泡，還有一些沙灘玩具，王莉很好奇裏面到底賣什麼的。本以為各類型的貨品都有，但她很快發現，攤檔主要售賣布料和衣物，也有一些小販賣手飾、皮具和書包等等。那些沙灘玩具，大概是檔主碰到買泳衣的客人時，想要多賺幾塊錢而擺出來的。

小販市場裏沒有冷氣，天花板的風扇也沒開動，一些檔主使用移動式冷氣機，有如象鼻的粗膠喉管把熱氣排到市場外，可能因為這樣，走在裏面也不覺太過悶熱。

王莉記起〈鱟、鱟地和鱟地坊〉一文中，描述過小販市場重建前的環境：

「緊密相連的攤檔，合力撐起雜亂無章的鐵片、帆布和防風膠板，電線在這層皮的上下遊走、連繫。風雨稍大，水從天花的罅隙滲漏，打濕檔主的貨物和顧客的衣衫」，現在，堅固的上蓋已能抵擋風雨了。

「這些小販從前是在眾安街擺檔的，但人滿為患，所以在一九五八年搬到川龍街。可是到了一九八零年，眾多的小販再次令交通堵塞，政府於是興建鱟地坊小販市場，讓街上的小販都集中在這裏做生意。」

「那重建是什麼時候的事呢？」

「改善工程是在二零一三年完成的。麥樹堅的作品寫於重建後，而另一位作家斯濃，則在重建前寫過〈鱟地坊小販市場〉。」

「我乘地鐵時有讀過。作者小時候也跟你一樣，不知道『鱟』字怎樣唸。」

「喂，我明明知道啊。」張志樂反駁說。

王莉不懷好意地淺笑，然後回復一臉正經說：「文章記錄了小販市場當年的面貌：『鱟地坊小販市場矮矮的如農舍，只有骯髒的帆布、綿布分隔鋪位，沒有明淨閃亮的玻璃牆，更沒有空調。它由八條狹窄、翳焗的小條道組成，每條長不過百步。水泥地恐怕凹凸不平，因此鋪了一條條木板』。現在再沒有木板了，換了平整的水泥地，不過帆布和綿布還是有的，我想已經變成一種傳統。」

「作者回到這裏，憶起唸同一所女校的同學，以及與她來買東西的種種。『我們走在炎夏的街道上，校裙、長襪反射着陽光，像朵雪似的隨時有溶化的危險。領口的黄絲帶用舊了，我們來買新的。賣絲帶的拿着木尺一拉一度，就剪給我們一碼半碼』，除了校服上的絲帶，還會買上針黹課用的鈕扣和拉鏈。」

「可惜她倆再沒有聯絡，物是人非，現在連小販市場也重建了。」

他們沿着狹窄的通道穿過市場，看到無人的衣車，收音機報導着賽馬的現況，一個看檔的女人用手機追看古裝劇。透明的塑膠上蓋透下陽光，照亮市場內色彩多樣的布匹和衣物，一切都異常明亮，使人眼花。

由鬢地坊走到沙咀道，過馬路來到川龍街的另一段。這邊的熱鬧程度不減，不同的店舖展現不同的顏色，雜貨店和參茸行是棕色的，蔬果店是綠色的，生肉店和糕點店是紅色的……張志樂卻帶她轉入右邊的第一條小巷，來到大廈的背後，沒想到這裏竟有五、六組壁畫，顏色比沿街店舖的更多彩多變。

其中一組壁畫畫有食物造型和動物造型的人物，例如戴着菠蘿包帽子的女孩、長着馬耳朵的男孩等，他們在購物，也做廢物回收，把廢紙、鋁罐、膠樽正確放進藍色、黃色和啡色的回收箱裏。

「這些壁畫很可愛，畫中還有附近的地標，荃灣大會堂、荃灣街市，這幢村屋大概是三棟屋吧。」王莉掏出手機打卡說。

另一組壁畫有着不同的畫風，畫上了紅色小巴、下象棋的老人，還有一隻黃貓坐在老婆婆的大腿上。另一幅似乎是香港的縮影，金紫荊廣場、萬佛寺的塔樓，還有點心、蛋撻和雞蛋仔等最能代表香港的食物。

「它們是誰的作品？」

「我不知道，」張志樂攤手，「網上資料顯示，這裏的壁畫有好幾代，可能下次來的時候，會看到新的作品。」

「那更值得拍下來保存了。」

他們回到川龍街上，沿左面的小巷走進二陂坊，張志樂說這裏有另一個社區故事。在有關鱟地坊一文裏，王莉知道「坊」是指城鎮裏的小空地。而二陂坊確實是一片窄長的空地，四周圍着舊式的五層住宅大廈。這裏的地舖經營着跟大街商店不同的業務，既有麻雀館、裝修工程公司、糧油雜貨店，還有中元節文化協會。

地舖門面老舊，一些似乎經營了多年，大廈外牆油漆剝落，顏色暗淡，變得像褪色的舊照片。但跟死氣沉沉的環境形成對比的，是空地中間的遊樂場，以藍、黃、橘為主要色調，給人年輕的感覺。

「這是二陂坊遊樂場，二零二一年啟用，是一個微型公園改造項目。在空間運用上採納了街坊的建議，中間是兒童遊玩設施，而前後兩側設有休息座椅，讓老人聚會聊天，不同年齡的人也能享用空間。」

「鮮亮的用色令看到的人也快樂起來。」

遊樂場上有一對小兄妹，哥哥爬上了水磨石小山丘，妹妹則鑽進山丘下的隧道，窩在裏面唱出古怪的歌。旁邊的滑梯設計得像灰姑娘的南瓜車，王莉覺得漂亮極了，可惜要用繩網爬上去，怕失儀態，不然也會忍不住一起玩。

離開二陂坊，走到不遠的新村街，王莉看到一家店面懷舊的茶餐廳，叫「嘉樂冰廳」。剛好有兩個人推門出來，張志樂連忙用腳把門頂開，朝店裏看了一眼，回頭跟她說：

「你走運了，不用排隊便有位。」

他們被安排坐在卡位上，看似是老闆娘的女人從收銀櫃出來，收拾了前一桌客人的杯碟。餐牌貼在桌子的玻璃下，但王莉看牆上貼出來的招牌菜，包括紅豆雪糕西多士、炸雪呑、阿華田脆脆、巨型火腿奄列，還有鹹牛肉炒蛋三文治。

「那是你傳給我看的照片。」

「對，是不是很吸引？我會點它，你呢？」

「我叫西多士，還有凍檸茶走甜。」

「不要配紅豆和雪糕的？」

「我怕太甜。」

「那我幫你把紅豆和雪糕吃掉。」

鄰桌一位男士，戴着耳機，獨個兒享受桌子上的食物：巨型火腿奄列、炸雲呑、滷水豆腐，侍應後來又送上紅豆雪糕西多士，王莉看得目瞪口呆。

「有沒有告訴你，七月的文學散步我會帶學生去上環？」

「你説過了。」

「我太忙，常常忘了自己説過什麼。你還未給我上環的文學作品。」

「文章我都有，你放心。我還可以告訴你哪裏找得到貓。」

「都怪你去加拿大，我多了這一項工作。」

「我請你吃西多士賠罪。」

王莉歎了口氣，心事重重：「去加拿大的事預備好了？」

「預備好了，有朋友會幫我找地方租住。等所有寫作班都結束，便可以過去。」

「家人呢？」

「他們都贊成，認為世界很大，應趁年輕出去衝。」

「真好，我就很難丟下媽媽到外國去。」

「等你升做正式教師，一切都會好起來的。」

王莉為了懲罰他，命令他切西多士。他拿起刀叉，先把紅豆和雪糕撥到一邊，再順着直切四刀，然後順着橫切四刀，把西多士分成十六小塊。下一步是澆上楓糖漿，向着自己的一半澆的比較多，向着王莉的一半只加一絲便停手。最後用刀子搬動紅豆和雪糕，借叉子扶穩，放回西多士上。

吃了幾口，便來了張志樂期待已久的鹹牛肉炒蛋三文治。點餐時加了烘底，麵包傳來誘人的烤香味，三文治超過一吋厚，鹹牛肉塗抹在麵包上，吃的時候不易掉出來，但雞蛋太多，為免吃得狼狽，王莉選用叉子吃。雞蛋較乾，有淡淡的蛋香，給鹹牛肉的味道蓋過。張志樂用雙手捧着吃，好些蛋碎掉到碟子上。

「鹹牛肉是暖的，想是及格有餘吧。」吃到一半，他用紙巾抹嘴角說。

「有冷的嗎？」王莉不解。

「吃的時候，我想起施友朋寫的〈生活雜寫〉當中有一章叫〈覓食〉。作者記得七十年代在北角糖水道有一列大牌檔，他去吃早餐通常要一客蛋牛治加熱鴛鴦。那份蛋牛治單看文字已教人垂涎：『那蛋牛治厚實到不得了，蛋和鹹牛肉混合均勻，彼此熱辣相擁，煙煙相報，蛋香牛脆』，帶來舌尖嘴角的快感。可是五十年間，他再找不到如此好吃的蛋牛治，後來吃到的是蛋牛分離，鹹牛肉是雪冷的，不禁大歎今不如昔。」

「最簡單的食物最考功夫，不一定貴價的才好吃。」

「有時人追尋的，其實是記憶的味道。廚師和食物的質素今不如昔是真的，但施友朋要尋回五十年前的味道記憶，是多麼難，只得靠緣分了。」

吃過甜食，王莉心情好了一點。原來河背街就在新村街毗鄰，如果川龍街是垂直的市場，那河背街就是一個打橫的街市。街上超過一半的店是賣菜的，有一個檔位，劃出一半地方賣水果，餘下的一半賣生肉，切開的豬肉掛在鉤子上，跟旁邊的天桃爭紅鬥艷。

「生肉店旁是燒味店，生的肉與熟的肉靠得這麼近，很不衞生。」王莉帶點厭惡的語氣說。

「你想像這是一條產業鏈，生肉店直接把材料抬到隔鄰的燒味店，製成燒味出售，多省運輸費。」

「你到加拿大可以考慮做生意。」王莉沒好氣說。

「我不過是發揮想像力而已。話說回來，有沒有看到上海理髮店？」

「沒有。你是想起〈從外緣到外緣〉裏，麥樹堅提到的上海理髮店嗎？」

「對，文中記述作者小時候，曾在外公的擁抱裏到過這裏理髮。不過連他也找不到的上海理髮店，相信早已消失，我們又怎找得到？」

「但河背街的風景，與文中描述的卻很接近，同樣是舊區的面貌。『一個又一個鮮紅色的燈罩晃來蕩去，水果就在下面進出。麪包的香氣瀰漫整個市場，濃烈的奶油味是下午茶的呼召』，街上也可見蹣跚的佝僂老人，在舊區的迷宮中議價。可能唯一不同的，是人流不及文中所記的多，那種『人們見縫插針的橫過別人的空隙』的情景，可能給分流到附近的街市和商場了。」

「我突然想到，如果我會剪頭髮，到加拿大找工作可能會容易一點。」

「你現在學也不遲。」

「你願意給我練習技術嗎?」

「不!」王莉像見鬼般叫道,拔腿就跑。

跑到禾笛街,看到一座大型商場——荃新天地。她不知道接下來要往哪裏去,便等張志樂追上來,問他要不要進商場去,還是走別的路。

「可以啊,我們可以穿過它去下一個目的地。」

「是不是寫街道的文學作品比較多,寫商場的比較少?」王莉問。

「我沒統計過不知道。你有這種感覺,可能是因為我們讀到〈眾安街〉、還有跟黌地坊有關的作品,接下來有一篇散文提到商場的。」

「是這個商場嗎?」

「不。不過荃新天地也有特別之處,它於二零零八年開幕,以日本六本木新城為設計藍本,把住宅、商場、露天廣場結合起來。另外,它是全港第一間以環保為概念的商場,設有直立花園,被商場主體建築物包圍着,屬於公共空間,市民除了購物外,也可以享用花園,是城市中的一個小綠洲。」

離開荃新天地,沿着行人天橋走到另一座大型商場——荃灣廣場。如果說五金店、玻璃店、汽車維修店，或是像河背街那樣的菜市場是城市的外緣，那大型商場便是城市的內緣或核心，在這裏可以找到大型連鎖店、跨國品牌，屬於中產階級的品味。

「荃灣廣場比荃新天地舊，是一九九二年開幕的，不過於二零零五至零九年翻新過。」張志樂站在荃灣廣場的仿羅馬圓頂下說，「政府當年計劃發展荃灣廣場、荃灣大會堂和法院所在的這一區作為市中心，可是無法吸引人流。因此商場曾推出多條穿梭巴士路線來往荃灣地鐵站、麗城花園和青衣。可能呂永佳就是坐穿梭巴士從青衣過來的。」

「那是你剛才提到有關商場的文章？」

「對，呂永佳的散文〈遊樂場〉，開首便寫到這裏。他住青衣，可是從小喜歡荃灣多一點。唸小學的星期天，父母會帶他和姐姐來到荃灣廣場閒逛，最吸引他的是頂層的歡樂天地。」

「我讀這篇的時候，真佩服作者的記憶力，他說：『好不容易得來的代幣拿在手裏，手裏出汗，更容易揮發出那鐵鏽的味道』。我想，怎麼連這個也記得？可能是他太喜歡了，他玩的時候比考試還緊張，獎品反而是其次，玩耍的緊張心情才是最難忘的。」

「我小時候沒去過歡樂天地，但觀塘一些玩具店或文具店，會在店外擺放一兩部機動遊戲，讓小孩坐上去，投幣後會升降、搖動和發出聲光效果那種。」

「我讀呂永佳的文章才知道有歡樂天地。唸小學時，我常常說要去美國冒險樂園，但母親不肯花錢，只答應過一兩次。」

「斯濃在文章裏寫到鱟地坊小販市場沒有的，例如明淨閃亮的玻璃外牆和空調，正正是大型商場有的。觀塘一直缺乏大型商場，要等到二零零五年 APM 出現，那時我已長大，不似呂永佳，幾乎沒經歷過大型商場帶來的童年喜悅。」

「我唸書時經常會去沙田新城市廣場。沙田是商場主導的社區，比較之下，我覺得荃灣有商場、街舖、小販攤檔，反而更多選擇。」

再次回到行人天橋上，走過沙咀道，從天橋上看到兩個七人足球場，其中一個有人在踢球。王莉想像他們呼喊隊友和打氣的聲音，可是聽到的只有沙咀道和大河道繁忙的車聲。足球場看台上用幼細但剛勁的字體寫着「沙咀道遊樂場」。

「不是有一首詩寫這個地方嗎？」王莉查看手機，找到了文於天的詩〈有時有時——重寫也斯〈中午在鰂魚涌〉〉。

「是啊，這首詩重寫也斯的名作，同樣可以找到『有時』的句式，內容上也是寫詩人的漫遊，在城市中的見聞和感受，不過地點由鰂魚涌改到荃灣。」

「詩中路線與我們的相近，例如：『有時從綠楊新邨走到眾安街』。還有『在沙咀道球場的硬地上／那是一片上色的青草』。」

「留意到詩中重複的句子嗎？『從天橋走出天橋』出現了兩次。」

「有，剛才在行人天橋上，我便依稀記起這一句，感受特別強烈。人們都說荃灣是天空之城，靠行人天橋便可以往來很多地方。但詩中進一步說：『有時並不知道哪裏才是／哪裏的盡頭哪裏才是／哪裏的起點』。」

王莉回看來時的行人天橋，除了連接荃新天地、荃灣廣場，還能通往大會堂、大河道彼端，甚至更遠的地方。無始無終的天橋令人迷失方向。她見識到詩人怎樣把大眾的認知融入自身的創作。

「詩中描寫小販擺賣廉價玩具，東歐難民唱起傷心的音樂。有人在球場上騰躍而起，卻又像洩氣的球從長空落下，『生活長滿了猖獗的怪牙』，給你和我的不過是傷口或傷疤。」

球場上有人大腳一踢，把球踢到半空，只見它飛到很高，彷彿要離荃灣而去，然後下一秒，便又落下，重重地打在地上，乏力地彈起，沒有聲音，但王莉好像聽到用力咬牙的響聲，卡——

從最近沙咀道遊樂場的樓梯回到地面，由大河道轉入海壩街，一邊是幾間學校，另一邊是住宅大樓連地舖。看到著名的松記糖水，便到路德圍，王莉記得這一帶有很多食肆和甜品店，唸大學的時候，有一個師姐住荃灣，有時會和同學來這邊玩和吃飯。

「我也來過幾次，附近的學校也有教過。」張志樂說，「這裏在六十年代前是河背村。河背村清拆後，為了記念它便有了剛才去過的河背街。」

「這就是麥樹堅說的弔唁，用來安撫或追封那些被迫消失的地方。那『路德圍』這名字又怎樣來的？」

「來自這間學校。」

這時他們剛經過福來邨永隆樓，王莉看到屋邨大樓後面是一間藍、白色外牆的小學，名叫「路德會聖十架學校」。小學門外是露天停車場，停泊着許多私家車和貨車。在小學後面是福來邨另一座七層高大樓，中間有一條窄巷，可以走進屋邨的範圍。

屋邨內有車路、綠樹，有蓋行人路連接不同的大樓。他們漫無目的地走着，大廈像圍牆把外界隔絕，行人路的頂蓋和枝葉半掩天空，令人有種這個世界只餘下福來邨的錯覺。直到發現一個露天小廣場，廣場上有一座亭子，亭子的一面牆上用馬賽克砌出福來邨的字樣。他們坐下來稍息。

「這條邨的用地由填海得來，本來是曹公潭的出海口。除了永隆樓於一九六七年落成，其他大廈都是六三年建成的。最初七層高的大廈沒有升降機，直到二零一零年至一二年間才加裝。」張志樂一邊說，一邊看着小亭上的螞蟻。

「難怪我看到大廈有一部分是新建的，用料和顏色跟原本的部分不同。」

「歐靖堃寫過一篇小說叫〈福來邨的眼淚〉，由一個令人驚醒的夢開始。」

「我匆匆地讀了一遍，小說裏有死亡的意象，把福來邨寫得神秘又詭異。」

「那個夢就是一個女人跨過欄杆，從高處墮下。那是主角二十年前在福來邨目睹的一幕。從此，福來邨便成了他的夢魘。小說裏這樣寫：『那時的荃灣，像一幅蓋上霧的抽象畫。所有景物，都在顏色的配搭下錯置了。綠色的大廈，綠色的樹木，和深藍的海，全被塗上了一層紅。福來邨像荃灣的眼睛，被分割在畫紙的左和右』。」

「死者是主角好朋友明仔的母親。主角和明仔當時陷入三角戀，同時喜歡了一個叫伊婷的女孩。福來邨不同的地方，都曾留下主角和伊婷相戀的痕跡。屋邨中心的停車場是他們第一次牽手的地方；他們躲在陳伯辦館的暗處擁抱，甚至窗外的鐵欄，在下雨時，雨聲和他們的嬉笑聲會交錯鳴響。」

「明仔母親的死，相信跟明仔的父親經常醉酒，後來下落不明有關。自此她便變得瘋癲。主角多年來回到福來邨，發現這裏都變了。從這篇小說我們會知道福來邨大廈的外牆從前是綠色的，而不是現時的顏色。辦館沒有了。大廈安裝了鐵閘和密碼鎖，在主角眼中，那是『將生活和生活隔絕，恍如建一道圍牆，將居民囚禁』……」

「『但偏偏很多人都喜歡住進監獄』，我記得有這一句。」王莉補充說。

「我讀過澳門學者謝曉陽寫的一篇文章〈房屋空間與生命政治：以香港公營房屋為例〉，他指出在五十年代，港英政府興建公屋，當時叫徙置大廈，目的是處理非法僭建寮屋的犯法者和因火災失去家園的災民，所以公屋的原意更接近監獄或難民營。」

「這太可怕了吧？」

「無可否認這是一種管治手段。他以法國哲學家傅柯提出的『生命政治』來分析。傅柯認為在十八世紀下半葉開始，新的權力技術出現，針對的不是肉體的個人，而是大眾；大眾可以受到生命特有的過程，如生老病死等影響來控制。謝曉陽認為公營房屋是港英政府一種『生命政治』的手段，逐步地把人的生理需要，如進食、洗澡、如廁，以至就寢、情慾等私生活納入建築設計之內，構建出新的價值與認同，鞏固其統治地位。」

「我想起在美荷樓看到的早期徙置大廈，廁所、浴室和自來水喉都是共用的，單位裏沒有廚房。那時的房屋編配並不以『家庭』作為單位，只求每個單位塞進五個人罷了。這樣想來，除了成本的考量，也很可能是把火災災民當作一個大眾問題來處理的決策。」

想着這些事情，二人走出福來邨，在香車街踏上行人天橋，往愉景新城的方向去。天橋旁長着幾棵宮粉羊蹄甲，在六月的熱風中搖着心形的葉子。張志樂把大涌道對面的荃灣消防局指給王莉看。它四層高，外牆粉白，設計方正，開着長方形的窗子。在旁邊的工廠大廈和背後的商業大廈對比下，顯得矮小。

「讀馬國明的〈荃灣的童年〉，會知道消防局毗鄰曾有一間匯豐銀行，是兩層高的石砌樓房。銀行的地基壓着搭建寮屋的鐵皮、木板和沙泥，是作者出世時，一家六口居住的房子的材料。」

王莉看着消防局，不知道那已消失的銀行，變成了工廠還是商業大廈。

「馬國明一家搬到大窩口山邊的寮屋，但很快便又搬到曹公潭，住在工廠裏，那裏有生產香粉的工廠，屋旁裝了一部木製的大水車，他在文中描述水車的運作説：『我還記得工廠的工人怎樣將一籮籮香燭抬出村去。工人人數約有五、六個，全住在工廠內。一條人工引水道從環抱曹公潭的水坑引來了川流不息的清水，工廠的水車就安裝在水道末端約六、七呎之下。下沖的清水推動水車，再帶動車軸；車軸再附上用以椿香粉的椿』。昔日香粉廠的位置，現在餘下照潭徑、曹公潭花園等，除了行山客外，幾乎被遺忘。」

「由香港仔轉運莞香，到荃灣生產香粉，香港的名字一直與這些史事緊緊扣連。」王莉想起去年的南區文學散步。

「後來香粉廠倒閉，中國染廠崛起，它的位置是現時的愉景新城。六十年代起，中國染廠經營有術，利潤可觀，但卻排放大量污水，臭氣熏天，人們便稱曹公潭溪水入海的海口做大坑渠。直到一九九零年政府填海擴闊大涌道。」

「做作家是不是要記憶力強？他們不但記得很多，而且記得仔細。」走到青山公路荃灣段對面的8咪半商場，王莉說。

「根據馬國明的說法，每個人都可以記得這麼多，問題是沒有安詳地細心回憶的時候。」

「對，工作沒完沒了，下班和放假便不想動腦子。」

「結果在一個沒有記憶的社會裏，懷舊復古變成潮流，舊的東西成為時尚和商品。」

他們沿着馬路走，經過荒廢多年的美港貨倉，一座漂亮的紅磚建築物。王莉看到有遊客在鐵門前，拿起手機拍攝內部。他們再次走上天橋，進入荃錦中心，這又是一個熱鬧的地方，連接着新之城，還有在文於天的詩裏提及過的南豐中心，從商場出來，王莉才發現回到了荃灣港鐵站。暫別前，她問張志樂，有時間的話會回憶起什麼。張志樂作弄她說：

「要等有時間回憶才知道啊。」

回到西營盤的住處，王莉累透了，在梳化上睡着，醒來天已全黑，買回家的飯盒涼掉，連把它翻熱的力氣也不太有。但她還是爬起來，想要先吃飯，然後整理有關「非遺」的筆記。心裏對於自己何時變成「社畜」，不禁疑惑又慨歎。

手機有幾則張志樂發過來的短訊：

「回到家，決心放下要做的事，靜下來，花半小時好好去回憶。

「一開始不自控地想起近期的事，工作的、瑣碎的。

「慢慢童年的事浮現，想起在麥當勞吃蘋果批，不喜歡吃。想起觀塘有過租書店，想起從前會去的模型屋。想起在工廠區會有餐廳還是小吃店，賣傳統糕點店，母親會買香蕉糕給我。

「原來真的會回憶很多事。想起一些學生的臉，雖然不再見面。想起第一次遇到你的咖啡店。想起你在高街被鳥嚇倒，還有在香港仔也遇到過鳥。」

王莉有點生氣，忍不住回信：「怎麼老是記起我怕鳥的糗事？」

「我不知道啊，就是記起你。」過了一會，收到他的短訊說。

一分鐘後，來了另一個短訊：「我想到了加拿大，也一定記得香港的事。」

「我們還會一起去文學散步嗎？」

王莉在輸入框裏寫下這一句。

文學作品列表：

黃南翔〈住石屋的日子〉，《文學世紀》第 2 卷，第 2 期總第 11 期（2002 年 2 月），頁 54。（參香港文學資料庫）

阿濃〈三棟屋旁〉，《共行人生路》，香港：三聯書店（香港）有限公司，1990 年，頁 100。

麥樹堅〈從外緣到外緣〉，《對話無多》，香港：匯智出版有限公司，2003 年，頁 23-40。

布政峰〈眾安街〉，《字花》第 15 期（2008 年 8 月），頁 47-50。（參香港文學資料庫）

麥樹堅〈爨、爨地和爨地坊〉，《香港文學》第 414 期（2019 年 6 月），頁 38-41。（參香港文學資料庫）

斯濃〈爨地坊小販市場〉，《素葉文學》第 68 期（2000 年 12 月），頁 176-177。（參香港文學資料庫）

施友朋〈生活雜寫〉，《香港文學》總第 394 期（2017 年 10 月），頁 62-63。（參香港文學資料庫）

呂永佳〈遊樂場〉，《午後公園》，香港：匯智出版有限公園，2009 年，頁 39-41。

文於天〈有時有時——重寫也斯〈中午在鰂魚涌〉，《字花》第 79 期（2019 年 5 月），頁 72-73。（參香港文學資料庫）

歐靖堃〈福來邨的眼淚〉，《西新界故事》，香港：香港教育圖書公司，2011 年，頁 343-350。

馬國明〈荃灣的童年〉，《環頭環尾私檔案》，香港：進一步多媒體有限公司，1997 年，頁 72-97。

# 八　上環

西營盤的夜，無人的西邊街，遠處偶爾的車聲；冷氣機在低鳴，廚房的碗碟還未清洗，書櫃上不少未曾翻閱的書；唱機播放着輕快的爵士樂，小房子裏盪漾着咖啡廳的氛圍。

王莉窩在梳化，翻着圖書館借來的書，閱讀上環的故事。明天，便是文學散步的日子，連同中四丁班的夏子文在內，一共有二十個學生參加，譚尚琪也會隨團。有些學生是她認識的，都是認真、好學、聽話的學生，但不知怎的，她為明天的事緊張，感覺跟教育局或校內視察課堂差不多。她習慣在心裏為咖啡和食物打分，現在被評分的對象變成了自己。一股燒灼感在胃部打轉，好像轉出一個無底的漩渦。

張志樂發來的文學作品，她已讀過，也做了筆記。上星期四晚上，她看文章看得累了，打開手機的社交軟件，在第三個帖文看到張志樂在機場登機閘口拍的照片，目的地是多倫多，她點讚，留下一句祝福的話。他回了一個心，之後便再無消息，他的社交網站頁面不見新帖。

為了睡得好一點，她熱了鮮奶，站在客廳的小窗前，慢慢地呷着。風景都被四周的樓房遮擋，只有一條小縫，讓人看到被切割的街景。路燈把該處點亮，暖黃色調裏樹影微晃，寂寞無人聲。

第二天醒來，胃部的燒灼感仍舊，她吃了半片吐司，感覺胃部要穿一個洞，於是吞下胃藥，這是做教師的日子常備的，但很少連週末也要用上。手機熒幕除了來自社交網站的通知，還有兩則短訊，一則是譚尚琪的，一則是張志樂的。她趕着出門，根本沒有看一眼的時間。

沿西邊街往山下走，到德輔道西的西邊街電車站，乘坐東行的電車。兩層的電車，區分着兩個世界；下層的世界匆忙和熱鬧，老人坐在硬木椅上，談論菜價和早餐的點心，外傭摟抱想要奔跑的孩子，心急下車的乘客在駕駛倉旁等候。上層有拍照的旅客，上班族在風裏閉目養神，年輕人戴着耳機，隨車身和鍾情的音樂搖擺，一切都顯得悠閒和緩慢。如果有緣，遇到一二零號電車，還可以感受上世紀疏氣的藤椅。

那是阿濃的時代，電車上下層區分的世界更加鮮明，也更加殘酷。樓上是頭等，樓下是三等，頭等票價是三等的雙倍。在〈電車憶往〉一文裏，他描述下層擠擁的情景：一個沙甸魚的世界；年少的他早已明白，那是資本家故意擴大的階級差距。

但他還是喜歡電車，巴士的汽油臭味令他有暈車的感覺，坐電車便自在得多。不論上學、放學，到中上環購物都是靠它。沒有八達通和信用卡的年代，電車上有售票員，揹着錢袋，在車頭和車尾之間擠過，替乘客撕票、打孔、找錢。

穿過車票上的小孔，更多閱讀的記憶湧來。俞風的〈那時候的電車〉，記他與母親乘電車到上環看祖母，或是到灣仔探外婆。離開熟悉的世界到外面去，教他興奮又不安。接過母親手上的車票，有白色、綠色、黃色的，有時是棗紅，他總是要看上面的號碼和數字，把玩它，只因當年的電車彷彿比現在的走得更慢。他跟阿濃一樣收集電車票，阿濃在意編號，他卻按着不同顏色，把車票分別用繩綑好，放進盒子珍藏。

簡單、恆常的路線，穿梭在複雜、善變的街景中。電車駛離人稱七號差館的第三代西區警署，行駛在百多年前填海得來的地段，逐一經過忠正街、西源里、正街、桂香街等西營盤的街道。正街的傾斜度依舊嚇人，梅芳街的鹹魚檔在經年的日曬下消失。

駛過東邊街，一輛對頭的電車駛來，坐在上層車頭的男人，笑起來好像也斯。也斯曾跟法國的作家朋友同乘電車，由北角一直坐到上環。在〈電車的旅程〉中，他自問該怎樣帶友人認識自己的城市，狹小的廣場、醜陋的新建大樓、清拆的豪華戲院和樂聲戲院，文中提及的灣仔街市也早已變成住宅大廈，當上天和地產商把這座城市變得愈來愈陌生，他還是希望藉着異鄉人的墨鏡看清楚。

筆直的路軌也有轉彎的時候，在德輔道西九號，電車轉入干諾道西，也轉入昔日的三角碼頭，繁忙的轉口港、日軍殺人的地方，為求安心的市民暗地拜祭，盂蘭勝會因而舉辦，流傳下來，直到今日。

受不了柴油氣味的還有蒲葦，童年從鄉間來港的他，定居西環，無論坐巴士、小巴還是的士，都會暈車，只有蝸行的電車帶給他安全感，由西環坐到筲箕灣，下車後仍可走一條直線。他寫〈我和我的電車〉，認為坐電車的好處很多，不設冷氣的車廂，令人冬天不易着涼，夏天可以焗汗，也算健康。他相信電車之行是最好的公民教育，車尾上車，車頭下車，到站付錢，自成規矩；遇到塞車或意外，堵塞的電車守秩序地一字排開，如有必要，司機會讓乘客提早下車，車費隨緣樂付，不像上車先要付費的巴士。

到了這一段，汽車的柴油味逐漸換上海味鹹香。參茸行之間夾雜賣菜種的店舖，在遠離農田的玻璃幕牆森林，想像一棵青菜的成長。台灣作家蔡珠兒到中環碼頭乘船回大嶼山前，會在「陳萬合菜種行」買菜籽和肥料；這間老字號仍在，黑色雲石店面多麼的低調，佇守店門的老人在車窗外一閃而逝。

西港城百年不變的赭紅色，是摩利臣街為人熟悉的風景。這座建築物作過海事處的總部，也曾是上環街市的北座大樓。英國愛德華時代的建築風格，花崗石地基上疊砌紅磚，圓拱大門和窗戶，好像一雙雙眼睛見證上環的轉變。

電車由摩利臣街轉入德輔道中，西港城背後巨大的排氣管，驟眼看還以為是街頭裝置藝術品。王莉在禧利街電車站下車，熱鬧的市聲撲臉而來，她有點詫異自己變得跟張志樂一樣，能記住讀過的文章和城市的故事，但她沒有感到輕鬆一點，胃裏的漩渦仍在攪動。

她從上環站B出口走入地底，找到會合地點A出口。見譚尚琪和幾個學生到了，她說了聲早，便掏出筆和點名紙，想要開始工作，但卻被譚尚琪攔下來。

「什麼事？」

「這是給你的。」譚尚琪遞給她一個紙袋。

王莉接過，摸到是暖的。

「你吃早餐，由我來點名吧。」

「怎麼……你買了早餐？」

「我在短訊裏跟你說過了。」

「我還沒看……對不起。」她打開紙袋，是一個火腿芝士貝果。「謝謝你，太令人感動了。」

王莉問學生有沒有吃早餐，見有兩個女生搖頭，便與她們分享貝果。其實燒灼的胃部令她有點吃不下去，但這是譚尚琪的心意，她還是決定吃三分之一。

在她吃貝果時，夏子文來了，親自過來向她點一點頭。他穿着短衫短褲，也修了頭髮，跟學校裏的感覺很不一樣，但還是那個文靜的陽光男孩。

「你吃過早餐嗎？」王莉舉起貝果問。

「我不吃早餐。」

「不吃早餐卻長得這麼高？」

「我想跟你說一件事。」

夏子文小聲地說，王莉幾乎聽不到。她不作聲，等他說下去。

「還是晚點才說吧。」

王莉本想問他有什麼事，但譚尚琪開始派發筆記。有兩個學生來得特別遲，其他人便趁等候時閱讀文章，筆記上還附有今天的行程和路線圖。王莉帶來了工作紙，是她花了兩個晚上做的。

在她和譚尚琪輪流打電話催促後，兩個遲到的學生終於來了，王莉說了開場白，文學散步正式開始。今天由她擔當主持和導遊的角色，而譚尚琪則負責協助，主要在隊尾看顧學生，以免有人走失或發生意外。踏出港鐵站前，王莉不禁想到，如果張志樂在這裏的話，在隊尾輕輕鬆鬆的便會是她。

他們從A2出口走到永樂街，二十個學生在狹窄的行人道上一字排開，甚是壯觀，但也會妨礙其他路人，所以事前工作很重要，包括選定講解的地方。王莉早已選出幾個位置，第一個是禧利街和永樂街交界、便利店前的小片空地。

「上環是香港早期發展的地區之一，一八四三年起，便是華人聚居的地方，而英國人和外國人則住在中環。」王莉向學生講解說，「一八五零年代，許多華人因太平天國的戰亂逃到香港，帶來資金和營商經驗，令上環發展成華人主要的商貿區，有同學知道他們多經營什麼生意嗎？」

沒有人回答。路人懷着好奇的目光看過來，想從禧利街駛出德輔道中的汽車發出響號聲，把學生的注意力都吸引過去。

「他們其中一項生意可以在這條街上找到。」王莉自顧自說。

「便利店。」終於有一個女學生開口。其他同學聽見都笑了。

「很好的嘗試！不過一百多年前還沒有 7-11。」

「海味。」夏子文指一指對面街的海味店說。

「對！除了海味，米行、中藥店、鹹魚店都是華人的主要生意。今天是文學散步，讓我們回到文學作品。第一篇是〈這些年，我騷擾過的舖頭貓〉，作者是趙曉彤。有誰讀過？」

包括夏子文在內，超過一半學生舉手。

「文中記述二零一四年秋天的事。作者到上環商廈一間辦公室工作，因為是畢業一年半內第四份工，感到身心俱疲，像在煉獄一樣。她當時不想交朋友，所以上班、午飯時間和放工，經常獨自一人。有誰知道她怎樣遇到一隻貓嗎？」

「某日晚上作者下班，看到一隻非常漂亮的黃貓站在路邊。」一位中三的男生答。王莉沒教過他，但他臉上掛着的藍色膠框眼鏡很醒目。

「沒錯，」王莉點一點頭，「作者擔心她是走失的貓，又怕牠有危險，於是看着牠，貓發現了便躡手躡腳地飛奔進一間海味店。作者與老闆對話，才知道貓叫千金，歲半大。店裏還有一隻白貓，總是趴在店鋪裏的玻璃桌上。有同學家裏養貓嗎？」

沒想到是夏子文舉手，「從前養過，現在沒有了。」

「你家的貓熱情嗎？」

「忽冷忽熱的。」

「千金也一樣。最初，千金看見作者便會立即轉身跑到店鋪深處，後來雖然不躲避，但也不理睬作者。漸漸地，作者養成了新的習慣，她會一看見海味店便停下來，用眼睛搜尋店內的貓，也會隨身帶一件貓玩具。千金會抵不住好奇心和想玩的衝動，與作者玩一會，然後便別過臉不理她。可以說，是店鋪貓令作者適應煉獄般的工作環境，變得喜歡上環。幾年後，作者因事經過那間海味鋪，千金一見她，竟然快步走出來給她摸摸。不知道是千金記得她，還是變得熱情了。」

「貓的記性這麼好嗎？」一個女學生問。

「牠又不是你。」她的同學揶揄説。

兩人吵嚷起來，但又夾雜着笑聲。

「現在打開工作紙，在第一頁記錄海味舖出售的貨品，描寫店面的裝修。」

譚尚琪說，「如果看到貓，便寫在右下角的那個方格裏。」

宣佈任務後，王莉帶學生參觀永樂街上的海味舖，看到魚肚、海參、蟶乾，學生都感到新奇，當他們低頭抄下各種古怪的名字時，王莉學趙曉彤用眼睛搜尋店內的貓。結果，經過十多間海味舖，一共發現了兩隻貓。

一隻就在便利店對面的海味舖，是深褐色的虎紋貓，躲在木架子上的一排盒裝花膠後，如果不是牠轉着好奇的眼睛，大概是能完全隱藏起來的。這隻貓不怕人，但卻有點傲慢，就是不肯看手機鏡頭。王莉後悔沒有帶來貓玩具，在學生面前也不宜發出誇張的動作或古怪的聲音，任她舉起手機從不同的角度「進攻」，虎紋貓都巧妙地別過臉去，拍到的全是側面的照片。

另一隻是三色貓，那間店前有一條樓梯，牠又躺在玻璃櫃面上，高高在上，俯看眾生，甚有威嚴。還是牠在守護櫃裏昂貴的鮑參翅肚？那店的老闆不好客，明知不是來買東西的，瞪着他們看，王莉被看得有點不好意思，跟貓說再見，便着學生離開。

等學生寫完工作紙，他們便回到上環站 A2 出口，向前多走幾步，是一條叫文華里的小巷。

「台灣作家蔡珠兒寫的〈上環夢華錄〉提到這個地方，有人知道有什麼特色嗎？」

有的學生翻開筆記，有的觀察小巷尋找答案。

「是賣圖章的。」一把女生的聲音從後面傳來，不知是誰答的。

「對了，蔡珠兒在一九九七至二零一五年居於香港的大嶼山，她在癌症手術後，要到東華三院看中醫，吃中藥調養身體。去看病，順便逛街；在她眼中，香港的繁榮是有層次的，文中說：『香港的繁榮是填出來的，從港邊往山邊走，層層推進，有如橫切時間紋理，先跨過干諾道、德輔道這些大馬路，然後高高低低，走斜坡上階梯，穿越橫街窄巷，時空沿途倒流，卻又折疊交錯』。文華里是她逛街途經的地點之一，我們走下去，你會發現上環有不少斜坡和階梯，就跟文中說的一樣。」

一條短巷有十多家圖章攤檔，除了現代常見的原子印，小攤的玻璃櫃子裏還藏着玉、竹、骨、石等不同材料造成的圖章。

「圖章又叫印章，可以取代簽名。師傅會按客人要求，在圖章上刻字，也可以印圖案。」說着，便指示學生一個刻了小狗頭像的圖章。

「譚老師也有用圖章的，會在一百分的默書簿上蓋上 My Melody。不過我沒試過一百分。」那個戴藍色眼鏡的中三男生說。

「下次你默書一百分，我便印給你。」譚尚琪笑着說。

文華里極短，但要是仔細欣賞精緻的圖章，或是觀看師傅雕刻的手藝，也可以看很久。他們走上文咸東街，再轉入蘇坑街，街上混雜不同時代的樓宇，有五層高的舊樓、十多層高的洋房，還有數十層、富科技感的商業大廈；與威靈頓街相接的一段，開着不少餐廳，提供多國的菜式。王莉告訴學生，早期這裏的商店主要售賣蘇州和杭州的布疋、絲綢，因而得名。

「不過它還有一個更早的名字。」

「是什麼名字呢？」中三男生問。鏡片折射一縷閃光。

「很快你便會知道。」

在蘇杭街和孖沙街交接的地方，有一間專賣傳統涼果的店舖，名叫「王榮記菓子廠」。招牌的楷書寫得剛勁有力，門外掛着兩個紅燈籠，櫥窗裏擺放的不是貨品，而是報導和品質證書。

「這間菓子廠創立於一九零一年，現已傳自第四代，賣的是涼果，從前的人又叫『口立濕』，意思是吃完會滋潤口腔和喉嚨。有誰吃過嗎？」

學生都搖頭，露出疑惑的表情。

「可能你們吃過也不知道。」

推門入內，小小的店面馬上擠滿了人，牆上掛着黑白照片，曬涼果、全家福，都在黑白的光影中定格。看到架子上的涼果，墨黑、乾癟、古老，裝在膠袋或膠樽裏，一些學生好奇地拿着看，一些露出沒趣的表情，還有一些認出嚐過的味道，當中又以山楂餅、話梅最為他們熟悉。遇到從沒見過，或不知功效的，看店的婦人都樂意熱心地講解。

「怎樣？有吃過吧？」王莉問。

「小時候喝苦藥，外婆會給我吃這個。」夏子文拿起一顆嘉應子說。

接過那顆用藍梅花白色底紙包裝的嘉應子，王莉想起母親。她篤信中醫，有時看診後回家，飄滿中藥材氣味的袋子裏，也能找到一把嘉應子。

「剛才提到的作家蔡珠兒也會來這買東西，她推薦的是靈芝話梅。」王莉轉向其他學生說。

王莉與譚尚琪按照計劃，買了些涼果讓學生嚐試。付錢時她想到，如果張志樂在場的話，一定會買很多很多，多得連背包也塞不下。或許，他會說一個有關涼果的文學故事也說不定。

一行人吃着山楂餅、八仙果、甘草柑桔和靈芝話梅，繼續走在蘇杭街上。週末上午的上環內街，行人不多，私家車停泊路邊像一頭頭憩息的牛。王莉知道要趕在午飯時間的高峰期離開這區，避免飢腸轆轆的上班男女。

來到蘇杭街一百一十二號，他們停在一個富有中國傳統色彩的紅色門面前，雖然拉下了鐵閘，但學生還是從兩旁的金漆招牌猜到店裏出售的東西：右邊寫着「源廣和硍硃店」，左邊寫着「源吉林甘和茶」。

「這店既賣顏料，也賣涼茶，這種甘和茶俗稱盒仔茶，茶葉裝在一個小紙盒裏，可以清熱解暑，生津止渴，感冒的人也很適合。這座唐樓建於一八八九年，跟附近的大廈不同，三層高，二樓有木門，三樓有精緻的通花欄杆；現時是一級歷史建築。而源廣和和源吉林在一九二三年開始在這裏營業。」

有學生木木地聽講，也有人拍照和寫筆記，其中一個女生畫下門楣上的註冊商標，那是一個圓形的吉字。

「大家靠近一點看，註冊商標下有一個小小的門牌，看到嗎？上面寫着乍畏街 112 號，但這裏明明是蘇杭街啊。」王莉說。

「因為招牌是在乍畏街搬來的。」那個中三男生叫出來說。

「這次猜錯了，下次努力啊。其實乍畏街是這條街的另一個名字。話說有一名英國將軍，名叫威廉·乍畏（William Jervois）。一八五一年十二月上環發生火災，有幾百間房屋燒毀，他領導災後重建工作，用災後的廢料填海，開發了這條街道，他便用自己的名字 Jervois 來命名。不過，正如剛才我說過，乍畏街上有很多蘇、杭商店，所以華人都習慣叫它蘇杭街，現在我們還可以在路牌上看到中、英名字的不一致。」

蘇杭街的盡頭連接摩利臣街，可以看到一座巨型的政府建築物，比起唐樓，簡直是巨無霸，集街市、熟食中心和市政大廈於一身。學生對它也不陌生，因為五樓是上環文娛中心，可以看話劇、舞蹈，甚至參加朗誦比賽。

沿皇后大道西走到水坑口街，發現街角一座富有情懷的白色唐樓，外牆飾以綠色的裝飾線條，寫上店名和出售的貨品，什麼金豬、臘味的。不用老師吩咐，學生之中便有人掏出手機拍照。

「這座在皇后大道西一號的唐樓，估計建於一九一三至一九二六年間，曾是燒味店有合記的舖址，也曾經營過涼茶店。看那水磨石招牌和廊柱，不但獨特，也是上環居民的集體回憶。外牆和廊柱上用北魏書體寫有許多廣告字句，是著名書法家區建公的手筆。」

那些廣告字句例如「聘禮金豬臘味總匯」、「金華茶腿南安臘鴨」，令學生想起唐詩宋詞，令王莉和譚尚琪啼笑皆非。

水坑口街還有比有合記更古老的故事。王莉讓學生翻開筆記，讀俞風的〈水坑口街〉，並聊起自己也本不知道的舊事：

「文中描述皇后街、威利麻街和現時威靈頓街公廁附近一間已結業的得雲大茶樓，是昔日的三個海角，皇后街的尖角居中，作者想像『昔日大概亂石嶙峋，其側是溪澗入海的河口，俗稱水坑口』，這便是水坑口街名字的由來。他又說『水坑口對上是無名的小山崗，登臨可眺望昂船州、馬灣，和馬灣後面更遠的起伏的羣山』，而現在水坑口街只是一條斜斜上坡的短街，平平無奇，特別的是它的英文名字 Possession Street，意思是佔領街。」

「是日軍嗎？」一個中四的女生問。

「是英國人。」夏子文站在隊伍的後列說。

「是英國人。」王莉說，「文中提到一八四一年一月二十六日上午，幾艘多桅軍船從伶仃洋駛入昂船州以南寧靜的海面，一輪槍炮聲後，軍隊登上水坑口側的小山崗。」

學生站在斜路上，看着車輛往上行駛，難以想像流了幾百年的海水，到哪裏去了。耳邊再次響起老師的聲音：

「過去百多年，水坑口街發展成小販擺賣的大笪地，以及華人社會的中心區，南北行、錢莊、茶樓、煙館林立，曾經非常熱鬧，但如今只剩尋常民居了。走吧，前面有一間有趣的店，賣的正是日常用品。」

王莉說的店，是水坑口街上的朱榮記，門面殘舊，因掛滿藤器、掃帚、地拖，大小貨品又堆得高，令人幾乎看不到入口。店裏貨品放得更亂，一不小心便會被掛起來的東西碰到頭，令人感覺走進被颱風肆虐過的博物館。

「這是一九五九年開業的店，現在我們會叫雜貨店，但正確名稱是山貨店。山貨是以竹、藤、麻及草等取自山野的材料製成的用品。去東華醫院之前，蔡珠兒也會來購物，文中是這樣描述的：『店中堆積如山，僅容一人側身擠過，可是博大精深。豬撲滿，雞公碗，洗衣板，瓦煲陶缸，棕簑掃把，蒸籠提籃，還有久違的篾編竹簳，可以搓湯圓和曬菜乾，我每次來，都能找到寶』。我們也進去看看寶物。」

除了山貨，塑膠製品也不少，學生感興趣的是豬仔錢罌、西瓜波、駱駝牌保暖壺；沒有老鼠的老鼠籠已足以嚇怕女學生。夏子文沒有走進店內，而是凝視着老闆養在店門前的一箱烏龜，一共四隻，在渾濁的淺水裏曬太陽。

「烏龜是非賣品啊。」王莉來到他身邊說。

「我只是看看，」他頓一頓，思考準確的說法，「外面的世界變得這麼快，但牠們卻很慢，甚至一動不動，完全活在自己的節奏裏。」

「羨慕牠們？」

「不，這樣會被淘汰，」夏子文回頭看進朱榮記裏，「像這家店，如果不變的話，總有一天會消失。」

果然是年輕人的想法，王莉心裏想。

「是啊，我也這樣想。」她看着四隻烏龜，「但我又會想，如果烏龜變得跟兔子一樣快，牠還是烏龜嗎？」

「可能是電子烏龜。」

王莉覺得這個想法很有意思，便記在心裏。

二十多人的文學散步團，要過馬路也不是易事，有時一半人過了，行人過路燈便轉紅色。譚尚琪負責看顧掉隊的學生們，王莉和另一批學生在對面等。這時，調校到靜音的手機震動，她從手袋裏掏出來看，沒想到是張志樂的視像電話。她猶豫要不要接，畢竟正在工作，但見行人過路燈遲遲未變綠色，學生們都低頭玩手機，又擔心張志樂是不是有事，便按下接聽鍵，他的臉在熒幕上閃現了一秒，瞬間變成雜訊，但聲音還是聽得清楚。

「你怎麼突然打來？遇到什麼事嗎？」

「我跟你說過會找你的，你沒看短訊？」

「今早太忙還沒看。」看到他的臉再次出現，王莉說：「對不起。」

「你們走到哪裏？」

「剛走過荷李活道，下一站去東華醫院。」

「你有帶流動電源嗎？」

「有，什麼事……你要我直播給你看？」

「直播文學散步，這樣我也能參與了。」是他熟悉的笑。

「你在家裏嗎？」

他點一點頭，「在書房，看見嗎？背後還有一些未拆的箱子。」

「但我要看顧學生，不能……」

「你拿着手機便可以了，我只要聽到聲音，畫面反轉或是看不清也沒所謂。」

「這樣不太好……」

「先去東華三院，然後帶你去看貓。」

譚尚琪帶着學生來了，見王莉有點為難的表情，問有什麼事。王莉展示手機，把事件告訴她。

「這小事吧，你像平時一樣拿着手機不就行了？況且還有我在，你放心。」

「好吧，看在譚老師的份上。」王莉向張志樂瞪一眼說。

從普仁街走下去，便會看到右邊的東華醫院。第一個印象是一座寬大的建築物，好像一幅淺黃色的巨牆，飾有粉紅色的橫線。王莉讓學生在正門前站好：

「你們都聽過東華三院，但到底是哪三院呢？原來是指上環的東華醫院、銅鑼灣的東華東院和旺角的廣華醫院。其中歷史最悠久的是我們眼前的東華醫院，第一代建於一八七零年，而這座第二代則是一九三三年重建的，這一切都要從上世紀說起……」

在多倫多，張志樂坐在書房，旁邊放一杯茉莉花茶，手機畫面裏只有香港的柏油路面（王莉握在手裏無意拍到），但已教他懷念，懷念的還有她的聲音。

「早期香港沒有公立醫院，有病的華人大都會到上環的廣福義祠，但那裏衛生環境惡劣，到了一八七零年，政府頒佈法例，創辦香港第一間華人醫院。兩年後，東華醫院正式啟用，為貧苦市民提供免費中醫藥服務。

「同學可以翻開筆記，也斯在〈從西邊街走回去〉尾二段寫到：『在墳墓街那邊擴建新的醫院。現在街名已經改過來了，帶着仁心仁術的想望，醫院擴建和合併，已經有好一段日子，門前堆滿籌款的鐵箱，在對面又正在建築另一幢新廈。但走進醫院，在嵌滿善長姓名和照片、刻滿對聯和賀詞的大堂那兒，在當中的地方，你還會發現一幅神農氏的繪像。這兒原是中醫的醫院，後來為了適應社會的需要、疫症的複雜，才又增添了西醫』。改了街名的墳墓街在哪裏？就是這條普仁街。」

走進醫院大堂，正如也斯寫的「嵌滿善長姓名和照片」，初中的學生看到黑白的人像照都有點怕，但很快他們便被金碧輝煌的佈置吸引。頭上的大型水晶燈閃着炫目光彩，金色牌匾在深褐色的酸枝家具映襯下更加奪目耀眼。也斯留意到神農氏的繪畫，王莉和學生們卻更在意清代光緒皇帝所賜的牌匾「萬物咸利」，匾額上有光緒的印璽，以及一個凸出的立體金龍頭。

「這個牌匾不是因東華醫院的興建所賜的，而是一八八五年廣東和廣西水災，東華籌得十萬元善款賑濟災民，於是光緒特賜這幅牌匾表揚。萬物咸利的意思是天下萬物也受惠於善舉善行。」

學生還未從豪華大堂的震懾中走出來，張志樂的臉在卡住的視像中不時浮現，有時這張臉會定格在微笑，有時若有所思，一旦看見定格在古怪的表情，王莉便馬上截圖，心裏狂喜。

「在太平山街有一間科記咖啡餐廳，可以去看看。」張志樂說。

「有貓？」

「應該會遇上的，餐廳對面就是廣福義祠。」

太平山街連接着普仁街，走到一道樓梯前，便會看到左邊的科記咖啡餐廳，門前垂下兩張白色的膠簾，用大大的紅字寫着「科記豬扒飯」和「科記牛肉麵」，想是招牌菜。午飯時間未到，已有三枱客人，有吃豬扒麵的，有吃多士的，有吃豬扒蛋飯的；男侍應一隻手抓着三杯冰飲的杯底，快步在狹小的店裏穿插。

一個女學生發現餐廳門邊放了兩個紙箱，一個有藍白帆布做的蓋子，一個沒有，都是貓窩，兩個紙箱中間放了飲水的小碗。一隻黃白色的長毛貓在有蓋子的窩裏睡覺，單手掩面，肚子朝天，完全不怕路人偷襲似的。幾個學生圍了上去，用手機拍照「捕獵」，有人伸手想感受貓毛的觸感。

「喂，同學，木牌上寫着『禁止摸貓』，看到嗎？」譚尚琪仰前，用下巴指向木牌說。

餐廳面向磅巷的一面牆，有圖文並茂的餐牌，王莉拍給張志樂看：

「是不是很想吃？」

「想啊，我想吃什扒飯，喝老火湯。」

「回來吃吧。」王莉向着鏡頭做一個「來吧」的手勢。

「王老師太殘忍了。」

「你哪裏幾點？」

「差不多凌晨十二點。」

「你不瞓嗎？」

「還好，適應時差後，我又變回夜貓子。」

餐廳對面寫着「勝地」的紅色高臺上有百姓廟，既是廣福義祠，也是濟公廟。王莉與學生再讀也斯的文章，文中記載「廟裏擺滿了各種各樣的神像：濟公、關公、黃大仙、綏靖伯。綏靖伯據說是驅疫的功神。百姓祠裏供着各姓的牌位，有些新添了紅紙和金箔，有些薰黑了一片，已經沒法辨認上面的字體了」，讀過這個片段，王莉不忘告訴學生，廣福義祠現在是二級歷史建築。

「總共有多少級？」中三男生托一托眼鏡問。

「我知道！」譚尚琪搶答，「這是根據古物古蹟辦事處的定義劃分的，總共分三級。三級是指具若干價值，但未足以獲考慮保存的建築物；而二級是具有特別價值，必須選擇性地予以保存；最後一級則是具有特別重要的價值，必須儘可能去保存的歷史建築。」

她一口氣說完，叫王莉刮目相看。「譚老師修歷史的？」

「不，我只是之前曾報讀過一個相關的短期課程。」

百姓廟跟一般中國廟宇一樣，用色多是紅、黃、綠，單獨使用難免庸俗，但王莉覺得若然加一點老舊和歷史感，便變得脫俗、耐看，有韻味。在她欣賞廟內的用色時，學生看的是盤蛇似的塔香、廟裏鐫刻同治二年字樣的銅鐘，還有鑲在玻璃牆上的濟公衣衫，葵扇、佛珠、藍布衣；譚尚琪問他們角色扮演時會穿這身衣服嗎，學生都搖頭。

讓學生在磅巷公廁梳洗後，王莉帶着他們走上長長的樓梯，來到普慶坊。比起永樂街和水坑口街一帶，這裏寧靜得多，沿街有咖啡室、髮型屋，但平日大都休息，只有小學和球場傳來聲音，一個穿背心的男人在籃球場練習射籃，一個老婦人在排球場上散步，自得其樂。

普慶坊另一頭也有一道樓梯，但比剛才的要短得多。一個女人拖着黃狗慢慢地下來。往上走來到香港醫學博物館，學生雖然又熱又累，但一看見這座建築物，也有不禁「嘩」的讚歎起來的。中式屋簷下是英式的紅磚、寬闊的走廊，黑色的鐵梯和欄杆，鮮黃的橫向裝飾帶像絲帶般，把建築物本身包裝得像一份精緻的禮物。

走進博物館大門，會先經過草藥園，王莉對花草不熟悉，所以心情跟學生一樣，覺得眼前的植物既美麗又陌生。它們形態各異，例如一種叫落地生根，下垂的花像一串青葡萄。蓖麻的花柱則像海星的紅色觸手。

「這裏的前身是香港細菌學檢驗所，一九零六年成立，負責監控和預防疾病。一九九六年活化成博物館，現在是法定古蹟。」

王莉帶學生走到博物館的大門前，這個角度可以看到圓柱、黑色的大窗框，更見宏偉。

「你們知道當時最可怕的疾病是什麼嗎？」

「愛滋！」「流感！」「新冠肺炎？」學生搶答說。

「答案是鼠疫。下一道問題，有誰知道在這裏要讀哪篇文學作品嗎？」

「西西的〈醫學館〉。」夏子文想要確認答案似的舉手說。

「對了！文中寫到前來的方法，西西建議的是從中環乘自動扶手電梯，從堅道沿樓梯街旁花徑上走，便不需爬百級樓梯了。另外，她也寫到這裏的運作和展覽，原來這裏的正式員工才一名，其他都是義工。展覽方面定期會有特展，常展可以看到手術台、麻醉儀器、放射治療和採牛痘桌，讓人認識香港早期的醫療情況。作者說到香港醫學的特別之處，有誰知道嗎？」

「是既發展西洋醫術，又保留中國傳統草藥治療，兩者相輔相成。」是那位問貓記性好嗎的女生。

「沒錯，不過西西知道博物館缺乏經費後，在文中不禁感慨：『如果香港連小小一座有特色的歷史文物館也不能維持、保護，還奢談什麼國際大都會』，這是我們值得思考的。」

回到相連普慶坊的樓梯，沿旁邊的水池巷向下走，在必列者士街，他們找到了另一座紅磚建築物，比醫學博物館大。

「這裏是香港中華基督教青年會必列者士街會所，於一九一八年啟用，現時是法定古蹟。它亦是香港首個專為華人而設的市民會堂及體育場館，包括香港首個室內暖水泳池，是當時的前衛設施。中國作家魯迅曾在這裏的大禮堂演講，那是一九二七年二月十六日和二月十九日，講題分別是〈無聲的中國〉和〈老調子已經唱完〉。兩篇文章都在筆記裏，回家後可以細讀魯迅演講的是什麼。

「另外羅隼在〈紅磚屋的文學因緣〉記述從前往大安台時，經常看到青年會。」王莉繼續說，「他還簡明地節錄魯迅演講中的一些重點。其中我認為與同學有關的，是不要怕自己的作品幼稚，因為『幼稚是會生長，會成熟的，只不要衰老、腐敗，就好』，希望大家會記住。」

「王莉老師！」一把聲音不知從哪裏傳出。

「哪位同學有問題？」王莉問。

學生互相對望，卻無人回應她。

「王莉老師！」這是一把男人的聲音。很近。

她這才意識到是張志樂在喊她。

「我忘了手機裏還有一位參與者。」王莉舉起手機。學生都笑了。

「我想補充。」張志樂在直播裏舉手。

「你說吧。」

「我想說青年會是由芝加哥設計師設計，採用當年興起的芝加哥建築風格。特色是開始使用鋼架，但早期仍保留傳統的紅磚外牆。用鋼架的好處之一是可以支撐大窗，這是磚砌建築物很難做到的。同學還可以留意青年會頂層有白色的柱廊，這些柱廊呈現古典建築的美態，但在芝加哥風格的建築中只是裝飾。最後，看到它的瓦頂嗎，綠色的琉璃瓦。瓦頂是斜下來的，這種尖頂設計有助把雨水送走，是專門為了香港天氣而造的。」

「謝謝張老師的補充。」

聽着這一番講解，王莉找回了跟張志樂兩人去文學散步的感覺，忽然發現胃部的漩渦不知在何時平息了。是貝果的作用？還是他的出現教人安心？

學生和譚尚琪跟着王莉，走到青年會旁一條長長的樓梯，發現自己正在樓梯的中段，往下還有好幾層，往上也似乎可以通到很遠，兩個方向都被栽在樓梯中央的綠樹遮擋，看不到樓梯有多長。一些學生們開始擔心在攝氏三十度下，再往上走可能會中暑。

「這條樓梯其實是一條街，」王莉說，「它的名字就叫樓梯街。我們不妨看筆記裏的一首詩，作者是鄭政恆。這詩以樓梯街為中心，串連起上環幾個地景，包括我們剛才經過的醫學博物館。現在由我讀唸這一段，然後請同學替我們唸另一個片段，其他同學可以一邊聽，一邊留心觀察詩與現實重疊的風景。

「好了。詩的第六段是這樣的：

我們將樓梯街遺留在背後
走進石垣下面的一條陰暗小巷
巷子盡處的醫學博物館
曾經給童年時的你許多奇詭幻想

「這位同學可以替我們唸第四和第五段嗎？」王莉邀請的是那位經常答問題、戴藍色膠框眼鏡的中三男生。

他有點靦腆地點一點頭，把手上的筆記拉直，發出在變聲與未變聲之間的青少年特有的聲線：

「你喜歡青年會赭紅的外牆、漆黑的鐵梯
凹凸不平的壁上長出了點點青苔
你伸手撫摸時間的牆壁
帶不走的記憶在指縫間隱現

我還是喜歡青年會靜靜的屹立
那裏曾經有激奮煽動的演說
於無聲處有太多脆弱的期望
而我聽見喧嘩如溯的沉默」

「謝謝你，讀得非常好。第五段提及『曾經有激奮煽動的演説』，指的便是魯迅在青年會的兩次演講。」

「老師，詩中的『你』是誰？」夏子文問。

「詩裏沒有明説。一般來說，詩人會寫真實的朋友，或是虛構的人物，不論真與假，都是詩人私密的訴説對象。還有一個可能，是詩中的『你』是『我』的第二人稱，可視作詩人自己的化身。鄭政恆〈樓梯街〉裏的『你』，會伸手撫摸時間的牆壁，喜歡赭紅的外牆和漆黑的鐵梯，跟『我』喜歡青年會靜靜的屹立不同，那你們認為詩中的『你』是上述三個情況的哪一個呢？」

學生沉默着，不知是在思考，還是太累。夏子文則回看青年會，好像要在離開前再看一眼詩中寫的「帶不走的回憶」。

有的學生知道向下走後，暗暗鬆一口氣。很快，他們便走到樓梯街並非樓梯的一段，這一段有行人路與車路，連接着四方街。走到這裏，可以嗅見文武廟傳來的燒香，在廟門前，有外國遊客舉起單反相機拍照，有穿旗袍的年輕女人，讓朋友用手機替她打卡留念。

「進廟裏參觀前，讓我們先讀筆記。有關文武廟的筆記不少，首先是也斯的

〈從西邊街走回去〉，」王莉讓學生在廟門的竹子牆前排開說，「文中最後一段，也斯感慨：『文武廟變成遊客的觀光區，我看見一個外國人進來求籤，並且買了一本用英文解籤的硬皮書。年青一代走進來，看見後面的神像，燃點的香火，立即想到無數港產片中的武打背景、擺出不同的招式來。大家漸漸忘記了：走這一段路，從這些街道和房子那兒，本來是可以知道多一點歷史的』，啊，你們會想到港產片嗎？」

學生都搖頭。

「說不定會想起電玩遊戲。」王莉聽到張志樂說話的聲音，「廟裏有關羽像，會令人想起《三國無雙》或其他改編自三國的手機遊戲。」

幾個男生聽見，都輕輕點頭了。

「改編總有史實的根據吧，所以正如也斯說的，我們也可以多認識一點歷史。他在文中說到：『文武廟那兒，過去原是訴訟和裁決的地方，是華人社會的一個中心點』。

「另外，魯野寫的〈行走香港地——荷里活道〉，則提到十九世紀時，華人不會叫這條路做荷里活道，而是叫它文武廟直街，原因當然是這座廟。它原先可能是一座小神龕，但華人富商出錢改建，漸具規模。廟裏有一個銅鐘刻着一八四七年的字樣，由此我們估計改建年份不會晚過一八四七年，即清道光二十七年。喜歡看穿越劇的同學，我們一下子便返回清朝了。」

廟內環境與百姓廟差不多，牌匾、屏門、銅鐘、塔香，但規模大得多了。走到廟內，學生一下子便走散，王莉和譚尚琪分頭行事，一方面提醒他們要安靜，要禮貌，另一方面不忘介紹廟裏的事物。廟裏祭祀的文帝和武帝，化身神像，包括拿筆的文昌帝君和持劍的關公。雖然關公威武，又有遊戲「加持」，但學生對文昌更感興趣，據説用蔥把和芹菜來供奉，取其諧音「聰明」和「勤力」，就能考得好成績。

「譚老師，你去幫我們買蔥和芹菜。」兩三個女學生拉着譚尚琪嚷道。

「你們不要大聲説話。我不知道哪裏可以買到。」

「你用手機查看，買來給我們拜，我們要好成績。」

「要好成績還是得靠自己。」譚尚琪沒好氣説。

「我們會努力，但拜了不是更好嗎？」

「……用手機，你們用手機裏的青蔥和芹菜照片拜也一樣。」

學生們忍不住大笑，馬上被譚尚琪制止。

幾個初中生抵不住香火嗆鼻的氣味，退回廟外，王莉便陪他們等。同時把廟宇外部的裝飾，例如石灣陶塑、花崗石雕、木雕和壁畫等拍給張志樂看。

「還是親眼看比較漂亮。」張志樂靠在椅背上伸懶腰說。

「當然了。我喜歡翠綠的瓦頂，在陽光下真如翡翠。」

「香港很熱吧，我見你的頭髮都黏在臉上了。」

「是啊，」王莉馬上撥髮，整理儀容，「多倫多的天氣呢？」

「這幾天徘徊在十六到二十四度，夏天是挺怡人。」

「羨慕。」王莉撅嘴說，「不要回來了。」

「真心？」張志樂把臉湊到熒幕前，好像要跳出來。

「不理你了。」

王莉集合學生，帶他們走一小段荷李活道。同時根據魯野的文章，告訴他們荷李活道是英國人來到香港後，第一條開闢或擴建的道路，一開始是為了連接西營盤和中環的兩個軍營，但到了一八四二年，則轉為行政和經濟用途了。它的名字跟拍電影的美國荷李活無關，而是因為種有許多冬青樹，取冬青樹的英文名

Hollywood 命名的。

「那是很久以前的事了。現在你們在荷李活道看到最多的店鋪是什麼？」學生抬頭看招牌，它們都有奇怪、但又古色各香的名字，例如天和齋、裕古堂、天景行等等。探看店內，是佛像、酸枝傢俬、金器、銅器，對他們來說，都是在博物館裏才會看到的東西。

「是古玩店。」一個女學生說。

「不錯，現在的荷李活道變成遊客必到之處。我們有一篇小說跟這裏有關，那是鍾玲的〈過山〉，有同學讀了嗎？」

幾個學生舉手，那位中三男生說：「是鬼故來的。」

「是啊，結局還有點恐怖。不過我們先看第一段，作者對荷李活道有一番詳細的描述：『荷里活道是香港著名的古董街，路面黑色的瀝青，多年來一層層地上，像是古老年間漆棺木似的，不下雨也顯得溼溼重重。這條狹猛的街道倚着山坡，路面不是上傾，就是下斜，兩旁舊式的樓房，像水中倒影似地歪斜立着。古董店一家家，小店面，窄窄的門，有如水底洞穴，裏面總是幽幽暗暗的』。

「小說的主角紫燕走進一家古玩店，看中一隻『過山』的玉鐲。『過山』是指鐲身有細細的一圈，首尾相接的裂痕，但沒裂到心裏，所以玉鐲沒斷開。雖有瑕疵，但紫燕實在喜歡它，便買下來了。買了之後才知道，原來玉鐲的精靈來索她的命……」

「為什麼？」兩個中四的女生聽得緊張起來。

「那是因為紫燕的前生是南越王妃，為了保命，害死一個與她長得相似的舞姬。玉鐲出土後，精靈便尋找紫燕要為它的主人報仇。」

「原來古玩這麼恐怖。」其中一個女生對她的同學說。

「那是小說情節而已，不用怕。」王莉覺得她們傻得可愛，「現在就帶你們去看古玩，有興趣的可以買回去。」

沒錢！背後幾個學生異口同聲說。

從水池巷的小樓梯走下去，便是嚤囉上街，夾在兩旁的舊式大廈之間，比荷李活道更狹隘；除了有古玩店外，還有開在街上的排檔，檔主都愛在小檔四周放桌子，展示佛像、玉器、字畫等貨品，拓展他的古玩世界。

「樓梯街也可以通到這裏，鄭政恒的〈樓梯街〉第二段便說：『街角的小古玩店黑暗如河／陳列着瓷器、象牙、名畫與雕刻／仿製的贋品與來歷不明的真品混雜地放置／拼湊出歷史朝代的錯綜圖像』，除了買東西，我們也可以感受這些古玩拼湊出來的歷史氛圍。

「好了，現在拿出你們的工作紙，一邊參觀這條短街，一邊記錄你的觀察和發現。十五分鐘後，我們在街尾集合。」

學生夥同相熟的同學，兩、三個一組在嚤囉街上散開。夏子文獨自走到一個攤檔前，看到昔日的雜誌和刊物，《良友畫報》、李小龍照片、戴安娜皇妃做頭版的報紙，很多陌生的面孔，明明是過去的，他卻感覺新奇，拿着筆的手開始在工作紙上寫字。

「你累嗎？快到最後一站了。」譚尚琪過來問道。

想起今早的貝果，再看着眼前這淡淡卻又堅定的笑容。她真是一個體貼的女生。王莉心裏一陣感動。

「我沒事。你想喝點什麼嗎？我知道這裏有一間咖啡店。」

王莉趁機拉着譚尚琪走到嚤囉街和水池巷街角的半邊咖啡，午飯時間已到，雖是平日，但咖啡店已坐滿人，反正她們是來買外賣的，不怕。王莉點了冰白咖啡，譚尚琪則點冰美式咖啡。拿着冰冷的杯子，涼意從手傳到身上，驅去溽熱，一陣頭皮發麻，令王莉覺得很爽。這時，她的手機連接着充電器，直播仍在繼續。

「是半路咖啡，我很久沒來過。原來它擴充了，租下了旁邊恒隆古玩的舖位。」張志樂看到王莉在熒幕前炫耀手上的咖啡。

「這位是譚尚琪老師，這位是張志樂。」

「我們在學校裏碰見過。」譚尚琪向熒幕揮手。

「見過一兩次面，現在終於有機會認識了。」

「以後我和她去文學散步。」王莉拉着譚尚琪的手説。

譚尚琪不知兩人在説什麼，看看她，又看看他，陪笑着。

「這很好啊，能夠把文學散步延續下去。」張志樂説，「你會跟同學分享也斯的〈拆建中的嚤囉街〉嗎？」

「會，怎麼了？」

王莉走到在嚤囉街向着樂古道的盡頭等待學生。譚尚琪則去把他們找回來。最先來到的是夏子文，被問到工作紙上寫什麼，他不肯説，還把工作紙摺起。王莉不強迫他，咬着紙飲管，遙看街的另一端，看到學生們都慢慢地向這邊走來。

「王老師，我想跟你說一件事。」夏子文走近，但沒正眼看她，看着路面說。

「在港鐵站的時候你便想說了，是什麼事？」

「上次你給我的文學比賽海報……」

「我記起了，你有參加？」

他點一點頭，「得獎了。」

「真的？」王莉很高興，搖着他的手說。

放開他的手，才記起自己的手因冰咖啡濕了，有點難為情。但高漲的情緒要暫時壓下來，因為學生都回來了。王莉請他們分享在工作紙上寫下的東西。有人描寫懷舊玩具，有人記錄玉器的不同造型，有人發現米奇老鼠混入神像之間，有人找到一間專賣香料的店，描寫它神奇的香味；有一位女學生把看到的美麗寶石畫下來，她還問過檔主其中兩三塊的價錢，其他學生聽到了，發現尚算便宜，便爭論是真貨還是假貨。他們問老師，王莉和譚尚琪也表示不知道。

「談到真假貨品，我們來讀陳寶珍的散文〈假得妙〉。」王莉趁此機會介紹文學作品說，「作者獨自來到嚤囉街尋找精品。這些精品多是沒人欣賞，被貶謫於日用舊貨堆中的。她買了三根簪子，簪頭上各鑲着『半顆鵪鶉蛋大小的，鮮桃紅色半透明的碧璽』。但其實那不是碧璽，是工藝玻璃，行內人叫做『料』。『料』可以模仿珊瑚、琥珀、蜜蠟、瑪瑙、水晶、青金石等等。」

「那些寶石也是『料』嗎？」有學生問。

「我不知道。你們認為是真貨好呢，還是假貨好？」

當然是真貨。學生這樣說。但有人卻說，便宜又好看的話，假貨也沒問題。

「你們都說得對，看事情可以有多個角度。陳寶珍在文中說，不要以為玻璃就是不好，前代人卻視之寶物，她舉的例子是《紅樓夢》，賈寶玉夢遊太虛幻境，看到『瓊漿滿泛玻璃盞，玉液濃斟琥珀杯』，可見玻璃跟琥珀都是仙境的寶物。

「更重要的是，作者認為有些假物是因着貪財，例如假蛋假藥，會傷害別人。至於用玻璃仿玉仿寶石，是因為它們勝於天然，有些比真貨更美，而且真珊瑚和真玉石要勞師動眾去開採，用『料』去仿造就可避免。假的也有好處，題目的『假得妙』就是這個意思了。」

接着，王莉與學生走過幾步，停在水巷和東街之間，一間沒有店名的小舖前。驟眼看，這是一間銀色的店，銀色的捲閘、銀色的鐵箱、銀色的鐵板……店內塞滿雜亂的工具，幾乎佔了全部的空間，一個白髮老人坐在店前，背後是一卷卷的鋼絲，他用錘子敲打鐵器，使之造型，鏗鏘的打鐵聲時急時緩。

「筆記裏還有一首詩，是也斯的〈拆建中的嚤囉街〉。」

聽見王莉的話，被打鐵聲吸引着的學生如夢初醒，低頭看筆記。

「這首詩寫於一九七四年，但嚤囉街的面貌似乎改變不大。我們還可以在街上找到『古玩和陶瓷的落果』、『暗瘂的青玉』，詩的中段強調沒有，例如『舊式熨斗中沒有炭／電鐘沒有通電／書籍沒人翻閱／舊衣服中，沒有肢體』，好像嚤囉街被掏空了，原來是當年正經歷拆建，『兩旁一些鋪子已拆去／富户移上一條街道開設新店／另一些留下來在街道擺賣』，上一條街道的新店就是荷李活道的古玩店，最終變成了我們今天見到的景象。還有一樣事物今天也能在詩裏找到的，你們知道是什麼嗎？」

「外國遊客。」會畫畫的女生說。

「是，還有呢？」

夏子文沒說話，卻伸手指着王莉背後在打鐵的老伯。

王莉回頭一看，馬上又面向學生說：「對了！是詩末提到『那邊鐵器鋪的錘聲／一聲緊似一聲』，雖然我不肯定是同一家鐵器鋪，但相似的風景和聲音，到今天我們還能看見和感受，與詩裏寫的時空得以連繫。」

她本來不知道有這間鐵器鋪，剛才在半路咖啡裏，幸得張志樂告訴她。文學散步的最後一站，是舊吉昌街，只要沿東街向上走，到了太平山街轉左，看到郁鍵快餐的紅字招牌便代表找到了。快餐店旁邊是一間藍色店面的畫廊，再走到下一個舖位，看到白色的牆、黑色的窗，店門是關上的，幽雅靜好，如附近的綠色盆栽。

王莉着學生翻開筆記，找出萍凡人寫的一首詩，名字是〈太平山街二樓課室——見山書店速寫〉。她唸第一段，詩是這樣的：

木樓梯將每個書生
錯認為海明威
每個海明威踏上的階梯
通往榕樹高處

榕樹詢問玻璃窗
今天來了第幾個

第二段由學生來唸，一人唸一句。詩中說到來的書生一共有七個，一個在家課冊塗鴉，一個在課堂看小說，一個靜靜看落葉，一個遇上前三個，一個走錯課室，一個愛看樹枝，一個上歷史課，「尋找太平盛世的起承轉合」。最後一段，木樓梯叮囑大家，小心碰頭。

「這首詩有趣嗎？」王莉說，「階梯當然上不了榕樹高處，但你們抬頭會看到書店旁邊的平台上，便長有一棵大榕樹。在詩人的想像下，木樓梯和榕樹都有生命，都愛惜來書店看書的人。」

「我也來過這裏，是書生之一。不如讓我介紹一下吧。」張志樂說。

「請說。」王莉求之不得，便向學生展示手機熒幕，讓他們都看到張志樂。

「這間見山書店創辦於二零一八年，地下售賣新書，選書貼近香港當時的環境和氣氛，主要賣香港和台灣出版的文藝書籍。二樓則是閱讀室，讓人可以看書和欣賞窗外景色。萍凡人詩中說『小心碰頭』，其實是書店樓梯上的小牌子。

「你們現在站着的空地，曾用作不同的活動，例如講座、讀書會、電影放映和音樂會等等，著名作家北島和陳冠中也來過作『駐場作家』。另一個特別的地方是『一日店長』，讓愛書的人可以一嚐做書店店長的滋味。

「可惜的是，後來書店被人投訴，而且經常收到政府各部門的警告和檢控信，店主不勝滋擾，最終決定在二零二四年三月三十一日結業。」

「這讓我想到西西的〈醫學館〉。」王莉聽完張志樂的話有點激動，「西西説香港作為國際大都會，應該維持和保護歷史文物館，我認為還有小書店。小書店每間都不同，各具個性，而且是思想自由交流的地方，香港應該要有更多的小書店。同學有機會的話，要多去逛逛，買書支持。」

告別見山書店，文學散步也走完了，王莉和譚尚琪帶學生回到上環港鐵站解散，回途中，學生雖然又熱又累，但仍談笑着，樂在其中的樣子。

夏子文被留了下來，加上幾位在活動中表現投入，又不急着離去的學生，王莉請他們去喝「廢水」，意思是台式手搖飲品。從學生身上，王莉學到了這個帶着黑色幽默的叫法。

「你投稿參賽的作品，是上次給我看的那一篇嗎？」

「是另一篇，」夏子文答，「不過也有參考老師給我的意見。」

「其實那些意見，部分是來自剛才直播裏的張志樂，他是寫作班導師。」

「我不知道，應該要跟他說聲謝謝。那些意見很有用。」

「我代你說吧。他下線了，但發了短訊給我，要我跟你說加油，你有寫作的天份，說不定將來去文學散步時，會讀到你的作品。」

夏子文有點激動，但又不知怎樣回答，只好抿一抿嘴。

「不要有壓力啊，」王莉舉起冰烏龍茶與他碰杯，「我們暑假後見。」

乘電車回到西營盤，她想起第一次和張志樂去文學散步，兩人偶遇的咖啡店已結業，但附近也有新的店。城市在變，有些事物不同了，有些作家不在了，但留下來的文學作品，可以把過去和現在、文學與現實連繫起來，它們不遙遠，可能就在散步的路上。

王莉讀教育，做教師，一個心願是令學生愛上文學。想到學生讀筆記的樣子，歸途時的笑臉，我做到了嗎？走在西邊街上，她心裏問自己說。

晚上，整理活動的照片，放到雲端硬盤再發給學生。很快便收到夏子文的電郵，「老師將來可以再帶我們去文學散步嗎？」，他在電郵裏寫道。「當然可以！

還有許多地方可以去，讓我們學電子烏龜慢步。」王莉回覆說。

之後的日子，暑假開始，王莉抽時間跟母親逛街，有時到朱詠琳在旺角的家裏探望奶茶。跟區芷晴去做美容，與譚尚琪去書展「掃貨」。她開始更多地留意香港文學的書籍，特別是對文學散步有用的，都會買下來。

不出街的日子，便窩在家裏，看書、沖咖啡，開着電風扇午睡。跟張志樂視像聊天，感受時差與日夜的顛倒。看着他的房子由一堆紙箱，到慢慢放滿傢俬，書櫃上有英文、華文的書籍和他喜歡的漫畫，添置綠色的植物。他說，盆栽很重要，當一個生命出現在房子裏，才會有家的感覺。

「想念香港嗎？」王莉問他。

「香港帶不走，但我有香港文學的書陪伴。」他這樣說。

對王莉來說，香港仍在每日的生活中，別人可能只看到齊天的大廈、擠塞的交通、變幻的招牌，但表象以外，她還看到更多。

除了視像聊天，兩人有時也會互傳訊息，交換雙城的日常。八月初的一個星期二，王莉在家裏吃了簡單的早餐，換上通爽輕便的連身裙，帶備墨鏡和水瓶，預備來一場一個人的文學散步。昨晚她和張志樂在短訊裏談起這件事。

「你又要學生去參觀嗎？」在這一句前，是一個震驚的動態貼圖。

「不，只是暑假呆在家裏太悶，想出去走走。」

「會去什麼地方？」

「還沒想到，你來建議。」

「我們還有什麼地方未去過？」

「多的是呢。你要看直播嗎？」

「好啊，反正我晚上閒着，可以參加王莉老師的文學散步。」

「不要扮我學生裝年輕！」加上一個吐舌頭的鬼臉貼圖。

王莉拉上門，走到樓下的西邊街，還沒有目的地，只抱着散步的心情，隨意地走。心裏祈求不要碰見降落的鳥，同時祈求遇上一兩隻貓。

她相信這座城市刻印在文學作品上，又在文學裏繼續生長；哪怕它變了模樣，哪怕它徹底毀滅，只要還有讀的人，就得以長存。

文學作品列表：

阿濃　〈電車憶往〉，《共行人生路》，香港：三聯書店（香港）有限公司，1990 年，頁 103。

俞風　〈那時候的電車〉，《大拇指》第 164 期（1982 年 12 月），頁 6-7。（參香港文學資料庫）

也斯　〈電車的旅程〉，《也斯的香港》，香港：三聯書店（香港）有限公司，2022 年，頁 90-96。

蒲葦　〈我和我的電車〉，《城市文藝》第 7 卷，第 5 期（總第 61 期）（2012 年 10），頁 19-20。（參香港文學資料庫）

趙曉彤　〈這些年，我騷擾過的舖頭貓〉，《字花》第 96 期（2022 年 3 月），頁 66-69。（參香港文學資料庫）

蔡珠兒　〈上環夢華錄〉，《種地書》，台北：有鹿文化事業有限公司，2012 年，頁 134-136。

俞風　〈水坑口街〉，《素葉文學》第 51 期（復刊 26 號）（1994 年 3 月），頁 22-23。（參香港文學資料庫）

也斯　〈從西邊街走回去〉，《也斯的香港》，香港：三聯書店（香港）有限公司，2022 年，頁 19-21。

西西　〈醫學館〉，《看房子》，台北：洪範書店有限公司，2008 年，頁 284-285。

羅隼　〈紅磚屋的文學因緣〉，《羅隼選集》，香港：天地圖書有限公司，1996 年，頁 50-52。

鄭政恒　〈樓梯街〉，《城市文藝》第 2 卷，第 7 期（總第 19 期）（2007 年 8 月），頁 69。（參香港文學資料庫）

魯野　〈行走香港地——荷里活道〉，《新少年雙月刊》第 9 期（2012 年 11 月），頁 64-65。（參香港文學資料庫）

鍾玲　〈過山〉，《八方文藝叢刊》第 6 輯（1987 年 8 月），頁 129-141。（參香港文學資料庫）

陳寶珍　〈假得妙〉，《香港文學》總第 347 期（2013 年 11 月），頁 42-44。（參香港文學資料庫）

也斯　〈拆建中的嚤囉街〉，《雷聲與蟬鳴》，香港：文化工房，2009 年，頁 105-107。

萍凡人　〈太平山街二樓課室——見山書店速寫〉，《聲韻詩刊》第 59、60 期（2021 年 6 月），頁 33。（參香港文學資料庫）

6 皇甘栗鮮炒乾果專門店

昌街
區會堂

2 亞婆豆腐花

鐵大埔墟站

- ★ 港鐵大埔墟站
- 1 大埔綜合大樓
- 2 亞婆豆腐花
- 3 香港鐵路博物館
- 4 富善街
- 5 大埔文武廟
- 6 皇甘栗鮮炒乾果專門店
- 7 大埔超級城
- 8 省躬草堂
- 9 大埔天后宮

9
舊墟直街
美新里
平安里
8
安祥路
安浩里
昌運中心商場
汀角路
大埔舊墟遊樂場
4
寶湖花園
5
廣福道
同秀坊
寶湖道
南盛街
寶鄉街
廣福里
崇德街
懷義街
3
6
大明里廣場
大明里
大榮里
大光里
2
鄉事會街
1
運頭街
達運道